U0680554

图书馆疗愈手记

〔英〕艾莉·摩根 著

魏华容 译

九州出版社
JIUZHOUPRESS

目录

　　本书所著述的事件皆来源于作者的经历与回忆。为保护同事的隐私，对他们的姓名及个人特征均有改动。所述轶事并非基于某一具体人物，而是不同角色的复合体，取材于作者在各个不同的图书馆工作时的经历。地点、人物如有雷同纯属巧合。

第一章 ->>

另 一 种 魔 法

The Librarian
Allie Morgan

参加图书馆员面试的那天，我打定主意不要去死。就是说，我兴许应该再多活两天，如果我能忍住不死。

第二天，我收到通知说我面试失败了，没法去图书馆工作了，我就改主意了。

之前几个月，我的想法在死与不死之间反复横跳，我都数不清变了多少次。但这次感觉要来真的了，很像是个正经计划。好计划向来令我心动。我已经至少十二小时没有反悔，这就更让我觉得稳了。一了百了，到此为止吧。

不是我一心求死。事实上，死亡对我一点吸引力也没有。

只不过——我提醒自己，这完美地合乎逻辑——去死是我道德上的义务。我也不是没考虑过不死而只是出走，想个办法斩断自己与外界人事不断减少的联系。我如果能从这一切中赤条条离去，我绝对会这么做。说不定去法国呢，法国挺好。

问题就在于，事情从来不会那么简单。我走了，别人就会担心，而且我怎么个走法？我又不能开车。我得去乘坐公共交通，这可以被追踪到，就像我不管用什么支付方式，也都会留下踪迹一样，更何况我银行账户的情况也在走下坡路。如果我缺席下一次社区心理健康小组的会面，就要接受相关人士的盘问，至少逃不过一封措辞严厉的信，指责我浪费了国民保健署[1]的宝贵资源。

细想来，实在是没有别的出路了。左不过就是我死，接着寥寥几人哀悼——我丈夫，我爸妈，我弟弟，最多再加上几个远房亲戚——然后没了我，生活继续。"继续"才是重点。

我很清楚我的脑子里住着一对小妖精，实际上我常常认为自己就是第三只身量大点儿的妖精，如果你想的话，你可以叫我"巨精"。这一对小妖精里的老大是我的老熟人了，我们差不多可以算是自幼相识，他被唤作"抑郁"。老二则更狡猾，藏得更深，最近我才知道他的尊姓大名是"创伤"，这家伙从我十二岁左右就在我的脑壳里搭便车，如果脑壳君跟我一个年纪的话。

---

1. 国民保健署（National Healthcare Service），简称 NHS，又译英国国家医疗服务体系，职能为保障英国公民公费医疗保健。——译者注（本书脚注除特别说明外均为译者注）

我仍然很难将自己的内心想法和这两个小妖精的声音分清楚，后来才发现给我这最新的自裁大计煽风点火的一直是这一对鬼气森森的拍档。我这个人讲逻辑、愤世嫉俗、有文化，我一直以此为豪，这他俩绝对知道。因为他们对我了如指掌，在那段时间甚至比我自己还要了解自己。

最终妖精组"好心提醒"我，人活着要么给别人的生活增色，要么让别人的生活失色，而不巧我就属于失色组。虽是一个很令人遗憾的事实，倒也不必为此悲伤得逆流成河。

就拿我可怜的丈夫来说吧，现在我情况太差到没法工作，他就得在经济和情绪上支持我（"你是太懒吧？"妖精组时不时在我脑子里这么来一句）。我爸妈呢，勤勤恳恳工作这么多年，把我养大，供我读大学，而我现在学也退了，又没工作，精神状况还不稳定，他们一定失望透顶。当然他们从没说出来，但光是靠逻辑就可以猜到了，不是吗？

因此，道德上正确的做法是——甚至我有义务这么做——把自己从这些人的生活中剔除出去，这样才能帮他们卸下我这个讨人嫌的重担。

我正要继续计划的第二阶段，即"构思行动"的时候，电话响了。

图书馆打来的。

得了，也不会更糟糕吧。我可能落下了什么东西，或者不小心顺走了不属于我的某份文件。好尴尬啊。

"你好，请问是艾莉吗？"

　　我边点头边说"对"。直到现在，我在电话里认同什么的时候还是会跟着点头。

　　"……情况有变。我们最终还是决定录用你了。"

　　"啥？对……对不起，信号不太好。能劳烦您再说一遍吗？"

　　"没问题。我们决定录用你做图书馆员了。你下周可以入职吗？"

　　就在那一刻，我决定了，计划第二阶段也许可以稍后再议。毕竟今天我实实在在是小有所成，尽管有些弯弯绕绕。我怎么着也可以至少等到下一次出丑（说不定我把图书馆烧了，或者把领带卡进复印机然后勒死了自己）再迈向第二阶段吧。

　　"啊，好的。好，我可以。"

*

　　如果你打开这本书是想成为图书馆员，那我恐怕得告诉你，要进图书馆工作，没有什么"成功范式"。我们都是走了五花八门的路子入了这行，很多时候完全只是机缘巧合。

　　但是机缘其实比你想的要可靠得多。做图书馆员的都是特定的一类人，就凭你现在在读这本书，你属于这类人的概率就大大提升了。

　　做这一行并不需要你疯头疯脑，但的确需要你对你做的事情有一点小小的狂热。如果你又有那么点热爱着书，那就更好了。

*

　　我小时候很幸运。基本上我整个童年都能泡在一个巨大的（对儿时的我来说简直是无边无际的）本地图书馆里，它就坐落在我家乡的中心。好多我珍藏的回忆就发生在那些高耸的书架之间。

　　我儿时的那家图书馆现在应该会被称为"社区枢纽"，或者顶着什么同样无聊又商业化的名头，但我小时候就直白地叫它"大图书馆"。在我眼中，大图书馆就是魔法，我对此从未宣之于口但一直深信不疑。不是迪士尼电影中那些童话里的塑料魔法，而是古老的魔法——严肃的魔法，与格林童话更为相配，它也生长在各地水泥操场上口耳相传的民间故事里。

　　大图书馆是一个结界：一边是俗世，混杂着各种校服、乘法表、体育服、午餐盒；一边是另一个世界——神秘莫测，野性十足。在这里，每部鸿篇巨著都有自己的独特天地。你只要找到一个安静的角落（幸运的是那时候到处都是），就可以变成海盗、巫师、驯龙高手、吸血鬼，过一会儿，你又可以变成调查犯罪的侦探，或是充满生存智慧，游走在三教九流之间的刑侦心理专家，或者你就是个平平无奇的普通人，却卷入了一场跨越几个大洲甚至几个世界的阴谋。

　　大图书馆也是一个迷宫。那一列列书架是我这个小书虫拼尽力气也无法探索遍的。当我年纪足够大，从儿童区"毕业"的那一刻，整栋图书馆都在呼唤着我。

我仍然记得成年区向我开放的第一天。书架之间的走廊一眼望不到头。我都选不过来了！目不暇接的书，一本接着一本接着一本……而在这一切的一切的中心，是图书馆员。

在我那个时候，电脑化的目录虽然有，但是用起来别扭，还总是出错。而图书馆员却似乎能在长蛇阵一样的书架间自如穿梭。他们针对书目的主题有自己的一套语言——对我而言似乎是毫无意义的随机数字，却能让他们在弹指之间召来任何主题的书目：501，哲学；538，磁学；720，建筑。[1]

在谷歌问世之前，这些魔法师就是我们的搜索引擎。他们是知识的守门人，而最棒的是，他们愿意帮助任何叩门的人，还不要钱！

有些小孩的梦想是当航天员，而我，我想做图书馆员。

*

深蓝色的墙纸被尼古丁熏得都快变成绿色了。艾莉端详着熏出的纹路，陈年的烟味灼着她的鼻孔，缠上她的头发和衣服。

她好难受。喉咙里好像卡着什么东西，随着心跳有节律地闷响，尝起来像苦胆汁和铁锈。

窗外传来鸟叫。黑色的鸟，橙色的喙指着天空。天空太蓝

---

1. 杜威十进制图书分类法（Dewey-Decimal Classification），1876 年由美国图书馆专家麦尔威·杜威撰写并出版的图书分类法，依据学科或学问领域来组织图书馆的馆藏，历经多次修订。

了。什么都是蓝的。

翳影降下，轧过她的胸口，将她困住，碾碎。她的肋骨嘎吱作响，呻吟出声，而她喘不上气。不知道哪里有人在哭号，但被雷鸣般的怒吼盖了过去。脉搏声敲击着耳鼓，别的什么都听不见，她翻着白眼，挣扎着想呼吸却徒劳无功，陈腐的烟味不停地在鼻孔里叫嚣……

"艾莉。"一个男子的声音，不是怒吼，是一个不同的声音，一个安全的声音。

艾莉浑身一颤，胸口压着的重担消失了，鸟鸣和怒吼也随之消散。

她回过神发现是自己在哭号，是我在哭号，艾莉是我。

"艾莉。"格雷厄姆重复了一遍。他的脸渐渐地浮现在我的眼前，均匀的小麦色皮肤，白到几乎闪瞎眼的牙齿。"艾莉，你没事的。你在这儿。你是个大人了。现在是周四。"

我又浑身一颤，这下能感知到自己坐在椅子上了（保健署标准塑料椅子，沾了点汗）。

"抱歉……"我支吾道，格雷厄姆摇了摇头。我没办法不盯着他的牙看。他用了什么法子才把牙弄得这么白？我听说过超薄美白牙贴，就是这个效果吗？

"没什么好抱歉的，"他说，"还是很有进展的。"

"是吗？"我感到疑惑。嗓子发疼。

我不应该一猛子扎进往事（或者按照格雷厄姆的专业说法，"一段再次经历"），但想要取得平衡其实很难。创伤就是这么个反复无常的混蛋，喜欢走极端。要么让你记得清清楚楚，要么你就一忘皆空。

我直到几年之前都没的选，完全是一忘皆空的状态。

格雷厄姆在他的笔记本里写写画画。就算我盯着他运笔，也从来没办法破译他的字迹。心理医生的传统艺能。这些年来我也算是阅医无数，但格雷厄姆是第一个能击穿我创伤屏障的医生。他能按下我脑子里的开关，让我从一忘皆空瞬间变成往事历历在目。

如果要我估一估格雷厄姆的年纪，老实说我无从下手。我29岁，他应该比我大，但又似乎处在冻龄状态，像电视名流或节目主持人一样，修饰精心，打扮得体，我总能脑补出他在我来之前温习台本的画面。每次咨询开始前，我都隐隐感觉会有人喊出"全场安静"。在安静的现场观众面前，世界上最诡异的情景喜剧开始上演。

我们尝试了一些着陆技术[1]，我的神识随之逐渐回到当下，离开了童年的身体。我动了动手指和脚趾，让自己意识到这回事，格雷厄姆在一边引导着我呼吸。他告诉我，我陷入回忆的时候一直不停地说话，虽然我现在忘得一干二净。我好奇自己刚刚是不是在用一个奇特而稚嫩的嗓音说话，我独自一人的时候它偶尔会冒出来，非常细小，和我正常的声音完全相反，听起来十分陌生。

---

1. "着陆技术"（grounding technique）为心理治疗用语，常用于治疗创伤应激障碍，指通过调适感官让被治疗者明白自身已经脱离险境，处在安全的环境中。

我决定还是不问为妙。

"对了,"他最后来了一句,我正拿起手机输入下次咨询的日期,"你提到了自杀。"

那个卡在我喉咙里的东西——那个闷声跳动的肿块——又回来了。

"呃……"

"你还想吗?"

我清了清喉咙,摇摇头。"不怎么想了。"

他微微地笑了,我又开始盯着他的牙看。他的牙是在发光吧?想要这种效果要怎么交代给牙医?请给我的牙做超薄贴面?激光美白?装上小 LED 灯?

"挺好。"他回应,"所以你期待入职新工作的第一天吗?"

我又打了个颤。"是吧。可能吧。"

"我觉得这是件好事,艾莉。"

"希望如此吧。"

＊

科缪尔[1]图书馆,也就是我要去的那一家,就在本地的一个社区中心里。曾经有一段时间,图书馆占据了整栋建筑:四面八方全是书架,楼上是儿童馆,还有就是空间——充裕的空

---

1. "科缪尔"(Colmuir)系作者虚构的城区名,后文将会提到的"罗斯科里"(Roscree)、"科列什"(Colliesh)亦同。——原编者注

间，可以举办各种活动，很像我钟爱的儿时记忆里那种充满魔法的布局。

如今，科缪尔图书馆真实解释了什么叫"虎落平阳"。整个馆被贬谪到了社区中心后面的角落里，缩成了一个长手套一般狭窄的房间，从这栋砖石建筑的中间延伸到最后面，寄生虫似的苟延残喘。

只剩一扇窗户是朝外的，实在照不进什么光，所以在营业时间段天花板吊着的卤素灯就得一直开着，闪个不停。整体能见度没怎么好转，阴影倒是加深了。

社区中心剩下的部分几十年前被改造成了健身房，还附带一个小型水疗泳池。不过现在泳池没了——七八年前顶棚塌了，池子在那之前也干了，早就不能用了。就算后来历经"整修"，泳池的潮味仍旧阴魂不散，大概是因为最后发了一次大水，把整个地方淹了个透。

现在除了图书馆，科缪尔社区中心主要对外出租场地。租客通常是慈善组织、节食小组，甚至还有一家本地的唯灵论教会。但大部分时间，整个地方都闲置着。

我刚到的时候，图书馆还锁着。我在社区中心的走廊上来回溜达，欣赏着摩登的前厅和灵活的自动门——开关门时一点声音都没有。不知哪儿的一间房间里有人在唱歌，稍微有点跑调，余音悠悠。接待处应该没人，我向后面的办公室看，倒不难发现散落在各处的人留下的痕迹：电子烟从文件夹下探出头来；污糟的马克杯里面放着叉子；桌子底下还有一双饱经风霜的女式皮鞋。

我又扫了一眼将图书馆和社区中心其他地方分隔开的老旧木门（很多地方掉了漆，还到处是刮痕），然后看回我的手表。

重新改造这栋建筑的时候，有些窗户原来朝着外面街道，现在朝向中心里面了，但大家都懒得去拆，所以窗户上面仍然装着锻铁栏杆。我把头挤进栏杆中间，眯着眼看向乌漆墨黑的里面。

图书馆固执地空着。

正当我把头从栏杆中间拔出来的时候，传来了橡胶鞋底摩擦瓷砖的声响，吱吱地宣告我的领导来了，她叫海瑟，负责我今天的培训。她迟到了。

钥匙从她手里滑出来，啪地掉在地上。她裹在大得过分的垫绒雨衣里，手忙脚乱地抱着一堆文件夹和她的手机。她捡完钥匙直起身才注意到我，低盘在脖颈后的散乱发髻脱出丝丝缕缕的头发，缠在她脸周围。

"你在这儿干吗？"她尖锐地质问，用眉笔描黑的眉毛拧在一起，日后这个标志性皱眉将天天招呼我，"图书馆关着呢。"

"我是艾莉，"我答道，"今天入职？你上周还面试了我。"

她的表情只稍稍放松了一点点；她忙着将钥匙朝图书馆大门的锁孔里捅，失手了好几次，都划拉在门漆上。

我小心翼翼地走近她想要帮忙，正要开口问她需不需要我帮着拿一两个文件夹，她就一股脑儿地把它们全塞到了我怀里。

"哦，对。是，不好意思。你今天看着和上次不太一样。好了，我们来得迟了点，但不碍事，我给你讲讲，你就能赶上进度了。"

她说这一串话的时候上气不接下气。我估摸着她跑了有一段路。如果开门时间的标识没写错，图书馆十分钟之内就要开始营业了。

我们跌跌撞撞地跨进去，我都来不及看看周围。第一道厚重的木门后面是第二道门，更小些，也更现代。周围全是五花八门的扣锁、挂锁和开关，感觉我像是走进了守卫严密的监狱。

这是一个早秋的清晨，室内仍是一片昏暗。我踮着脚走进去，发现海瑟已经设法灵巧地挪进了信息技术区，一路上拍开一大长串灯开关，然后快准狠地摁警报代码。

灯闪着，一盏接着一盏，亮了起来。

我面试的时候来过一次这里，所以也不算完全陌生。一进门，正前方就是接待处，接待处旁边用塑料隔板和书架围出了一块信息技术区，与图书馆其他地方分隔开来。这样一番布局，使得只有芝麻大的信息技术区能照到一点自然光，靠后的儿童区则荣登"漆黑榜首"。灯嗡嗡地接连亮起，图书馆剩下的区域也随之展露真容。

"好了……钥匙。"

海瑟一直在自言自语。我有心想听个明白，但只听到一些碎碎念。她拉开抽屉，把东西扔进橱柜，又摸索着解开她那件大雨衣的扣子。

我把她那沓文件夹放在员工电脑旁边的桌上，然后跟在她身后，尽量隔开一段安全距离——不太容易，毕竟接待处很明显本来就只能容下一个人的。

海瑟赶着为开门做准备的时候，我找了个机会把自己的个人物品放进了员工室的储物柜，从早晨的满身寒意里回过神来。海瑟把一张纸塞进我手里，催着我去找支笔。

"开门流程，"她讲解着，"照着单子来，完成一项就打个钩。我本来想再详细讲讲的，但今天我们迟了所以来不及了。"

行吧，又说迟到的是"我们"。

"反正很简单的，"她一边说道，一边飞速在图书馆里走来走去，"你就开门，开灯，输入警报代码，就写在你的流程表上，喏；再关门，打开百叶窗，打开员工电脑，再开公共电脑——啊，显示器卡了不要紧，老有人拽掉电源开关——登入归档系统，再把挂锁放进抽屉……"

我试图插嘴问一句挂锁哪来的，无奈她滔滔不绝。我试图浏览流程表，无奈这种公司文件似乎每一步都写满行话，我开始有点跟不上了。

"——哦，还有健康和安全！"她突然来了一句，"健康和安全永远是第一位。我们马上就会要接受审核。老天，我还要让你签一下所有的……哎也不重要。看这个。"

海瑟站在一个半高的壁柜边。壁柜的门过于寒碜，只能算一个开口。她像狱卒般从一大串钥匙里找出一把开了门。

"在这里面要时时注意，小心碰头。现在就我进去，你还没有接受密闭空间训练。"

光是想到"密闭空间训练",一丝幽闭恐惧的焦虑就已经刺进了我心里。但我只是点点头,然后跟上去。

开口后面是我只能形容为建筑石墙中间夹着的爬行空间。人在这里面都站不直。海瑟猫着腰进去,开始按照流程从爬行空间里的铁制的小保险箱取现金。我探头进去,同时努力说服自己,所有听见的窸窸窣窣声都是我的幻觉。

"看在老天爷的分上,蒙特里梭!"我莫名地想起这句话,然后努力想这句话是从哪儿来的,为什么这么熟悉,海瑟在一边继续忙她的。

总的来说,我们开门也就迟了两三分钟。我还在想那句话,海瑟已经大手一挥,重新打开了入口的大门。

我最近一次和公众打交道的经历还是在餐馆工作的时候。我做过一段时间的服务生,也在厨房里做过一阵子,主要是为了赚钱读书。

这段工作经历让我牢牢记住了一点:守时。公众不喜欢被晾着,不乐意等披萨,不乐意等找零,什么都不乐意等。有时候我整个工作时段只负责记下顾客的名字和人数,以便同事尽快安排座位。有的顾客甚至会给我们计时,看看我们从吧台拿杯饮品送到餐桌上要多长时间。做这一行让我养成了上班时间健步如飞的习惯。

这家图书馆的门口没人排队。门打开后,走廊上空空如也。

"行了,"海瑟语气轻快,终于慢下来有空看我了,"我们能开始你的培训了。"

《一桶白葡萄酒》！海瑟在办公桌后坐下时，我想起来了。终于给我想到了！那句话的出处！"看在老天爷的分上，蒙特里梭！"[1]

事实证明，图书馆助理培训基本上就是由一堆清单构成的。事实上，这个岗位本身基本上就是围着清单转的。

我以前做过归档工作，所以对用来借还书的系统还算熟悉。我也没用多久就学会了操作条形码扫描器和收银机。

但是！清单真是要了老命。

我们要记录客流量，海瑟跟我解释。门口装了激光传感器，激光束每被打断一次，就增加一个客流数，多多益善。各个图书馆的拨款配置（连带职员配置和营业时间）就是基于客流量。如果有个张三，一天在门口来来回回好多次然后一本书也不借，那也无所谓。我们就算一本书都借不出去也没关系，只要保证高客流量，就万事大吉。

我想着怎么不安排个人在决定客流量的激光束前来回挥手。兴许他们确实试过。

接下来讲藏书。这家图书馆里，实体书占据了最多四分之一到三分之一的水平空间。藏书流动大部分局限在儿童区。大字号书总是被常客轮着借。犯罪小说表现还可以。别的呢……

---

1. 在美国小说家埃德加·爱伦·坡（Edgar Allan Poe）的惊悚小说《一桶白葡萄酒》（"The Cask of Amontillado"）里，凶手蒙特里梭将他的朋友活活砌在壁龛里，在封上砖墙的最高一层时，被害人哀嚎出这句话。后来这句经典台词经过各种卡通模仿，成了推特常用的内涵图。

就坐在书架上积灰。

客流大部分是冲着信息技术区来的。整个区域被电脑塞得满满当当。这些才是能挣钱的。上网免费，只要你是图书馆会员。人们大多是来上网搜索工作的。打印十五便士一张——图书馆大部分收入的来源。

海瑟进一步介绍信息技术服务的时候，我渐渐地开始目光呆滞。这些电脑有些年头了，上面运行的微软版本旧到我已经好多年没见过了。键盘黏兮兮的，用的显示器还是长宽比4：3的那种。区议会的标准免责声明在登入之后会弹出来，整篇用的字体都是加粗加斜的 Comic Sans[1]。

绝望如果能通过某种方式具象化，应该就是区议会运营的信息技术服务。

激光打印机一股墨粉臭味。海瑟正给我演示如何给它更换纸张及清除卡纸。"它只能黑白打印，你看……"

我尽量憋住内心的失望，这种失望真有点出乎意料。也不是说我对图书馆有什么别的期待，只是这也太……安静了。死气沉沉，破破烂烂。

甚至那些书好像也很难过，裹在灰蒙蒙的通用塑料书皮里。它们应当按字母顺序排，虽然大致上也没什么差错，但从它们被放在架子上的方式可以看得出摆放的人极其不走心。小说被推挤到几乎不存在的犄角旮旯里，毫无章法地堆着，有上

---

1. Comic Sans（漫画书字体）是一种微软发布的拟手写字体，曾是 Windows 95 OEM 版本的标准字体，但因为形状幼稚而又被泛滥使用，为很多人所不喜。

下颠倒的、塑封压扁了的、破了封面的、页脚翻卷的，乱成一团糟。

"当然，你需要签完书本上架流程的文件，然后是信息技术的文件，还有数字隐私的……"

海瑟一本本翻着接待处办公桌上的活页夹。我慢慢意识到，她指望我看完签完她带来的所有东西。

"呃……为什么精装书要分开放呀？"我终于抓住她讲话中罕见的间隙，插上了一问。

"嗯？"

"在言情区。精装的和平装的言情小说是分开放的。"

"这样比较合适。"

我反咬嘴唇，想不通其中原因。读者在意书的样式吗？就算是，这地方就丁点儿大，藏书也少得可怜，他们真能这么在乎？平装书都放在塑料旋转展示架上，顺序全乱了，还皱巴巴的。

"我喜欢这样安排。"海瑟说。她狐疑地打量我。

我清清嗓子，指向桌上离我最近的表格，所幸标题正好是"SOP 297-A：化学品储存"[1]。

"所以……这份我也要签咯？"

海瑟不再怀疑了，又重新开始照着台本讲。她点点头："是的，我们不久要迎来一次审核。你看，这些都要你来签。"

"啊……那这份呢？"我看着"SOP 306：泳池去污"，

---

1. SOP（Standard Operating Procedure），"标准作业程序"的简称。

"这份重要吗？"

海瑟看我的眼神好像我又长出了一个头。我暗暗骂自己，她是在开玩笑！很明显她在开玩笑嘛！图书馆员怎么可能要去给游泳池去污。她带来这沓文件夹，里面塞着区议会随便发的流程文件，就是来跟我玩猜谜的，看我什么时候才会发觉。

"我估计泳池在员工室里对吧，哈哈。"

我笑了，但她没笑。她眉毛又拧起来了，嘴抿成一条直直的细线。

"审核在即。"她重复道，"你需要接受培训，然后在所有这些流程表上签字。"

我眨了眨眼。她没在吹牛。她眼里一丁点打趣的火星都没有。她是认真的。

我打开第一本活页夹，拿出第一张流程表（"SOP 100：闪电袭击与急救"）开始读。

*

第一周就是这样：我来上班，资历比我老的同事给我开门，然后就是读表格，签表格，读清单，签清单，写清单，复印清单，打印邮件里的清单。

海瑟不在的时候（她是这片区域里好几个分馆的领导），和我共事的是鲁丝。她七十多岁，蓝蓝亮亮的眼睛，嗓音温柔，听起来像仙女教母，耳朵几乎听不见。

图书馆每天的运营主要其实都是鲁丝在维持。我则像影子一样跟在她身旁，看她扫描还来的书，给书架除尘，疲惫而逆来顺受地给常客安排电脑。她说自己早就过了该退休的年龄。"图书馆的工作是大不一样啦。"

我很快就认清了一个现实：对大部分访客来说，这个分馆就是信息技术套间再加点杂七杂八的东西。每次图书馆门打开，我都会从最新的表格堆里抬头看一眼，发现又是要求使用电脑的访客的时候，心里都会失落地空一小下。

不过最终，我们还是会迎来一些资深读者。

这些读者不仅仅是读书。他们活跃在图书馆会员第一线，一有新书来，就迫不及待想要读个透。那些长达一百人的预约候补名单里就会有他们。正是这些资深读者，还在使用着古老严肃的图书馆魔法。

资深读者一般分为两类——第一类是新手爸妈，童书贵得离谱，而且婴幼儿长得飞快，可能区区几周就要换一类书看了。这家图书馆童书还挺多的（乱七八糟地堆在一个巨大的木箱子里），流动也很频繁。

第二类——也是人数最多的一类——资深读者是老年人。和他们（主要是年长女性）打交道可不能掉以轻心。我接触的第一位资深高龄读者姓卡拉汉——八十多岁的老太太，身材矮小，挂着助行架——她拖着步子进门，推着个手推车，里面全是书。

"这周第二次啦！"她一边笑嘻嘻地宣布，一边开始把看完的书搬到桌上的浩大工程。她的笑声像仙女教母，动听中有一丝疯疯癫癫。

鲁丝按着悠闲而均匀的节奏一本本扫描她还来的书（其实也不完全悠闲）。看着这些书从老太太的手推车来到桌上，再被放进待上架书的推车里，我不自觉地数了起来。

十六本书。一周两次。一周一共三十二本书。

"不喜欢那本，"卡拉汉太太指着大部头精装书里的一本说，"灵气不足，看着不带劲。"

"我特地给你留了几本，"鲁丝说，"昨天刚到的书。"

一周三十二本书。好家伙，那一年下来岂不是看了超过一千本？不会吧不会吧，她肯定要歇一歇的吧。算这些让我困扰不已。首先，图书馆真有这么多书？

我算是第一次窥见了真功夫。回过头来看，我不再怀疑这冰山一角下书目的总数。资深读者的确是世外高人。

卡拉汉太太一走（又借了十六本书），鲁丝告诉我，图书馆里的每一本书这位老太太都看过，很多别的高龄读者也是如此。鲁丝需要为她预留新书，也会为很多高龄资深读者从别的分馆订书。任何血淋淋的谋杀案或恐怖的发现都能让卡拉汉太太开心。

我顿时对这位矮小但会魔法的女士肃然起敬。

"您能给我列一张清单吗？"我问。

"书的清单？"

"常客的清单。讲讲他们喜欢什么。我便也可以给他们订书了。"

鲁丝向我露出了一个足以登上维特焦糖广告的大大的微笑:"这主意不错。"

她让我在前台接待了一会。很快我就能独自承担这项工作了。我开始期待一头扎进清扫书架的工作(我已经在犯罪小说书架上清理掉了好几个结满蜘蛛网的薯片袋),也开始期待能自己布展。

*

比我预想的要快,没过多久我就已经将图书馆开门关门的步骤烂熟于心。我也发现自己能熟练地在一片黑暗中找到警报器面板和那排控制灯光的开关,矮身钻进爬行空间开保险箱时也可以不碰到头,甚至能在面对会员的询问时给出比较确定的回应。

秋意渐浓,夜越来越长,空气中也有了寒意。开门前一小时内,常常见到有几个穷苦人挤在科缪尔社区中心的门厅里。我逐渐认识了这些骨瘦如柴、穷困潦倒的人(有男有女,大多年纪轻轻,还总是客客气气的),知道他们原来是本地贫民区公寓大楼的租客,因交不上钱或因粗心大意的房东忘了续费而被切断了供暖。

那时我目睹的贫困程度之深让我大受震撼。我虽然出生在工薪阶层,家里也的确有过比较困难的时候,但这些都不足以让我有心理准备，去见证我们小图书馆和社区中心里一些访客所经历的日常现状。

他们中就有一个叫亚伦的年轻人，曾是个嗑海洛因的瘾君子，来图书馆从开门坐到关门，要么对着电脑，要么翻本小说。

有的日子里，亚伦是除了我之外图书馆里唯一的人，很快我们之间就有了点熟悉的感觉。我们会聊聊他找工作的情况（无用功，没人愿意招有吸毒黑历史的人）和他当天午饭想吃啥。（今天他决定不吃午饭，晚上就能吃上薯条了。有时候我见这个可怜孩子拿着条面包，就干吃白面包充饥。）

他说，穷很难熬，但其实无所事事才真的要命。无聊最是能把一个曾经的瘾君子再次拉入毒瘾的泥沼。他付不起购物或旅游的钱，所以他就来图书馆，试着读读书（他早早就因吸毒辍学所以认字基本都是自学），在电脑上打打游戏、找找工作、看看油管上没完没了的纪录片。他的耳朵反反复复感染，听力严重受损，所以就算他戴着耳机我也总能听出他每天学的是什么。

亚伦很快与科缪尔图书馆的布置融为一体。我通常还没进门就能先闻到他的气味。他公寓里供热水的锅炉坏了，所以洗不成澡，他只能在身上浇点社区中心公厕里公用的廉价除臭剂了事。他没有电话（反正住的地方也老是断电），所以就依赖他的社工，别的人想联系他只能打给图书馆。

我偶尔会同意——虽然海瑟极其反对——亚伦和他的社工

在楼上一个闲置的会议室见面。这个房间味道很大，甜腻腻湿津津的，本来不应该给公众使用，但至少保证了私密性，能留给亚伦这孩子一丝体面。

在周末，本地小学的孩子会由父母或监护人陪同着一拥而入，来借和他们这学年历史研究报告相关的书籍，主题不外乎维京人、罗马、古希腊或二战。

只有一个孩子是独自前来。她七八岁的样子，肉嘟嘟的，一看就快要拔个子了；一头红发亮亮的，总用破旧的淡蓝色发圈扎起来。她盯着一排排五彩缤纷的童书——只是盯着，一只手虚点着脸颊上长了雀斑的小酒窝。

头几周我会问问她要不要帮忙，她听了就摇摇头，然后跑出去。

"挺逗一小姑娘，"亚伦评道，"我以前认识她爸。"

同样的情形重复了三周后，我决心一定要去结识一下这个红头发大眼睛的小姑娘。我能辨认出她眼神里的闪烁不定，我能感知到她躁动的小手下藏着的不安。我在那个小姑娘身上看见了自己，孤身一人，但再多踏一步，就能发现这个陌生的地方是避风的港湾。

她下一次来的时候，我正在前台翻着罗尔德·达尔的《玛蒂尔达》。她见了我，犹豫了一下，我就趁机搭话。

"这本我最喜欢了，"我说，把书拿起来，"你读过吗？"

她摇摇头。

"哦，这本可好看了！讲的是一个有超能力的小女孩！她用魔法打败了欺负她的校长。"

小姑娘把手从脸上拿开放下。"什么样的超能力呀？"

我把书递给她："她可以用念力移动外物。她超聪明的，比她认识的所有人都聪明机灵。"

小姑娘从我手上接过书，细细端详。我第一次见她的感觉又回来了。她打量书的神情就摆明她想要成为读者，甚至她可能已经会读书了。她在图书馆踟蹰不前，只是因为害怕陌生人。

她默不作声地拿着书去了儿童区，挑了一张塑料凳子坐下便开始读。

亚伦"呵"了一声，就又接着看他的纪录片（关于二战战舰）。

第二天，小姑娘又来了——我已经知道她叫丽贝卡——但这次她不是独自一人。

"这……这是我爸爸。"她嗫嚅着，攥着那个大男人的手。

丽贝卡的父亲并不十分高，但简直比大门还要宽，浑身肌肉。尽管他穿的T恤不修身，也很明显能看出他不光花了大把时间健身，而且经常打架——或者可能是跟鳄鱼摔跤，脸上和胳膊上坑坑洼洼伤痕累累，牙齿也不整齐，还有裂开的，脖子和手上似乎还文了好几个很业余的文身。

"打搅了，"他的声音似乎太温柔了，和他的身材很不相称，"我，呃……之前丢了几本书。在这里工作的另一个姑娘说我得把书还回来。问题是……这些是给幼儿看的书，而我有一段时间……呃……在牢里。"

丽贝卡点头："另外一位女士说我不能借书，因为卡被锁了。"

我都能脑补出海瑟教训这孩子，跟她说付罚款和还书有多重要的画面。我能想象她是怎么拿着 SOP 一百多少多少"罚款和遗失物品流程"给小姑娘细细说教，而可怜的孩子明显只想坐在角落里读书罢了。难怪小姑娘之前那么紧张兮兮的。

"您带着卡吗？"我问。

男子摇摇头："呃……没……都不见了……我入狱的时候。别人一般会直接查我的名字。就是克雷格·杨。"

我转向丽贝卡："没事了！你去选书吧，我来和你爸爸把这件事处理好。"

她眼睛一亮："我能把书带回家吗？"

我点点头，她一言不发地跑开了，跑去儿童区的路上差点给自己绊了一跤。

"好了。杨先生，我现在调出您的账户，然后您只需要告诉我您之前很长一段时间都住院了，好吗？"

"呃……那我住院的原因要怎么讲啊？"

"那就是您的私事，我——或任何其他图书馆工作人员——都无权过问。"我强调道，"或许我们可以给丽贝卡自己也办张卡。"

"这里还有讲女巫的书！"丽贝卡从书架后面喊出来。

杨先生给我比了个"谢谢"的口型，然后离开前台，去儿童区找女儿。

"你想要自己的卡吗？"他问。

　　从一个本地野生生物展台后面，传来丽贝卡兴奋的尖声惊叫。

　　兴许古老严肃的魔法还没有彻底失传吧。

　　外面不知道什么地方，有东西砰地撞在一起，接着是汽车警报的尖鸣。

第二章 ->>

冲 突 管 理

九月日均访客：55 人

九月日均问询：8 次

九月日均打印：36 页

九月暴力事件：5 起

The Librarian
Allie Morgan

2018 / 09 /

不久我就发现，海瑟不会放过任何对着图书馆用户立威的机会。尽管我从入职那次短暂忙乱的培训后就几乎没和她打过照面，但她雷厉风行照"章"办事的痕迹无处不在。

下到明明想借书却不敢开口询问的孩子（比如丽贝卡），上到我还没扫图书卡就连连道歉的大人，海瑟给这些人的威压就像雷雨云一样盘桓于图书馆的穹顶。

而所有恐惧似乎都绕不开罚款。

一天里有好几次，一旦我给访客指明图书馆账户里的某项罚款，他们就确信自己今生与图书馆缘尽于此，我不得不给他们好一通安抚。当我把电脑显示器转向外，给他们看账户里弹出的罚款原因和数额明细时，不少人都肉眼可见地瑟缩了一下。

逾期还书的罚款额是每日二十便士，依次叠加，每本书的上限是三英镑。就算的确会聚沙成塔，整套流程在我看来实在是适得其反，尤其加上海瑟严厉过头的施行方式。

被罚的绝大多数都是常客，要么有事不能及时来（通常是健康问题），要么有时候仅仅是看错了还书日期。问题在于科缪尔地区的居民大多都穷得家徒四壁，几英镑的罚款可能意味着今天本来能吃上的一顿饭就这么没了。

我独自工作的前几天都想方设法地给大家消除罚款。我当时就觉得（现在也坚持认为），有些人不过是生病了，或错过公交车，或是要带孩子还是碰上别的什么生活中的突发事件，就要挨罚款，实在是太不公平了。金钱上的处罚其实很大程度是在针对经济状况本就堪忧的赤贫之人，而且还会让问题恶化。试想一个饥一顿饱一顿勉强过活的人，可能应付柴米油盐就已经手忙脚乱，哪里还能有什么闲暇（或可靠的交通工具）及时来图书馆还书呢。

当然呢，肯定有人只是懒得按时还书，也肯定有人因为不想吃罚款才更愿意及时还书。但从我的经验来看，就像开始几个星期那样，罚款其实会让人直接对图书馆望而却步，尤其是最需要用图书馆的人。

原则上，如果一个账户有好几本丢失书目，或者累计罚款额超过十五英镑，就会被封锁而不能再使用图书馆的任何设施，包括电脑。海瑟曾告诉我，她觉得十五英镑这个界限太宽容了，于是我就会遇到有的访客尽管账户里只有两三英镑左右的罚款，却要苦苦哀求我行个方便让他们用一下电脑。显然，海瑟有她自己的门槛，比规定上要严格得多。

说实在话，我不确定她到底是无知还是残忍，反正我有被吓到。她不会不知道，这些访客中有很多需要使用电脑去申请福利和经济补助、缴付账单，好让自己不至于落到无家可归的境地吧？我真的不知道她到底有没有想过这些。

显然，在罚款和电脑使用方面，我没有执行海瑟的规定。事实上，我会允许任何人使用电脑，只要他们的账户不是因为非经济原因而遭封锁的（账户上会有相关提示）。拒绝又有什么意义呢？他们又不会瞬间脱贫，从某个忘掉的口袋里找出一笔之前没有的横财。

我仅仅"随心所欲"了一星期——包括会豁免任何我觉得不公平，或者可能让访客再也不回来了的罚款（说到底，我们不是只依靠客流量获取资助吗？）——就收到了海瑟的邮件，声称我的员工账户标记有"过度豁免罚款"。这说法我（就算到现在都）不信。我觉得她实际上只是留心盯着新人的财务事项，然后对自己所见不太满意。

我的苦又能跟谁诉呢？我做这一行的时间太短了，没有资格做任何道德判断。不过这种小肚鸡肠的做法我就是看不惯。

第一次见图书馆的访客哭出来——一个年轻姑娘，需要用电脑申请工作、领取失业补助，却要把自己坐公交车回家的零钱给我，好多少付一点总共没几个钱的罚款，而她没还的那本书只不过稍稍逾期，还是给她宝宝借的——我就知道我没法像这样工作。

"把钱留着吧，"我说，"这是内部访客的登录信息。就当它不是我给的。你要用多久？"

"顶多十分钟。我保证。"她答道。

"行。别告诉海瑟。"

这句话之后有一阵我老挂在嘴边，仿佛口头禅一样。"别告诉海瑟。"

事实是一周后这个姑娘回来了，确确实实付清了罚款。不过就我所知，她再也没借过书。一想到她的宝宝只因为图书馆向他妈妈应有的福利勒索赎金，而错失了人生阅读初体验，我就怒火中烧。

多年来不少人在图书馆罚款事宜上和我有分歧。如果你在图书馆工作，你也会熟知各个私聊群、讨论组、脸书群组里关于这个问题的激烈讨论。为了这件事大家写了一篇又一篇的文章和推文，我只知道没有唯一正确的答案。

我只能用经验说话，作为过来人我觉得罚款对谁都没有好处。罚款所获实在太少，不足以给分馆带来什么实际收益，而且还很容易被渴望权力且墨守成规的人滥用。

如果我们的目标是吸引尽可能多的人来图书馆，弥补富人和穷人之间接收信息的差距，那么罚款就是反其道而行之。富人对这几个钱满不在乎，而那些脆弱、焦虑、穷苦的人却被弄得不想再来这里——虽然按理说，他们已经通过纳税的方式付过钱了。

我承认，书会丢。但绝大多数情况下丢的书不会再出现，借书的人也肯定不会买本新的替代。规规矩矩的图书馆常客可没有丢书的习惯，除非真的是不小心。（我曾不止一次把书落在机场的椅子上，或者酒店房间里，甚至咖啡馆的桌上。人非圣贤，孰能无过。）那些把书据为己有的，都是些来了图书馆一次就再也不回来的人。不论罚多少钱、限制什么服务，都不会让他们改过。

如果非要罚钱，不如也进行定期的特赦。比如在固定的某几周里，人们可以把书悄悄还回来，而不会被拿来大做文章，之前积累的罚款也就此清零。让我们欢迎过去曾为这些事焦虑不安、感到备受冷眼的潜在读者重新光临。

与此同时，我想出了一个折中的办法：只要不超过十五英镑基准线，我就不会限制服务。我还是会豁免因住院及生死大事而产生的罚款，但做选择时我也不得不更谨慎。

跟海瑟拉锯了几个来回之后，她也同意就算有人超过十五英镑的限额，只要每次还一点钱也可以继续使用电脑。还多少无所谓，一英镑也行，十便士也行。

不过她不知道的是，我会在工作时偷偷收集找到的每一分零钱，然后全放进抽屉。每次有人买旧书或付打印费而让我不用找零时，这些零钱也全进了抽屉。这样一来，如果有罚款超过十五英镑的访客急需使用电脑，手头又不巧一分钱都没有，我就可以用抽屉里的秘密存款救急。

会有人利用我的善意吗？可能吧。不过坦白讲，我也不在乎。说到底，我可不希望有人因为我而一周吃不上饱饭。如果这样我便成了老好人，那就这么着吧。

只有目睹了像科缪尔地区这样的极度贫困，你才能体会到区区几便士能给人带来多大的影响。

独自工作也给了我主导图书馆在维护方面工作的自由。我可以早点到，把书架都拉开，里里外外清扫个透。就算是营业时间，如果我觉得我这一班不会有人来了（很多时候都是），也就不会有人拦着我把书整架整架地拿下来，好好擦擦干净，尽力把破了的封面和撕坏的书页修补好。

这活做起来很解压，我花了大把时间做这些简单的重复性工作。

纵然自由，独自工作也有不好的方面。这个缺点一开始只是让我有点头疼，但很快就占据了我全部的精力，吞没了我对这里所有的责任感和远大构想。

独自工作意味着我脆弱无助。图书馆对所有人开放，就意味着林子大了什么鸟都有。

那是我来科缪尔工作不久后的一天，当时我还是个乐观的新人，却领教了独自在图书馆工作黑暗的一面。

我提早来到图书馆，想打扫书架。它们看起来……怎么说呢……书虽是光辉不再，但好歹都排得有模有样，没有放颠倒的小说，也没有塞在书架里侧的精装书。说到摆台，我用了十分钟为即将来临的秋季换了新书。这件事做起来很舒坦，甚至有点让人昏昏欲睡。

我在电脑前坐下，快速摇了一下鼠标，书本编目系统的界面闪了闪然后打开。新增书目清单还是空的，像空白的书页。光标闪烁，等待着录入的条码。

图书馆大门突然被猛地拉开，刮擦出一声尖锐的鸣响，我日后在梦里仍能听见。昏暗的门口，蓦地挤进一个巨大的身影，片刻后跟跟跄跄地闯入黄疸色的灯光里。

我先闻到了他，是一股过熟水果的甜腻，夹杂着一点醋酸味。干了的汗馊味让我喉头一紧，接着我看见了一个男人，周身陈烟缭绕。他几乎和门一样高，剃光的头凹凸不平伤痕密布，圆润的下巴胡子拉碴。他穿着溅满油漆的工装裤和一件运动夹克，神情恍惚，睡眼惺忪。

我每每看到醉鬼的时候，脑子里总会蹦出一句我爸说过的话："一只眼刚进店，另一只眼拿着找零出去了。"这话形容的是喝醉的人转眼珠和眨眼的时候，两只眼睛似乎毫不相干。这家伙就明显眼神飘忽，眼珠歪斜。

不过还是有不太对劲的地方。我见过嗑了药的人，也见过挨完一针正上头的瘾君子，还见过头脑不太清醒的小青年。这家伙跟他们都不一样，虽然他身上酸臭腐烂的气味倒让我想起了以前在烈酒厂的工作。

"欸，大姑娘。"他含混地说道，我顿时胸腔发紧。

他不只是醉了，或只是嗑嗨了。他跌撞着朝我来了，一只眼盯了我一瞬，然后两个眼皮一颤，我就只能看见眼白了。

我本能地站起来，用椅子和办公桌把我们隔开。但不管怎么说，我是新来的。这是我的工作。我是信息的守门人，书籍的魔法师。来者是客，我都要帮。

"您好。"我努力开口。

他好像没注意到我的不安。相反地，他倾身向前，直到两个手掌都严丝合缝地撑在办公桌上，坑洼而邋遢的大脑袋摇来晃去，紧挨着我的电脑显示器。

我吞下涌上喉咙的胃酸，他身上的味道让我全身不适到极点，让我想到放着解冻过久的肉块，发灰的肉末。

"这儿有恐怖小说吗？"他问，"随便哪本恐怖小说？史蒂芬·金……啥的？"

我控制不住地爆出一声紧张的大笑。当然有了，我想着，我这不就在书里面吗！我不就身在史蒂芬·金的小说里吗！这个男的估计马上就要变身怪兽了。说不准马上会有什么鬼玩意儿撕开他的胸口爬出来。

"恐怖小说吗？"我重复了一遍，"哦，是，当然，我们有恐怖小说，就在——"

我正要将我们收藏不丰（好吧，是区区几本）的恐怖小说区指给他，他突然朝后面一晃，几乎就要向后倒去，脑袋又转回来，有一瞬间看起来就好像从 B 级片[1]里跑出来的僵尸，咧

---

1. B 级片：通常指低成本制作的商业电影。

得大开的嘴角口水滴滴拉拉。

"你知道吗，"他一边说一边摆弄着夹克的袖子，把它们卷上去，手指不听使唤地摸索着，"上周我出了点小事故，做工的时候。你知道不，我是个修屋顶的。我修屋顶，撞到脚手架，割了膀子。"

妈呀！我才意识到他这是要掀开给我看。这跟书有半点关系吗？他是觉得我能帮上忙吗？

我的后背紧贴着墙。他又朝前倾了倾身子，卷袖子时苍白的头上冒出汗珠，腐肉的气息愈发浓烈。

一刹那间我蓦然意识到，在这个除了我俩再没别人的图书馆里，我是多么孤立无援。我仿佛是这一切的旁观者——一个目睹恐怖桥段发生，却只能任由故事展开的被动观众。

"我一直没去瞧大夫，"摇摇晃晃的男人接着说，就好像我发问了似的，"感觉有点不太对头。"

他剥开袖子时，几片干了的痂皮裂开，像细小的羽毛一样飘落在桌面上。气味直冲我的脑门，我强压下呕意，看见了他伤重的手臂：满是脓包，血痂密布，发炎严重得都快变绿了。

"你觉着我不舒服就是这玩意弄的吗？"

我后来一直在想，当时是不是应该打电话叫救护车。我一边扫描书本和重排 DVD，一边在脑海里复盘我们的对话。我应该打 999[1] 么？他们来能做什么呢？那是败血症吗？我从未

---

1. 英国急救电话，类似于国内 110、120、119 的集合体。

见过这么严重的伤。

我脑子里胡思乱想，都没怎么留心听柯林斯太太，我们的另一位高龄读者，给我讲她结肠的事。好像是肠穿孔，还是肠易激什么的。有时还会痉挛呀，你知道吗。她闺女也有一样的毛病。要吃这些药片。啊药片叫什么来着？等等咱翻翻包啊……

我边听边点头，"嗯嗯""哦哦"着，但我脑子里全都是那条骇人的胳膊。每当我闻到消毒水味，就想到我是怎么用消毒水去擦干净桌面，去抹掉那些——啊，不，我没法去想——我反复思考自己给他指路去普通外科诊所到底对不对。万一他已经横尸下水道了呢？万一他迷路了呢？他是用了什么药吗？药效发作是他那样吗？

"——还是痉挛最难挨呀，姑娘，"柯林斯太太继续说个不停，"不得不想办法克服呀，不然就别想睡了。所以我才起这么早。你还好吗？"

我眨了眨眼，终于能看清她一头光亮的微蓝紫色卷发底下那小巧而沧桑的面容。

"啊？哦哦还好。我有肠易激综合征，所以也经历过痉挛。"我飞快地答道。肠易激是我这久到让人窝火的焦虑的并发症，自我神经崩溃之后一直缠身。

她赞许地点点头，仿佛我们一同是什么秘密俱乐部的会员一样。她笑着说："那你肯定也老熟悉这毛病了，是吧姑娘？也太折磨人了，是吧。要好好照顾自己呀孩子。"

我把她的图书证还给她，她下意识礼节性地用手扫了扫柜台桌面。

我希望我已经彻彻底底擦干净了。

这次的惊悚体验不会是我的最后一次。很遗憾，也不会是最糟糕的一次。几周以来，我又目睹和经历了一些不太好的事：图书馆外的斗殴，蓄意破坏公物的琐事，嗑药的人，甚至一起发生在社区中心的疑似药物滥用。不过这些暴力都从未直接冲着我来，直到开始飘雪的那天。

那年冷空气来得特别早，天空中很快便飘落了第一片雪花。就在初雪那天，我又吃了一顿图书馆暴力的教训。我当时到图书馆的时候，路上的雪已经积了有十几厘米深。

我本以为我到的时候楼会是空着的，所以看见门锁打开、灯亮着的时候，着实吃了一惊。

一个高个子女人躬身在复印机旁。我进来时她瞥了我一眼。她穿着和我一样难看的区议会制服，不过她的穿着看起来比我的合身。

"呃，你好，"我边打招呼边扫下肩上的雪，随手把钥匙放在桌上，"我是艾莉。"

她上下打量着我，毫不掩饰她的审视。在她的灼灼目光下，我感到很脆弱，被品评着。突然，我莫名地强烈地希望能给她留个好印象。

"菲比。"她终于开了尊口，指了指自己的名牌。

复印机在她灵巧的操作下呼呼作响，纸张雪片一样飞到她手里。我也不知道自己是不是通过了她的审视。她看起来像是正在往脑子里归档我外貌的所有细节。

"啊，我还不知道——"

菲比打断了我："下雪了，我们需要到最邻近的分馆来。我要来的就是这儿。"

"啊这样。"我斯斯文文地答道，"既然……我也已经到了，那我估计也得开始干点活了。"

她笑了一下，我感觉我们之间的紧张感稍微消散了一些。我笨手笨脚地脱下手套。

"随你便呗。"

馆里原本很安静，但到了中午，却没想到下雪天能来这么多人。不管晴天还是雨天，大部分待业的人都要来查看查看有什么工作。我跟一个年轻人聊过，他告诉我他正在接受培训，想做小学教员，但学校现在暂停招人，所以他需要在这段时间找些临时工。

菲比认识他，他以前就住在她家附近。他讲话柔声柔气的，看起来很疲惫，上一周都在埋头苦读，马上还要考试。他们渐渐聊开了，转过身去，这时图书馆大门忽然被重重推开，咣当一声回响。

我感觉自己进入了"战斗或逃跑"[1]模式。我甚至听见我治疗师的声音在脑海里重复记忆闪回的症状：过度警觉、检查出

---

1. "fight or flight reaction (or response)"，战斗或逃跑反应，亦称格斗－逃跑反应，由 W. B. 坎农（W. B. Cannon）提出的心理学、生理学名词，应激条件下机体行为反应的一种类型，可使躯体做好防御、挣扎或者逃跑的准备。——编者注

口、肌肉紧张……

我强迫自己放松肩膀。一群小年轻走进图书馆，每个人都要比我高上足足三十厘米。他们非常吵，个头最高的那个说了什么，引得哄笑连连。他们看起来很面熟。

"小伙子们，"菲比出声警告，"安分点，有人在工作呢。"

他们中的一个不出声地模仿她，状似挖苦，不过其他人都安静下来，一路窃笑地退到了儿童区。我估摸着他们和今天的许多访客一样是来避雪的。今天儿童区在他们来之前都没什么动静，不过从图书馆别的地方也看不清这里，有一个半高的架子阻断了视野。只能看见他们从架子后面露出的头顶。

我好像以前和这群小子里面的几个有点过节，但我也不能确定。我们这以前有过几起反社会行为的事件，主要是课间或午休的时候，青春期小孩为了跟伙伴卖弄引起的。我不再小心翼翼地盯着他们了，反正他们现在安分了。

我继续做整理书架的工作（把一本言情小说书脊上粘着的口香糖弄下来），正当我满意于潜在的坏情况有所缓和的时候，怕什么就来什么。

"哟，瞧瞧谁在这儿啊。就你，小基佬。嘿！搞基的！"

我的心一下跳到嗓子眼，立刻就想藏到桌子下面。我很恼火自己为什么有这种冲动，我以前也不会这么焦虑啊！

"窝囊！"脑袋里的妖精之一气恼地小声骂道。

我直直站起来。菲比转过身，但这伙人已经冲着坐在电脑前的年轻人去了。他脸涨得通红，拳头直抖。

"这……这样说人不对！"他结结巴巴地回话，也站起来了。

我走去房间中心拦住这伙毛头小子时，心脏跳得疯了一样。菲比把那位待业青年拦在身后，那伙人就朝着我骂骂咧咧。那一瞬间他们更像是动物而不是人。野兽。

我身体里的每个细胞都想逃跑。那一瞬间，我感到自己并不在图书馆里，而身处于另一个地方——心理治疗时医师引导我进入的地方。那里的我，弱小可怜，形单影只，痛苦惊惶。

"停！"

小青年们顿住了。整个房间都安静了。我意识到是我自己在吼。

"停！都给我停！图书馆里不能这样！你们现在立刻，通通给我出去！滚！我要报警了！"

个头最高的那个倾身过来，脸凑到我面前。他少说也比我高上两个头，浑身散发着廉价止汗膏的味道。我眼看他的脸渐渐从青年男孩变成了我噩梦里的那张脸，那张让我夜里惊叫出声、撕拧床单的面孔。

"就这？你又能怎样？"

"你他妈给我滚！"

我的嘴里再次蹦出陌生的话。我已经不是自己了。我抓住意识还清醒的一瞬间，把双手埋进口袋里，因为我已经双拳紧握，逃避本能极速变成战斗本能。呵，我随时能一个暴起把那张斜睨着我的脸揍得粉碎……

菲比走上前来："你听到了。出去。立刻。"

那小子立马就退后了。菲比有一米八几，而我一米六还不到。她以前还服过兵役，往那儿一站就很明显。

就在那时，他的同伙举起了椅子……

后来，我一边双手颤抖地检查被砸坏的椅子，一边瞄了瞄菲比。

"警察还没来，"我抱怨着，"离我们打电话报警已经过去一个半小时多了。"

"他们不会来的，"她哼了一声，"你也回家吧。警察不会来的。"

我看了一眼那个想做小学老师的年轻人："咱们一起走吧。"

坏了的椅子我或许能修好，但墙上砸出的坑估计永远也填不上了。

我那天得到的教训是：公众就是无法预判的野兽，永远不能放松警惕。暴力没有脑子，随时随地都可能发生。要时刻做好准备。

还想在图书馆工作？那就记住这一条，奉为圭臬。这是我血淋淋的教训，不必走我的老路。

这段经历给我的第二个教训是：一定要做好书面记录。是的，就算你双手颤抖只想回家。（尤其是你双手颤抖只想回家的时候。）

那天我在闭馆后多留了一会儿，填好海瑟以前给我看过的暴力事件申报表。菲比虽然咕哝了几句"填了也没啥用啦"之类的话，但最终也同意作为目击者签名。

我将表格扫描发送给海瑟，主题就是"SOP一百零几"这样，然后锁门，回家，随便看点电视，喝了一整壶茶，然后——但愿——能有一个放松的夜晚。

第二天，也碰巧我轮休，我接到了海瑟的电话。她先跟我确认了事件的一些细节，然后让我去上当地政府办的冲突管理课。

"可能有点用吧。"她说，"我上过，老师很好。下个月就有新开的一期。"

我一整天都在脑子里强迫性地回想椅子砸向我脑袋的那一瞬间，所以她的提议挺有帮助。我之前从没听说过"冲突管理"，但听起来这正是我现下需要的。

"帮我报名吧！"我跟她说。

跟她打完电话，之前在心里急剧恶化的恐惧感有所缓和。我决定，现在只要在接受课程培训之前不出头，就行了。只要在这段时间里，我不再卷入别的暴力事件，就应该没什么大碍，是吧？图书馆的魔法应该能护我无虞。

虽然听起来像陈词滥调，不过和资深读者的互动，以及重新整理图书馆的日常琐事的确支撑着我继续工作了。看见有人惊喜于新布置的展台，或听见有人评价书架重排之后找想看的书多么容易，我还是很开心的。

我欢迎每个访客的时候开始有一丝骄傲。"欢迎光临科缪尔图书馆，本馆正在整修中。"

*

　　就在要去上冲突管理课的三天前，我被一个访客骚扰了。

　　科缪尔每周会办一场"书虫小聚"。活动时间一小时，我们的儿童助教丽萨会带着宝宝、幼儿和照看他们的大人一起唱歌，然后从我们的童书里挑一个故事念给大家听。一般小孩子的家长就会趁机聚在一起，聊聊为人父母或者祖父母的经验，学学与自己小孩玩"结构性游戏"[1]的技巧。

　　或者至少从理论上说，是会有这么一个活动，如果真的有人参加的话。

　　几周下来，"书虫小聚"逐渐从唱歌学习活动变成标注在丽萨日程表上的一段时间，让她用来赶文书工作和邮件的进度。

　　我也不再为出席率不争气而伤神，虽然免不了在心底有些困扰。咱们这地方，经济和社会都十分不景气，年轻的单亲妈妈或单亲爸爸随处可见。我常常看到他们在外面推着幼儿车整日奔忙。我还总看见他们来图书馆用电脑呢。所以究竟为什么没人参与图书馆提供的这一项免费服务呢？

　　我心里这么想着，丽萨就坐在一边的公用电脑前，对着电子表格不知道在忙些什么。她看起来挺可亲的呀，或许有一点学校老师的那种严厉，但很明显一点也不会讨人厌。而且她在育儿方面懂的也很多，至少从我跟她几次简短的聊天来看，我

---

1. 结构性游戏（structured play），相对于"自由游戏"（free play），旨在与孩童的玩耍过程中让其有所学习和收获。

感觉她是个行家。以前她也会因为没什么人参加科缪尔书虫小聚而失望，但现在她也找到了别的事来打发这段时间。

丽萨大概四十多岁，一头漂亮的厚厚的黑发大概到肩膀那么长。每到书虫小聚，她就会把头发挽成松松的发髻，做好万一有小朋友来的准备。她讲话彬彬有礼，可能为人稍微有点拘谨古板，但每当我主动为可能出席的家长准备茶和咖啡的时候，她都会跟我道谢。

除了这段丽萨每周例行的"坐班看电脑一小时"，我基本也跟她碰不上面，但是今天我总感觉她和往常不太一样，有点坐立不安。

早上图书馆安安静静。我为一些访客分配了电脑登录信息，把新到的一批还书重新排好，就走近坐在电脑前的丽萨，清了清嗓子。

"你还好吗？"

"嗯？"她抬头看我，"你知道吗，伊丽丝这几天就要来？"

伊丽丝，组群经理。我只见过她几次。就是她和海瑟一起面试我的，而且我一直怀疑，比起海瑟，她估计更不看好招我入职图书馆。她是这片区域好几个图书馆分馆的总负责人，所以她的职位叫"组群经理"（cluster manager）。

伊丽丝（Iris）这名字寓意"彩虹"，跟她一点也不搭。这个人是灰色调的，倒不仅仅是因为她头发灰白，而是她通身的气派：苍白的皮肤、沉闷的衣服穿搭和饰品选择，甚至嗓音都灰蒙蒙的。她声音低哑，讲起话来像是在用沙子漱口，而且毫无感情，有气无力，感觉是坐在井底跟我们说话。不管图书馆有多安静，我都要倾身过去才能辨别她到底在讲什么。

不知道为什么，人人都怕她。我当时就弄不明白，现在还是想不通。

丽萨对着她的电子表格眉头紧锁，我打算让她一个人静静，这时候一伙少年闹嚷嚷地推搡着进了图书馆。他们就是前一阵在墙上砸出坑的那小子身边的人，尽管今天罪魁祸首明显没来。

今天他们相对来说比较安分，我便刻意忽视了他们显然是翘课来这里的这一事实。我只是稍微关注了一下这群小孩，他们挤进图书馆后角逼仄的儿童区，七歪八躺地坐下，书包也随随便便扔在一边。

"小伙子们，"我出声提醒，"我们一会儿也许要办儿童活动，那样的话会请你们挪挪位置。"

他们点了点头又耸了耸肩，但其中有一个——长得最高，头发一团黑，穿一身潮牌——一直瞪着我。我也盯回去。我知道他眼神里充满挑衅，但我必须得坚守阵地。他最终移开了视线。他们又接着闲扯，做中学生翘课时会做的事。

丽萨几乎是挨着我坐的，我觉得就算他们闹事，我们两人合力也能镇住。不过，我对上次的教训记忆犹新：就算你不是独自一人工作，公众也是无法预判的野兽。

我尽量不戴着有色眼镜看所有的青少年。毕竟他们和别人一样，也有权使用图书馆。老天作证，我的青春期就几乎都是把头埋在书里度过的。图书馆是我曾经的避风港，现在也仍然是。不幸的是，我做这份工作经历的暴力事件十有八九都是年轻男孩在搞事情，所以青少年来的时候我的确会更警惕一些。孩子们，我的错。

伊丽丝几乎是悄无声息地降临在我们面前。不知道为什么，她打开图书馆门的时候门都不吱一声。她走到我邻桌后面的时候差点给我吓出心脏病。我到现在仍有所怀疑，她其实就是书架间的灰尘道成的肉身。

"艾莉。"嘶哑的声音，一只手放在我的椅背上。

"您好。"我尴尬地打招呼。我和她的对话有点不太对劲，让我不安。主要是对话的间隔过于长了。她声音太小，而我为了补偿似的提高了嗓门。

"我来是收你的……呵呵……最新一批 SOP420 表的。"

她这句话整一个叫我烦躁难安，不论是避讳"暴力事件申报表"这个正经名称，还是中间夹杂的奇怪短促的低笑，都让人不适。

好个"最新一批"。

"没问题！"我回答得精神十足，再一次大声过了头。我必须要给她带来的灰色调泼上色彩，不然就会被吞噬。

而在儿童区那边，男孩子聊着聊着逐渐大声起来。有个人大笑，然后另一个扔出了什么。我没看清扔的是什么东西，但我一直留神关注着他们，即使是在听伊丽丝说话。

"表格是按海瑟要求的第五版吗？"伊丽丝接着讲，她灰里灰气的凝视也软软地落去男孩子那边。

我着实有点分神。男孩子们正把一袋薯片扔来扔去，动静很大。有个人为了接住袋子还摔了个四仰八叉，撞到了身后的书架，几本书掉了下来。

"孩子们！"我忍不住提高了嗓门，"安分点，这儿毕竟是图书馆。还有人要工作呢。"

说完我又转回身去，伊丽丝其实全程都在用她那低沉模糊的声音跟我讲话，阴森森的。

"抱歉伊丽丝，您刚刚说到？"

一声巨响，接着一阵大笑，让我再次分心。果然是那群小孩。我站起来，个子最高的那个男孩也站起来，下巴扬得高高的，就等着对峙。我心一沉。我其实真的不想把这群小孩撵出去。我真的不喜欢在最好的时间段撵人出去。我又不是专门赶人的保安。

"——拿到表格了。"伊丽丝絮叨的同时，我从桌子后面出来，走近男孩们。

熟悉的紧张感再次袭来，令我胸口发紧，但我伸出手，手掌对着男孩子们以示我没有敌意。我尽力做出"拜托大家都讲讲道理吧"的表情。天啊，我真希望他们就是来读读书，或者小声谈天也行。我真心不会介意的。

"听着，孩子们，你们真的不能——"我顿住了，发现一个男孩开始非常故意地把薯片从爆开的袋子里倒进放育儿书的箱子。一股腥甜猛地从我胃里蹿上喉头，让我脸颊爆红。他转过身，冲我洋洋得意地一笑。

你这狗娘养的……

"好了，你忙你的吧。"伊丽丝冲我喊了一声。她的声音居然传过来了，我转过身，难以置信地看着她匆匆收拾起文书然后仓皇而逃。

"伊丽丝！"我喊了一声，但也不知道要说什么。我或许会让她站住。我想让她给我龟缩着屁股粘椅子上见证这一切。

不过都不重要了，因为，装聋作哑的伊丽丝大人已经飞跑着离开了图书馆。

丽萨仍坐在我旁边的电脑前，她在椅子里缩成一团，躲避着眼神接触。还真算个后援呢。

野小子们狂笑。他们现在全站起来了。其中一个狠狠盯着我，然后把更多的书从书架上撞下来，淘气的猫猫也会这样，只不过他的动作更明目张胆、更蠢、更恬不知耻。

我把攥紧的拳头插进口袋。他们都比我高大，但我是怒从心头起，恶向胆边生，头上冒的火比一千个太阳还刺眼。我只能控制住自己尽量不去揪起那个小崽子的衣领子使劲摇。

"这是儿——童——区。你们糟践的书是给孩——子——看——的。你们必须离开，立刻，马上。"

"不然咧？"撒薯片的一边流里流气地说，一边把薯片撒光光。他把袋子扔在地上，用鞋跟狠狠地把它碾在地毯上。我脑子里在对着他的喉咙做同样的事。

"那我就报警，现在就打电话。"我对上他的眼睛。我可是认真的。我们互相瞪着，感觉过了几个小时——我的焦躁渐渐转化为熊熊怒火——直到最后，谢天谢地他挪开了眼神。

"不要逼我赶你们走。"我接着说。声音因为愤怒而发颤。

为什么丽萨什么也不做？我试图用手势暗示她去拿电话，但她明显就在故意盯着屏幕，尽管我知道她都听见了。我转过身去，背对着男孩们，直直地看着她。正当我准备让她行动起来，现在就去报警的时候，个头儿最高的那个小孩突然开口了。

"布（不）要逼我赶泥萌（你们）走——"他嘲讽地学舌，从胃里搅出一阵咯痰声，接着啐了一口。

什么东西落在我后脑上，又潮又重还在我头发上弹了一下。我立马转身，圆睁双眼。

"你刚刚冲我吐口水了？"

那一刻，所有职业精神的伪饰都褪去了。那个小孩脸上的讥笑顿了一下，我知道他是发觉自己无形中越界且没有退路了。我紧捏着的拳头撑在口袋里，指甲嵌进掌心。

"给——我——滚——"

吐口水那家伙的朋友都不出声了。我甚至能听见自己的脉搏。

"听不清我的话？"声音是我的没错，但完全是我脑子里的妖精在说话。

他的朋友们慌忙抓起各自的东西，手忙脚乱地穿外套背背包，匆匆忙忙地离开，经过我的时候咕哝了几句道歉的话。

吐口水的也终于拾掇好了，背上背包。我一直死瞪着他，竭尽全力控制自己去抓住他的冲动。

"滚。"

"行,"他哼哼,好像是自己做主要走,"我这不是走了。"

他走近我的时候,我几乎能用余光看见自己跳动的血管。我站定不动。也就是这一刻,他的肩膀和我的撞在一起。尽管我当时浑身紧绷,但他那一撞力气大到让我连连后退,直到撞在身后的书架上。我内心在愤怒地尖声咆哮,要不是他立刻就跑出去了,我真不知道自己当时会做什么。

我仍会回想起那一刻,如果那小孩没跑走的话,事情会恶化成什么样子。我会用拳头回击吗?我相信绝对有可能。

他一甩上门,我立刻拿下了粘在我后脑的东西。我给丽萨看了这团包着口水的口香糖,胃里一阵翻江倒海。

"刚刚他把这个吐到我头上。"我麻木地讲道,整个人还在被难以置信和出离愤怒这两种情绪撕扯着。

丽萨没有从电脑前抬头。"太恶心了。你写下来吧。有对应的 SOP 表格。"

我报警了。又没人来。

*

培训日。

我双臂抱在胸前,踩碎了一片因结了霜而变脆的叶子。我正等人来打开这扇厚重的双开门,好让我进入这栋巨大的乡间别墅的大堂。

听说这不过是原先矗立在这片地上的城堡的冰山一角，我确信它原来肯定很宏伟很震撼，但我已经在秋天的寒风里等了超过四十五分钟，开始怀疑培训课程是不是取消了，而且没通知我。

我并不是孤身一人。我们一共四个人，大家都湿湿的，哆哆嗦嗦，呼出一团团白气，像不耐烦的马儿一样。

终于，一侧边门打开，一个秃顶的壮汉粗声粗气地哼哼："你们迟了！快来！"他用一个假笑缓和了命令的语气，然后就站着，把走廊挡住了三分之二，招手让我们进来。我们只能挤过去了。

我一向会多想，禁不住留意到我们四个都是女的，就在猜来的要是个男人，他是不是就会让出更宽的路。

里面有五个人，都穿着区议会制服，围坐在一张长长的餐桌边。看来这餐桌现在是被当成了会议桌。我想他们应该都事先知道了要从边门进吧。

壮汉在房间后面单独的桌子前坐下，便立刻开始在他的笔记本电脑上打字。我这才认出来他是本地职业健康与安全局局长。

一个穿着棕色高领毛衣，留着平头的男人站在投影仪屏幕前。他人到中年，看得出过去应该有一身强壮的腱子肉，如今或许吃了太多研讨会的免费自助餐，有点发福的趋势。

我们进门时他低哼了一声，然后从 1 到 3 给每个人安排了一个编号。我是数字 3，他让我们记住自己的号码。

桌边倒是坐着一位熟人。高个子，永远板着一张脸，万事不满的样子。她坐得直挺挺，又黑又长的头发盘成一丝不乱的发髻。她看到我，冲我点点头，轻轻笑了一下，我就当这是邀请我坐她旁边了。

"没找到侧门？"她悄声问。

"对。"我不好意思地答道。她给我递来一张空白贴纸和一支马克笔，让我在上面写自己的姓名和编号。

她已经贴好了自己的："菲比—1"。

"你之前参加过这个吗？"她问我。

"没，你呢？"

她点头，脸上的笑意更加明显。"你是 3 号？有点意思。"

我正要问她这是什么意思，平头先生就让大家开始认真听课了。他指向投影仪的屏幕，五花八门的公司标志下面是标题"冲突管理——两日课程"。

"请大家不要在意这个标题，"平头先生说，"我们只有一天时间，所以要加快进度。我叫查理。"

他列出一串可能是他职业生涯里所获的军衔和担任过的职位，志得意满地以"和……特种兵"做结。

然后他停顿下来，目光像一只殷切的寻回犬一样，一个一个扫过听课的人。我觉得我们应该要大受震撼的。雨开始敲窗户。我抓了抓手背，一尴尬我就会有这个冲动。

"哇。"终于一位女士十分配合地低低赞叹了一声。

查理清了清喉咙,翻到了下一页。

"你们之所以会在这里,是因为都经历过,或者目睹过工作场所的冲突事件,我说得没错吧?"

菲比和我心照不宣地对视了一眼,查理继续滔滔不绝,直接进入第一部分:冲突升级的节点。

*

"当然,如果事态已经激化到发生暴力冲突,你就需要报警,"查理强调,并把"报警"这个词圈了起来,"永远不用担心自己是不是浪费了警力,你的安全要放在首位。女士们,这点对你们尤其重要。和警察说你是一名落单的女性,他们会来得更快。"

我和菲比又一次对视,眼神中充满怀疑。

"好,现在我们谈谈肢体语言。你们来的时候,我给每个人都指定了一个编号,然后让你们写在各自的名牌上。现在我们就来谈谈这个编号。"

终于来了,我想,我要知道 3 号的"有点意思"是什么意思了。

查理翻到幻灯片的下一页。是数字 1,周围环绕着"封闭""疏远""防备""难以接近"等等诸如此类的一些词。

"你们中的一些人,"他说,"属于 1 号。你们会发现,自己和 2 号那些人经历的冲突有所不同。过去你们会收到诸如‘难以接近’或‘封闭’这类的评价。我说得准不准？”

菲比点头如捣蒜。原来这是一个等级？那我是不是什么讨好型怪人？他怎么看出来我是这类人的？我立刻开始分析自己进门时的一举一动。我忽然感到由冷变热而脸颊发红，不安地扯下外套。我是不是跟所有人点头致意了？是因为这个吗？是不是太友好了？我是不是应该皱眉？哈人？露牙？

“当然我不是说这一定是件坏事。这取决于你的职业。显然，如果你的工作常常要和公众打交道，你的上司可能会希望你更亲和一些……”

我脑海中浮现出菲比与这个世界“致意”时那张永远板着的脸。

我们接电话有固定的一套说辞：早上／下午／晚上好，某某图书馆，我是某某。请问有什么可以帮您？

菲比从不用那套说辞。她的声音冷冰冰的。她咆哮，她低哼。是的，“难以接近”绝对是准确的形容。

现在幻灯片来到 2 号那张。巨大的红色数字 2 周围环绕的是“开放”“亲和”“友好”。

糟糕，我内心嘀咕。现在我不知道要如何预判了。如果 1 号是封闭，2 号是开放，那 3 号到底是什么？难道我创造了两者间的某种引力？

查理从桌子底下拉出一张椅子。他跨坐在上面，像牛仔一样，然后把手臂架在椅背上，仿佛某个虚构的美国夏令营里的青年辅导员。他要是拿出吉他来我都不会惊讶。

"好了大家伙，我们来谈谈你们这些2号吧。"

老天爷，我脑子里响起一个声音，有点像小妖精在说话，他觉得这样很自然。他这样的行为学专家居然会觉得如此称呼一群成年人没什么不妥。瞧他那个样子。

我埋头在笔记本上胡乱涂画下一些"笔记"。我画了一个数字2然后抄下讲义上的几条短语。我能感到自己耳朵发烫。每当有人戴上明显的人格假面时都会给我这种感觉，就类似看一个失败的喜剧演员用假惺惺且毫不在乎的态度乞求观众参与。我整个灵魂都会感到难为情。

"2号的大家，你们属于更可能遭到骚扰的那类人，我很遗憾。你们温暖、热情，应该大多从事的职业都会和公众打交道，而且就算状态欠佳，也能努力以友善的态度示人。这很好！没人觉得这不好。只可惜，你们会比1号更需要这次的工作坊。"

我回忆起和男孩们的冲突，那张椅子砸向的显然是我的头，而不是菲比的。只不过我还联想到了我治疗的时候，格雷厄姆每次治疗都要和我重复说的心理暗示。

发生的事不是我的错。创伤不是我请来的。我是个好人。

查理还在讲话，但我的神思已经回到了保健署那间小小的治疗室，我坐在黏糊糊的塑料椅子上，格雷厄姆轻轻拍着我的后脑。

艾莉。艾莉，回来。你很安全。没事的。你在这里。今天是周四，你已经长大了，你是安全的。

但我其实从来不是安全的，对吧？尤其我是这么一块巨大又无遮无挡的磁铁，专门吸引冲突。难怪暴力总是冲着我来。难怪人们遇到我脾气都很大。是我秉性如此，是吧？都是因为我的行为。我是3号。来打我吧。这种说法真的太垃圾了。就是受害者有罪论。蠢查理。蠢查理和他的笨数字。

"至于3号嘛……"他站起来，把椅背转过去。我估摸这是代表着和2号人士的交心时间结束了。他站起来的时候差点绊倒。我感觉我讨厌这个人。

"我应该没给你们中的哪一位安排了编号3吧，对吧？怪人，绝大部分都是。"他咯咯笑，摩挲着胡子拉碴的下巴，"比如做IT的，还有书呆子。虽然这么说不符合政治正确，但……性格光谱上总有这种偏向，我说得对吧。"

没错，我绝对讨厌这个臃肿的成年巨婴。我讨厌他愚蠢的平头，还有啤酒肚，还有虚假的美黑，还有傻乎乎的资历，尤其讨厌他那种"我只是实话实说"的语气，还有那种《星际迷航》里军官莱克的臭屁坐姿。

"所以，我们就主要关注1号和2号。这么说吧，当我说2号更容易遭遇骚扰，我的意思是更多人倾向于和你们打交道。如果一个地方只有1号和2号，走进去的人有问题就下意识地会找2号。你们听懂了吗？就是数字不同。"

菲比点头。实际上，整个班里不少人都在点头。其中一个也在图书馆工作的青年男子坐在那里，眼睛里全是星星。他如饥似渴地吸收查理的教诲，仿佛自己的整个世界观都被颠覆了。

苍天在上，把世界上的人全分成内向、外向和怪物还真省事。难得一次脑子里的小妖精挖苦别人的时候我听得这么高兴。我和它们的共识几乎让我充满力量。

另一个平静得多的声音轻轻低语：他没说错，你知道的。怪物。你根本就不应该来这里。你活着干吗？

我脸颊发烫。

"所以就是程度上的分别，和所有其他事情一样。"查理继续，"我还是多讲点1号的事吧。你们过去更可能会经历冲突。我想给你们讲个故事，然后大家吃午饭。"

他又一次抽出椅子，然后，没错，他又一次跨坐上去。整一个殷殷切切的夏令营辅导员先生。他衬衫领子上有一小块污渍。可能是芥末酱吧。

"我几年前也开过这门课，当时正谈到个人空间的问题。这个一会儿我们也会讲。当时我班上有这么个女的，她年轻又漂亮，讲话轻柔又彬彬有礼，真是美得不得了。"

那你不如多讲讲她有多美。

我翻了个白眼。老天爷啊，我真的是不得不翻白眼，不然就要吐了。

"……不过呢，她是个1号。我来告诉你们原因啊：她特别封闭，几乎不会跟人有眼神交流，大部分时间都双臂抱在胸前。防备心非常重。"

菲比要是头点得再狠一点她脸上的笑容就要掉下来了。

"当时我们要做这么一个练习:我走近她,她感到我靠得太近的时候就举手。我们刚一开始,她就举手了。很大的个人空间啊,很强的边界感。你们中有些人会比别人需要更大的社交气泡,这也没什么,但她当时做这个练习的时候突然就哭了。特别突然。大家都呆住了,我也呆住了。"

我在笔记本上写下"呆住"这个词并且在下面划了两道线。我也不知道为什么。

他顿了顿,为了制造点戏剧效果,可我满耳朵都是菲比猛力点头时身上什么东西颠得丁零丁零的响声。

查理又压低了声音:"好了,下面的事我只告诉你们。练习过后这位漂亮女士来找我。我想知道她是不是还好。嘻,原来她被虐待过。性虐待⋯⋯在她只是个小孩子的时候。"

他说的时候好像在传什么办公室绯闻,我停止了记笔记。我喉咙里跳动的肿块又出现了。

"是被她爸,你们听听。可惜啊,真可惜。多漂亮的姑娘。"

我根本不敢抬头。我感觉他就是在专门对着我说话。我脑海里忽然出现一幅恐怖的画面——我抬起头,发现房间里的所有人都在盯着我。这画面生动到了令人毛骨悚然的地步,以至于我必须要闭上眼睛狠命摇头才能把它从我的脑海中驱赶出去。不过我的表现看起来应该像听了故事而大受震撼。

或许我确实大受震撼吧。

"所以,1号们,我并不是说你们全是残次品,不过我想强调一点:越是典型的1号,越有可能经历过创伤。"

残次品。

我抬起头，他妈的，他居然在笑。也没笑我，他只是沉醉在自己的故事里，陷在自己的声音里，好像一头在屎堆里打滚的猪。他接着讲下去的时候四处环视，眼神对上了我的。呵，我倒要给你看看什么叫"残次品"。

"我虽不是什么精神科大夫，但我总能认出被虐待过的人。我的方法自成一派屡试不爽。你很少遇到 2 号——3 号也算在内吧——遭受过性虐待。"

我漏出一声尖笑。我眼睛一抽，四下看了一圈。在我扭曲的视线里，仿佛房间里的每个人都转过来看着我。他们的视线汇聚起来，不知为何，热得像火的同时又冷得像冰。

我飞快地用手捂住嘴，但还是迟了一步，没挡住第二声尖笑。

艾莉，没事的。艾莉，你是安全的。回到房间里。现在是周四，你已经长大了，你是安全的。

"对不起，"我小声咕哝，"我一紧张就这样。"
傻逼。

是时候吃午饭啦，查理如此宣布，眼睛仍盯着我。没人有异议。

64

*

　　菲比在我旁边坐下的时候，我正戳着一块巨大得罕见的烤土豆。老城堡的小食店出乎意料地好吃，我还在想为什么自己之前没来这吃过，菲比把她的三明治举到嘴边开吃。

　　"你觉得如何？"她咀嚼着满嘴脆皮含糊地问我。

　　我不再戳土豆。戳也没用，我一开始就没什么胃口。

　　"这门课吗？"我边问边拿起我的包。

　　她点点头，把三明治放回盘子仔细审视，神情似曾相识：我们第一次见面时她就是这么审视我的。她逐层翻查着三明治，把黄瓜片挑拣出来，手法娴熟而精准。

　　"还行吧。"我不置可否地答道。

　　她声音含糊地表示认同，我也在包里找到了我要找的东西。我迅速摁出一片药丢进嘴里，然后就着我那罐可乐咽了下去，整套操作非常熟练。

　　我系紧包包的时候，一根长手指戳了戳我的胳膊肘，我抬起头。菲比不再解剖她的三明治，而是将注意力集中在了我的包上。她向包比划了一下。

　　"那是什么？"

　　"什么是什么？"

　　"那片药啊。"她顿了顿，我脑子转了一会儿才想明白她在问什么。她语气放缓和了一点："啊，你也可以让我别多管闲事。我就有点好奇。这药治什么的？"

150 毫克的缓释药物，叫文拉法辛，是一种 5-羟色胺和去甲肾上腺素再摄取抑制剂的抗抑郁药。我每天服用两次。我之前是一次性吃一粒 300 毫克的大药片，但副作用太严重。分开服用的话我能稍稍好过一点。我一旦漏吃一次的惩罚就是之后持续 12 小时的让我觉得眼要瞎了的偏头痛。可理论上它是为数不多能让我保持清醒的东西。但我也不完全确定。

"这是……呃……治病的药。"我说。

我其实就要开口告诉她药的所有具体细节，但我控制住了自己。又一次，她的突兀让我毫无心理准备。她眼睛牢牢地盯着我，让我满脑袋翻找，想再多挤一两个字或扯点谎出来。

"是止痛药，"我最终开口道，"头疼。"

她哼了一声，总算是满意了。我却挺生自己的气，我老是告诉自己要对所有人坦诚相待，别再假装一切正常，这个决心也就到此为止了。

不过……这的确一点也不关她的事。我真希望自己能有那个胆子让她少管闲事，但事实上我还真有点怵她。她个子那么高，性子还那么尖刻，一会儿万事不管地傻乐，一会儿又严肃认真地刨根问底，我真不知道要怎么和她相处。和她待在一起我时时刻刻都感到被审视着，一点也没有安全感。

"这些药，"她接着说，"我可是一点也不喜欢。我只吃扑热息痛，别的嘛，是药三分毒。你知道的，就抗抑郁的那些，会让人上瘾。"

她不再看着我，接着挑三明治里的黄瓜去了。我精疲力尽，甚至没办法在脑子里反驳她。她就是那种人。这种人我不是第一次遇到，她也肯定不会是我遇到的最后一个。

我的亲妈过去就是药物污名化的忠实信徒。菲比那番话她以前可能也说过。"别吃药吃上瘾了，你的身体才不需要它们呢。"

不过自从她得了癌症（谢天谢地她康复了），接着我精神崩溃（我康没康复还未可知）之后，她的观点就改变了。

菲比自有一番长篇大论要发表，因为在接下来的五分钟里，她挑黄瓜，我戳土豆，她给我举出对精神类药物上瘾的人的"真实数据"，药企巨头如何通过让大家药物成瘾来赚钱，以及"你难道没看过那个纪录片吗？就在油管上。我们根本不需要吃药，某些植物也能有相同的疗效，还对人体无害。替代疗法[1]才是未来"。

我差点就嘲讽了一句"替代性药物就是没疗效的药吧"，但我真的太疲惫了。我在想我是不是感冒了。

终于菲比老师的讲座结束了，她要接着用餐了。我如释重负地叹了口气，准备找个借口离开，剩下的午餐休息时间就去洗手间度过了。结果她在这节骨眼上又开口了。

"所以你在科缪尔上班？"

"啊？对。"

---

1. 替代疗法（alternative medicine），亦称替代医学，是西方国家对常规西医治疗以外的疗法的统称，包括顺势疗法、按摩疗法、香味疗法等，中国传统的草药和针灸治疗也被归在其中。——编者注

"全职？"

"兼职。"

"那你肯定认识海瑟。"

我是认识海瑟。凌乱的发髻、精修的眉毛和文书工作都是我的老熟人了。老天爷呀，文书工作要命啊。

菲比显然在等我的反应。她的小眼睛盯住我的不放。我犹豫了一下，怀疑她不喜欢海瑟，而且我更不想触怒她，让她像解剖三明治一样无情地解剖我。

"她……就那样吧，"我的语气和我评价这节课时候的语气一模一样，"她有点……焦虑。"

菲比猛地大笑。这太突然了，我不禁往后一缩。但她好像不仅没注意到，还边笑边鼓掌，坐在临近桌子的人都朝我们看。

"疯子！她就是个疯子！听到你这么说我太高兴了！"她咯咯笑道。

我基本能确定我从没说过海瑟是个疯子，但此时此刻我愿意用尽一切方法离开这个咯咯笑着拍手的女人。

"啊她可太坏了，"菲比哼道，"她也让你签了那些表格是吧？让你数东西了是吧？"

我点头。的确，"签表格和数东西"构成了我那时候工作内容的八成。

"她也对你邮件轰炸了吧？"

我再一次点头。我没法否认海瑟的确接连给我发邮件，一刻也不停。她写要求还基本全都是非常显眼的大写加粗，让我数更多的东西，签更多的表。

"我在罗斯科里，"菲比终于给了个解释，"你们的姊妹分馆，她两边都负责。哈！你算是摊上个难缠的老板！"

她看起来对我的前景过于快乐。

我终于找到机会厕遁，飞一样逃去了洗手间。

*

我们站成一个半圆。桌子椅子都推到一边，查理站在房间的正中央，看起来像个召开新闻发布会的政客。他假作真诚地扫视整个房间，一脸圣贤的样子。

"好，"圣人终于开了金口，仿佛在判定我们是否值得他分享下一块智慧金石，"我们已经讲了每个人都有自己的社交泡泡。当陌生人靠近时，你们中有些人可能会比别人更自在。这也没什么。现在呢，我要谈谈每天会影响你们社交泡泡的因素。"

"泡泡"这个词在我听来已经毫无意义了。我们先做了这样一个练习：两人一组面对面站着，当然我和菲比这组是"面对胸"站着。我们假装聊天的时候我不得不使劲仰头。后来我们又做了一次这个练习，这次是互相迁就45度角。我们虽然交流得还是很尴尬，但确实顺畅了不少。

平心而论，查理这个练习还蛮有意思的。他说冲突有个弧线：人面前的一个假想的90度扇形区域是最可能发生肢体冲突的。最关键的就是能不能伸手够到，他说，以及是不是有一种头顶头的感觉。

他说的居然有道理，这实在让我困扰。更让我心烦意乱的是我不再认为他是个浮夸的傻帽，而更像是位浮夸的……好吧，专家。

不管我如何抗拒，我的肢体语言和他预测的一模一样，太让我不爽了。我希望他出错，就算只是没用也行；为我的理智着想，我真的太需要他出错了。

"外貌也会影响你的舒适度。如果来找你的这个人醉醺醺的，你也不会让他比正常人靠你更近，对吧？"

他说的话令人震惊地有道理。

"你若是跟醉鬼独处，你们中间还没东西隔着，那肯定会不舒服的。桌子也行椅子也行。相信你的直觉。"

我们围在巨大的茶水咖啡保温桶周围，好像穴居人围着篝火。区议会这次在饼干上估计是下了血本。我拿着马克杯去接寡淡如水的红茶时数了一下，单单黄油饼干就有三种。

我不太清楚自己当时的感觉。我想摒弃查理目前为止教给我们的一切，就好像我轻而易举地把他之前的 1 号 2 号人类观察扔出脑子一样，但回想我在图书馆遭遇的一系列冲突情景，我发现他对肢体语言的解读在绝大多数情况下都是对的。关于防攻击姿势、打斗弧线、声音变化和挠脖子这些，他讲的都在理。

我的沉浸式自我怀疑被胖胖的健康安全局局长乔治打断

了，他让我递个茶勺给他。我意识到要抓住这个天赐良机，告诉他我在科缪尔工作半年来留心的重要问题。

递勺子的时候我随口说道："您好，我是艾莉。不知道您是否知情，我工作的科缪尔分馆近来发生了好几起暴力事件。"

乔治四下看了看，低声说了句："别在这儿讲。"然后示意我回到会议室，眼神似乎在说"我懂我懂"。我跟着他进去。他先是无言地叹了口气，然后让我坐。我突然就觉得自己这是来开了个小会，立马就开始后悔跟他提这些事。我是不是要因为在相对公开的场所跟他提这个话题而接受好一番斥责了？

乔治看上去很疲惫。他挠了挠头顶上秃的那一块，解锁了他的笔记本电脑。

我吹了吹茶上的热气然后等着。他伸了个懒腰。

"就是我让你参加这个课程的。"他终于讲话了。他的嗓音也太沙哑了，听起来像吼了一整夜似的。也许他是个老烟民吧。

"哦这样，"我应道，又加了一句，"啊，谢谢。"

他啜了一口自己的黑咖啡。我眼见这杯咖啡腾腾地冒着热气他却面不改色，真是个行家。

"我这收到了你们几起事件的报告。这么说吧，我关注科缪尔的情况也有一阵子了。"

科缪尔的情况：一系列不断激化、最终演变为暴力袭击的事件；当头砸下的椅子；毒品交易（还发生在犯罪小说区，真令人啼笑皆非）；更别提不止一次而是两次发现厕所里晕着一个男的，胳膊上还插着注射器。这就是我在科缪尔半年来遇到的事。半年算"一阵子"吗？还是正如我疑心的那样，这些事很早之前就已经屡禁不止了？

当他从屏幕前抬起头的时候，我看到的不再是那个坐在教室后面，培训课全程都在工作的职场精英。他不止是累，看起来精神也十分疲惫。他下巴上长着因为熬夜而来不及剃的胡茬，黑眼圈也很重。这个男人显然身处在看不见的斗争中。

心理疾病大家庭欢迎您，我这么想。

"我给你透个底吧，我一直在为这件事争取更多的预算。你别和别人说，但我给你吃颗定心丸：我想到了怎么解决你们分馆一系列反社会行为导致的问题。"

他跟我讲话的样子仿佛是要给我一个惊天大礼，让我长久以来第一次看到了希望的曙光。这个人能明白！他一直在听，事情终于要有转机了！我不用每晚结业后给边门落锁时都要处处小心提防周围，也不用每晚在去车站的路上都不得不假装讲电话，祈祷不要被跟踪了。

或许，只是或许，我不用每次图书馆门打开的时候都屏住呼吸了。

他看到我的表情，露出了微笑："我觉得你听到这个消息会很高兴的。不过你现在真的不能和任何人说，行吗？"

我点头，倾身过去。他究竟为了什么申请的预算？是要添一个保安？再雇一个馆员？请个人晚上能帮我锁门？改善灯光？给我发胡椒喷雾？

"我们会在图书馆装上监控。"

我还等着他接着说"然后还会……",但没有下文了。

"哦,"我尽力掩饰自己根本掩饰不住的失望,用马克杯遮住脸,任凭热茶的蒸汽模糊我的眼镜,"这样……挺好的。"

这跟好还真是半点也不沾边。

*

"自我防卫!"查理宣布。

他拿了一支激光翻页笔。他从讲课开始到现在一直都有激光笔么?不,他估计是刚找到,可能之前弄丢了,或者兴许是刚想起来自己还有这么一支笔。我把他的声音屏蔽了,而对着激光笔浮想联翩不能自拔。

"——合法性,还有,很显然的,要理解我们说的'合理的武力'。"他如此总结。

我把笔记簿翻到新的一页写下"合理的武力",然后在后面画了一个巨大的问号。

查理摁了一下激光笔的尾部,幻灯片翻到下一页。现在我开始好奇他之前是怎么翻幻灯片的了。是汤姆在后面帮他翻的吗?他之前讲课的时候是不是有另一个翻页笔?还是说其实是同一支笔,但他刚刚才想起来笔尾有个激光灯?

"——伤情,大部分都列在这儿了。"

一张血淋淋、伤痕密布的脸部特写蹦了出来。坐在桌边的许多人都眉头一紧。这张脸的眼睛肿胀着。查理又一摁，这张脸淡化成了模糊的背景，一列清单出现，分点列出不同的伤情：骨折、割伤、瘀伤、短期损伤与长期损伤。

查理还在夸张得过头地讲课，但我仍在想那张血淋淋的脸，以及那起我没有用SOP420申报的事件。我之前都设法把这件事抛诸脑后，直到我看见幻灯片上那张脸的一刻。

*

薇琦是我们这的常客。她命很苦，连着几天甚至更久都穿同一身衣服。她的外套一直是件穿旧的奶白色大衣，从没换过。

薇琦也是我们待业访客中的一员。工作日的每一天她都会来图书馆，和她的朋友一起，她们共用一台电脑找工作。

我一直有点偏爱她。她显然找不到任何能做的工作。她尽力去找了，真的尽力了。她硬是撑着来图书馆，看到招人的就投申请。我觉得她心里也知道自己从来到不了面试关的原因：她没有工作经历，也没有证书。但不管怎样她还是想工作。

她朋友叫史蒂芬妮，也穷得一文不名。她又高又壮，肌肉极其发达，声音低沉，一双手也大得出奇。

（我第一次见到史蒂芬妮的时候不得不出去透口气。她和我噩梦里的那个人抽同一种烟。）

史蒂芬妮每天都穿着一样的制服：一套浅蓝色的运动服。

她没有牙齿。讲话声音特别大，也很容易闹出很大的动静。每次她大吼的时候薇琦都会瑟缩一下，而史蒂芬妮大吼是家常便饭。

每天我都会给她们分一台电脑，她们得到授权后就开始寻找工作。

但今天情况不太一样。今天，虽然图书馆的门是在老时间被拉开的，但进来的是落单的一个人。

薇琦一步一拖地进来，头发遮着脸。她的奶白色外套被撕成了一块块碎布，上面的污渍也比平常密集，而且是铁锈一样的棕红色。

她一瘸一拐地走到接待处，我才看清她的脸。

不对，准确地说是她的脸还剩下的部分。

除了"破碎"一词，我实在找不到别的方法去形容她的脸。她的下巴肿胀不堪，眼睛变成了藏在橙子大小的两个肿包里的两条细缝。上下嘴唇都撕裂了，一侧脸颊上还有个靴印状瘀伤。

"请……给……电……电脑……"

她在哭，流出的泪水都是粉红色的。

我一下就蹦起来了，绕到她那一侧，在她开始摇晃的时候抓住了她的胳膊肘，她瑟缩了一下想要抽开。她弓着身子，透过嘴上的裂缝艰难地喘气，我怀疑她的鼻子也断了。

"老天啊，薇琦，到底怎么啦！要叫救护车吗？要报警吗？"

"……不！"她哭叫一声，我收回手。

她摇头，在痛苦中哀哀地呻吟。

"别叫警察，"她嗽道，"也不要救护车。"

"好吧，"我答道，然后离她远一些，"但你还好吗？"

她摇了摇头，一只手攥着肋骨，另一只手扶着桌旁的柱子以支撑身体。我愣了一瞬后发觉她在啜泣。

"要给你倒杯水吗？"

"只要……电……电脑。"她从紧咬的牙关里挤出一句。她下巴绝对骨折了。

我跑着去饮水机，不想留她一个人，我担心她会昏过去。我回来的时候她不再发抖，但是眼泪完全止不住。

"我……当她……她……是我的……朋……朋友……啊……"她气恼地说，明显费了好些力气才能张开嘴。

我把水杯放在她面前的桌子上："你说谁？是把你伤成这样的人？"

"……对……"她伸向杯子的手受伤严重、血迹斑斑，"还朋友呢，嗯？就为了二十镑。我就是欠了他妈的二十镑。看看我的下场。"

我可是遇到过一些特别糟糕的事情的。你不会平白无故就反反复复去国民保健署进行心理治疗，你一定是见过什么离奇的恶劣场景。我是指我自己就曾身陷困境，不过我真的从未见过这等事，真的从来没有。我要是在电影里见了她这张脸，会觉得是特效化妆师把受伤妆效整过头了。

我都能闻到她身上的血腥气。我才发觉我这辈子头一次这样闻到血腥。我都能在喉咙口尝到血的味道：金属和生肉的混合味。

"薇琦，你真的要去看一下医生……"

"不要看医生。不要去医院。不要叫警察。她会发现的。"

"行吧，"我应道，"那至少让我给你受害者援助的电话号码。他们会保密的。"

她看起来在考虑我这个提议，我趁机抓了张纸飞速写下了电话号码。

"你需要的话就用图书馆的电话打。"我这么告诉她。

她伸出两根手指夹住纸片。眼泪打在纸片上，把它染成淡淡的粉色。

"谢……谢。"她说。

那天晚些时候，她又回到了图书馆，这次是和史蒂芬妮一起。在见识过史蒂芬妮能造成怎样的暴力伤害后，我一看见这个女的就生理不适。我甚至感到自己的胃因预感到更多暴力而痉挛。

"两台电脑，"史蒂芬妮说，"一台给我一台给我的'朋友'。"

薇琦肿胀的脸上挤出一丝泪涟涟的微笑。

*

查理收拾投影仪的时候，我手机在口袋里震了起来。我出去到寒风中接电话。

虽然打来的电话不在我的联系人列表，我的智能手机还是识别出这是政府的号码，显示出了来电人：

苏格兰警署。

我眉头一皱，接通电话放到耳边。

"您好？"

"您好？请问是摩根小姐吗？科缪尔图书馆的馆员？"

"呃，是我。"

"摩根小姐您好。我打电话来是因为正在调查一起疑似发生在图书馆的骚扰事件。是您致电向我们报告一名青少年男子冲您吐了口水，是吧？"

"噢！是我没错。"

"我们根据您提供的信息对证人做了笔录，其中包括您的，呃……"我听到文件翻动的声音，"……那位儿童助理，丽萨。"

我的心脏狂跳。他们真的严肃对待这件事了？终于！而且多合时宜！

"很不幸我们无法就现阶段所获证据进行批捕，摩根小姐。"

我盯着黑洞洞的城堡广场出神。一只蝙蝠在我头顶的路灯上盘旋，啪啪的拍翅声让我的后颈汗毛倒竖。远处什么地方，一只绵羊在睡意蒙眬中咩了一声。

"摩根小姐？"

"我能问问不行的原因吗？"

"恐怕是因为我们收到的证词相互矛盾。我现在只能给您提供这么多信息。您的目击证人声称并没有发生这样的事。如果你们有监控就好了……"他听起来几乎跟我一样沮丧，"我……我真的很抱歉。我是真想抓住这个小兔崽……抱歉。"

有那么一瞬间，我真的很感动。我发现我以前是和这位警员说过话的。他年纪轻轻，刚到这一带不久。他也偶尔会来图书馆逛上一两圈。有一两次还穿着便服。

"我也很抱歉，"我回答他，"谢谢你告诉我。"

*

"解离"（dissociation，又称游离、分离）是个精神医学术语。它不是一系列综合征，也并非单单一种疾病，而是一个症状。解离就是脱开现实。与精神障碍不同，解离不会伴随着幻觉和失常的想法，而是让病人经历某种隔膜，仿佛是置身梦中观看现实中发生在自己身上的一切，变成了自己生活的旁观者。这种症状常由创伤导致，发作时间从几分钟到几周不等。解离在病人需要集中注意力的情境下发作时尤为危险，例如他们正在开车，或是在操作重型机械。

我和解离是老熟人了。

接下来这个月我过得迷迷糊糊。在柜台工作时和机器人没什么分别，不再主动去应答咨询的人。

扫进还来的书，扫出借走的书；出借电脑登录账户，收还电脑登录账户。

书架子又开始变得乱糟糟。我的展品陈列也与时间脱节。我也不再更新"即将上新"系列。

史蒂芬妮开始独自一人前来，她开始询问我的轮班时间，也不止一次在开门前蹲守我，然后在我关门时潜伏在附近，时不时会露出一副要见血的样子。她要见我的血。有几晚我在出去锁门前吐了。这一切就像无休止的噩梦一样延续着。

"过来。"她会在图书馆某个阴暗的角落冲我说。

"现在不行。"我语气平平地回她。我甚至都不再害怕了。我在他处，看着这个可怜人拖延她避无可避的宿命，"等我把这本书放好。"

她每次都会接受这个借口。

"那就等等。"她答道。

她话里的意思我们都心知肚明。

毕竟，我见识过她对薇琦做的事。

*

格雷厄姆很担忧。我们最近的治疗几乎没什么进展。终于，在一次扎进死胡同一般让人沮丧的治疗之后，他双手一摊，丧气地咆哮起来。

"我治不了你。"

我暂时回神："你说什么？"

"我没办法在创伤正在发生的时候去治好它，艾莉。你这样下去情况只能越来越糟。"

"你是指图书馆那些事？"我问。

我在接受治疗的时候反应都会有点迟钝。我在治疗开始之前不会进食，这样过程中我就不会吐出来。我的胃咕咕牢骚了几句。

"是，"他回答，"就是图书馆那些事。暴力事件、持续的威胁。如果士兵正在战场上打仗，你也没法去治伤。你必须离开那里。"

我发现自己在点头，但神魂没有完全归位。"我知道的，"我听见自己说，"我只是希望……"

"会有别的去处的。"

"或许吧。不过我真的很喜欢图书馆……"

"会有别的去处的，我保证。"

第二天，我写好了我的辞呈。

＊

有一天，临近晚班结束时我丈夫打来电话，听起来有点紧张不安。他正在来接我的路上。

"我还有个会，然后就下班了，"我和他说，"你还好吗？"

我对自己的身心健康毫不在意，但他的就是另一回事了。我爱他爱到有时候心口都会痛。我不知道这正常不正常。

"还好，"他答道，"就是碰上了你图书馆的一些'熟客'吧，我猜。"

我喉头的肿块立刻冒出来了，我使劲吞咽了一下。图书馆空无一人，我还是迅速缩到了柱子后面。

"怎么了？你还好吗？是谁？他们伤到你了吗？我他妈去弄死这些——"

"没！没！我没事！"他笑道，"我出去散步，碰上一个好像是受伤了的小男孩。他一定是吓坏了，居然跑来找我。找我哎，艾莉。"

我丈夫比我高出足足一个头，头发也比我长，还留着大胡子，完完全全就是刻板印象里金属摇滚乐迷的形象。他虽然瘦但是身材很结实，而且还总穿那种厚大的衣服，整个人看上去就更健壮了。总的来说，他有时的确看上去会比较有威慑力。只不过我知道这人是个彻彻底底的和平主义者。我绝对是我们两个里脾气更大的那个。

"他被一些大孩子打了。我带他回了他家，就离公园不远。我回来的路上就碰上了揍他的那几个人。一群半大小子，欺负一个小娃娃！他们还都为此飘飘然呢。反正没什么啦。他们问起你，似乎知道你在图书馆工作。我觉得他们不知道是我把那个小男孩送回了家。"

不对，我心想。不对，他们知道。他们知道你是谁因为他们知道我是谁。他们是什么货色我可是一清二楚。

"他们说你好像是什么史蒂芬妮还是谁的朋友。说跟你讲你会知道。反正他们看起来就不好惹。不怨你辞职。"

"我还没……嗯……正式辞职。"

"什么?"

"伊丽丝正在来的路上。她一来我就交辞呈,然后就离职。"

"行。一会儿见。"

"你小心啊。"

他挂电话的时候,有什么人在哀嚎。我从前窗向外看了一眼,哀嚎变成了尖叫:一声长长的、绵延的、本能的尖叫。

三个人影纠缠在一起:一对年轻男女,和一个年纪更大些、藏在连帽外套里的人。他们已然扭打在一起,那对男女正在逃离那个穿外套的,他俩一头撞进社区中心。

两个人跌跌撞撞扑进来,互相支撑着。他们年纪不大,看起来也就十几二十岁。女孩尖声叫着,男孩默不作声,张着嘴巴,面色跟白粉笔一样。让正在工作的我吃了一惊。

女孩抽泣道:"叫辆的士!"她尖叫:"求你了!老天!我求你了!帮我们叫辆的士!我们要离开这儿!"

我没问要不要帮他们报警。我只是按照要求拿起电话叫了的士。我的动作像个机器人,但我的手在抖。

再一次。

女孩捧着男孩的脸。

"凯,凯。看着我。凯。没事了,他走了。我们马上就离开这儿。车就在路上了。他走了。"

"凯"在点头,但已经神志不清了。他正在"解离",就像我一样。

我给他们倒了水，他们婉拒了。我让他们在这里等车来。

女孩仍在啜泣。我尽量不去听。在这种地方，你知道得越多就越危险，况且我也不会在这儿久留了。

"他……他差点杀了你。"凯断断续续地说。

"不。不，宝贝，不是的。他就是冲你来的。我把他吓走了。他已经走了。我没事的。"

我闭上双眼，暗暗祈祷伊丽丝快点来。

*

他俩要我陪他们一起等的士来。我站在外面的时候，伊丽丝到了。

"你站外面干什么？"她问，完全无视哭泣的女孩和惊魂未定的男孩。

"说来话长了，"我答她，"这工作我做不下去了。"

我把辞呈递给她，我的图书馆工作生涯也一并告终。

*

我在伊丽丝旁边坐着。图书馆已经关门了。她手里的笔有一下没一下地在桌上戳着。世界上再也找不出比这更烦人的声音了。

"不单是因为暴力事件，"我解释，"现在还事关我的家人。他们找到了我丈夫。他们也知道我有联系过警方。"

她点点头。我猜她自认为这个头点得饱含同情。她的表情似乎非常困惑。

"呃……要不这样行吗？"她闷声说道，"我们在罗斯科里也有个小空缺，你要不换去另一家分馆做一段时间？"

我吞咽了一下。眼泪不争气地从眼角沁出来，我心里暗骂自己。

这该死的焦虑。

"我……我其实不清楚。如果情况和这边也差不多——"

伊丽丝摇头："那边的分馆是两人共事的，而且那个片区的治安也比这片好。不论什么时候都有至少两名员工同时办公。图书馆也大一些，有更多的活动，更多的……生气。"

"能给我点时间考虑一下吗？"

"明天打电话告诉我吧。"

我点点头。

*

"你什么时候去新分馆上班？"格雷厄姆问道，彼时我刚把下一次治疗的日期记在手机的日历上。

"明天。"我答道。

"别忘了，如果情况还是一样差，你没有留下的义务。"

我点头。他倚在门廊边。

"会有更好的去处。我真心觉得，"他又强调了一遍，"你能找到更安全的地方工作。"

我也想信他的话，但我耸了耸肩。

"几周后见。"他道别。

我和他挥手再见时，口袋里的手机震了起来。我拿出手机，看是谁打来的电话。

苏格兰警署。

"您好？"

"摩根小姐？我就上周的一起事件致电询问，您应该是目击者。事件大概发生在下午五点。请问是您为两名青少年叫了的士吗？"

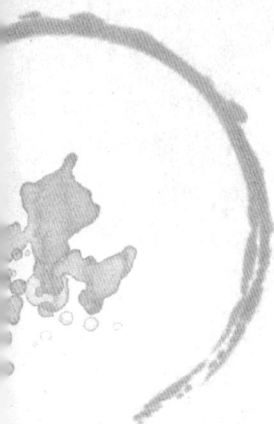

第三章 ->>

并非每家图书馆都生而平等

十月日均访客：60 人

十月日均问询：10 次

十月日均打印：49 页

十月暴力事件：0 起

儿童活动出席率：75%

The Librarian
Allie Morgan

记忆里的第一个图书馆其实十分朴素：我小学每间教室后面都有一两个旋转书架，里面搁着适龄读物。大家就称整个图书角为"图书馆"。

　　只有做完下午功课的小孩才有资格去"图书馆"。如果你能去检视小小的书架，踮起脚尖撑着左摇右晃的书架挑书，让架子吱吱作响，就是在发表胜利宣言。如果你坐在课桌前捧着课外书看，就表示你学东西快，做事还利索。

　　我当时只是一个小学生，没什么羞耻心，却急于取悦大人，所以把选书仪式和荣归书桌那一套看得比命还重要。显而易见，阅读本身倒是次要的。

但当我遇到生命中第一本大爱的书时，一切都不同了。

那是一本绿色封面的精装书，但破破烂烂的。书名是《秘密花园》，作者是弗朗西丝·霍奇森·伯内特。我拿到这本书的时候它已经算是只落魄凤凰，但也是我们图书角收集的小说里唯一一本精装书了。我一眼就相中了那精致的压花封面。

我一把书拿到手里，就感觉是本大部头，像大人看的书。我那个年龄所接触到的读物，封面基本上都是包在塑料封皮里皱巴巴的硬纸板。而这本书呢，书页本身薄如通草纸 [1]，且因经年惨遭脏手指荼毒而污渍斑斑；排版的字体也和我看惯的圆体字不一样，字母和学校里唯一一台供学生使用的打印机印出的那种很类似。那台老家伙是点阵式打印机，连着八十年代出产的 BBC 台式电脑。

书里的语言于我而言也很新奇。在那之前我读的书行文都和自己平时说话差不多。而这本书辞藻华丽地将故事娓娓道来，当时只有七八岁大的我觉得，这大概就是皇室中人讲起话来的样子吧。

我用几个自习时段狼吞虎咽地啃完了它，然后又从头再开始读。

---

1. 古代广州常见的绘画用纸，由学名为通脱木、俗称通草的灌木茎髓切割而成。这种纸成本低廉、十分轻巧，但容易破裂。18、19 世纪，画在通草纸上的水彩画被大量售卖到西方，受到人们喜爱。当时西方人误以为该纸由米浆制成，故通草纸本身又被称为 rice paper（米纸）。——编者注

我隐隐约约感觉文字背后蕴藏着更丰富的意味。就像那座和书名相同的花园，我能感知到华丽辞藻中的弦外之音，那时候我正是求知若渴的年纪，一心要咂摸出字面下隐含的意义。我依稀想到老师教过我们的一个词，专门用来表达"意有所指"，叫比喻。

到那年年尾，我已经把这本书反反复复读了至少有十来遍。我还记得有一次静读课，老师从成堆的作业中抬起头，问我："你以前不是读过这本书吗？"

"对呀，读了六遍了。"

"你还没读厌吗？"

"还真没有。"

时至今日，我还会时常在阅读中追寻那份最初的悸动。虽然之后也有别的书向我敞开怀抱，让我读了又读，直到书里的文字于我温暖亲切得像烤热的黄油吐司一样，但我的心里仍然有一块特殊的地方永远留给了那座花园，还有书中的玛丽、狄肯、柯林和密斯怀德庄园。

*

罗斯科里图书馆栖身在一座相对不起眼的砂石建筑里。这栋建筑起初是一所学校，供当地的孩子们上学。罗斯科里是一座小镇，以当地很出名的纺织厂和煤矿厂为中心围建而成，范围虽小，但一直在扩大。随着镇子渐渐大起来，"一个学校装下所有学龄儿童"的教学模式也越来越不切实际，最终当地政府批准了分开建立小学、男子初中和女子初中。

从那以后，这儿就开设了税务中心、就业中心、几间纺织品小商铺，甚至还开过一阵夜店。楼里的空间因而分了又分，割了又割；扩建了几处，也拆除了几处，但外观上当初的细砂石还是保留了下来。实际上我常常怀疑这栋建筑内部是不是已经大换血，原先的部件一个也不剩了。不过呢，这栋楼的地理位置仍然处在罗斯科里社区的中心。周边渐渐盖起来的住宅楼延伸开去，仿佛围绕着中央的雌蕊展开的花瓣。

现在这里开着一家折价超市，几间慈善商店，当然还有最里面的图书馆。

建馆其实是三十好几年前的事了，然而本地人现在还是把罗斯科里图书馆称作"新图书馆"。它是一个好几层的开放空间，但是形状奇奇怪怪，估计得归功于这栋楼里几十年来加加减减没完没了的工程。

我第一次来这里轮班，感觉好像发现了一座秘密花园——一个世外桃源，存在了很久，而我对此一无所知——或者说很多当地年轻人其实也对此一无所知，不过这是后话了。

图书馆的层高太优秀了，两面外墙上也几乎全是巨大的窗户，因此采光极好，就算晨光熹微，馆内都能明亮如洗。书架也相对低些，让楼里几乎每个角落都可以沐浴到灿烂的自然光，凸显出本本藏书的缤纷色彩。

儿童区里，文字与艺术融合而成的各式形状和标语更是

"野蛮生长"。孩童的画作以亮粉色的衣夹夹在柱子之间的晾衣绳上；鼓励大家参与常规课程和聚会的海报制作精美，印在七彩的卡纸上；排放童书的纸盒设计得俏皮可爱，高度正合适小宝宝和幼童们在监护人的陪伴下翻阅探索。

哦！还有！那些陈列的展品！

图书馆里点缀着一个个特制的展示柜，上面摆放着各种主题的书籍，并装饰着特色鲜明的标牌，写着本月重点作家，或是季节性的主题（"春天到，读书好"）。

那时候我根本没留意一些不那么讨喜的细节，比如座位上的污渍，或是已经十月份了馆里的陈列还是春季主题。要是我更仔细地看一下那些海报，就会发现上面宣传的活动都过去好几个月了。

我当时太专心欣赏位于图书馆后部的接待处里宽敞的办公桌，以至于没有看到日历其实是过期的，或是这边的柱子上虽然满满地贴着海报，但写的是本分馆对攻击行为的"零容忍"。我当时主要的关注点在于这些海报是彩印的，而我之前工作的分馆只有黑白打印机。

最最重要的是，我工作时不会孤身一人了。罗斯科里图书馆是两人分馆，和之前科缪尔能触发幽闭恐惧的孤苦伶仃相比简直一个天上一个地下。

然而事实上这原来是家三人分馆，因为人流量下降而惨遭降级，不过我当时完全不知道，也是很久以后才知情。我如果一早晓得了这情况，初次见到这间分馆时会有不同的感受吗？兴许不会吧。这里和死气沉沉、阴暗的科缪尔差距实在是太大了。

菲比在做开馆营业前的常规准备，我就像影子似的跟着她，在图书馆里穿行的一路都在啧啧称叹。我们今天要举办一个"书虫小聚"。不一会儿我们的儿童助理就会过来把儿童区布置起来。

我之前从没见过书虫小聚有哪一次是真的能办起来的。科缪尔书虫小聚的出席人数早在我来之前就降到了零。

我们几乎是刚刚拉起卷帘门，把自动门（一扇是旋转门，还另有一扇方便轮椅进出的边门）打开，书虫——我尽量在心里而不是口头如此称呼他们——就鱼贯而入。

以前在科缪尔，营业前也不是没有一两个常客等在门口，但撑死了也就这么多。不过他们通常是待业人士，只想着进来，登入电脑，做个日常的工作搜索，尽快走完这套程序，以便自由安排剩下的时间。

"书虫小聚"是全英国范围内的图书馆都会有的课程或活动。活动的构成很灵活，通常在半小时左右。它常常是一个孩子接触图书馆的第一步，是让潜在的新读者熟悉书本、阅读和图书馆的关键一环。

活动基本上由儿童助理或图书馆员带头，幼童、小宝宝和他们的家长一起唱歌谣。妈妈爸爸和其他的家长会和孩子们一起做动作，鼓励他们跟着唱。唱歌之后是讲故事，活动的主持人会给大家读一本童书，让父母家长能喘口气，只要孩子能坐得住，留心听，不要捣乱。

至少理论上是这样的。

我第一次当班的时候，书虫小聚来了二十多个孩子，陪同的家长也差不多这个数。来的很多宝宝才刚刚学会爬，所以对图书馆的贴地侦察对他们而言比任何唱歌读书都更有意思。

苏珊是我们的儿童助理，她管小孩子很有一手。身为经验丰富的书虫老将，她趁着家长找地方停放童车和婴儿车的空当，在儿童区每个小孩子可能溜出去的地方搭建了"门"（粘在书架上的彩色大纸板）。

拦路童车，色彩鲜亮的纸壳门板和注意力涣散又满地爬的吵闹孩童，让图书馆看上去正发生着世界上最可爱最小型的监狱骚乱。

儿歌《车轮转呀转》获得了一致喜爱，让菲比和我能有一段空闲时间站在一边，看着跟唱的过程中时不时有小婴儿牙牙学语，还有小宝宝咯咯笑。不过一开始讲故事，宝宝们好不容易集中的注意力又分散了。

一个女娃娃冲一个小婴儿扔了个沙袋。另一个毫不相干的幼童开始尖叫，然后猛扯他妹妹的小辫子。又有一个小宝宝开始闹，从低声啜泣慢慢发展成饱满的哭嚎。然后一个两岁的娃娃，可能是出于对哭泣宝宝的感同身受，脱下裤子以示声援并一同大哭。沙包在小脑袋间乱飞，书本也纷纷从架子上倒地牺牲。混乱无序统治一切，场面十分精彩。

菲比和我撤退到安全地带，即我们接待处的站立式办公桌后面。但我们都坐下了。她因为比我要高上个三十几厘米，能继续观察儿童区的激烈战况，每当有尤为突出的尖叫划破那团无政府主义的喧嚣大合唱，她就虎躯一震。我转向我的电脑，然后发现办公桌的站立式设计高度让坐着的我几乎没办法够到电脑，所以就站起来了，正好几个大人（谢天谢地没带着孩子）走进来，穿越战场，开始当天的找工作。

随之而来的就是抱怨。

"感觉有点闹哄哄的，是吧？"

"苏珊这个年轻姑娘忙到脚打后脑勺。"

"在我那个年代啊，图书馆是应当保持安静的场所。"

其实话没说错。我这个年纪的人，或者比我年长的人，基本上没人从小到大没被哪个图书馆员"嘘"过一次两次的。就我个人而言，曾经尤其害怕我老家的分馆里一个上年纪的图书馆员，她像母系氏族的族长一样威严，不止一次因为我看漫画笑太大声而狠狠训我。

不过我和别的现今图书馆的常客一样，很快就发现，图书馆早已经不是一个只供安静学习或反思的场所了。即便当书虫小聚的喧闹暂告一段落，图书馆里仍然常常会举办活动，需要演讲、唱歌，或是其他形式的出声交流。

许多图书馆经过重新设计，改造成了开放式空间。这样一来有两个好处，一是让整个图书馆给人更现代化，更宽敞明亮的感觉；二是可以减少图书馆的员工人数，因为图书管理员不需要再像个沉迷杜威十进制图书分类法的米诺陶洛斯似的，在书架迷宫里苦苦巡逻。理论上，这种改造能让图书馆员只要站在一个地方，就能基本把整个图书馆的情况收入眼底（只要你身高超过一米六七，不像绝大多数女图书馆员）。

不过这样改造也有个短板，就是噪音畅行无阻。没了高高厚厚的书架缓冲，就连繁忙运转的打印机的嚓嚓声，或者旋转门呼呼的摩擦声，都能传遍整个图书馆。

想要管控图书馆的音量高低已然不再实际。坦率说来，一节"让阅读摇滚起来"的课（这个课程是让学龄前儿童跟着有音乐的故事一起跳舞对口型）发出的声音有时都能让窗户抖三抖，你还会担心人们交谈的声音吗？

以上这些都不是要说现在每家图书馆都时时刻刻吵成一锅粥。有些分馆足够幸运，能有单独的房间举办儿童活动（和一些更吵的大人的活动）。学术性的图书馆，特别是大学校园里的图书馆和公司的图书馆，通常都划分有"讨论区"和"安静区"，前者允许出声交流，后者不允许。还有的图书馆里有讨论室以供有需要的人租借，可以在里面自由交谈而不让图书馆里的其他人听见。

每家图书馆都有自己的方式，去平衡需要出声的人和活动与需要安静的人。但最终还是归结到以下三个方面：空间布局、可用资源和盈利情况。没错，就算以前安静的图书馆里，也是话语权掌握在钱手里（呃，不小心双关了）。毕竟吵吵闹闹的活动，像是竞赛和儿童课程，常常需要买票才能参加。卖票就有进项，而安静的自习至少现在是一文不收的。

罗斯科里图书馆的工作人员为了让吵闹和安静的访客能和谐相处，就会将儿童活动时间表通知给所有人，包括没有小孩的那些访客。大多数常客现在都知道了，想要安安静静坐着玩填字游戏或写论文，就最好别挑周三上午来，因为这时候是每周两次的书虫小聚的第一场，它的音量将主宰整个图书馆。

我的第一场书虫小聚也是我上的关于罗斯科里贫富阶级差距的第一课。形形色色的父母和其他监护人与他们的孩子，以及将宝宝和幼童从家里带过来的不同方式和装备，简直活生生地展现了贫富差距能带来怎样的差异。

首先进门的是科列什辣妈，有时她们也被称为"太太团"，说是"太太"，其实夫人和女友都算。在英国这个称呼其实略含贬义（至少用它有点高人一等的味道），是指运动员的伴侣或配偶，尤指足球运动员的。一说"太太团"就能联想到人工日光浴、美甲甲片、潮牌服装和豪车，而且虽然这么描述有点厌女的意味，但其实和事实相去不远。

科列什是连着罗斯科里的一个富庶而有些封闭的社区。住在那边的人日常用车基本都开玛莎拉蒂，因为兰博基尼是出去玩才开的，这也让他们变成了罗斯科里居民的眼中钉。不巧的是，不少科列什贵妇恰巧发现我们图书馆书虫小聚的时间对她们来说更方便，因此，每周有两次，科列什辣妈都会大驾光临。

她们来的时候通常五到六人一起，成群结队，周身香风环绕，推着出自名师之手的婴儿车，走的时候也差不多一个样。

其实她们挺不讨喜的。其一是她们基本都是抱团驾临图书馆，仿佛落单了就会被我们的穷人常客攻击似的。其二就是她们有点太浮夸招摇了，带孩子是一种竞赛，装备就是一切。她们要么在炫耀自己的最新款婴儿车、潮牌婴儿玩具或高科技温奶器，要么就围着别人的这些指指点点，没完没了。没什么比一个炫目的假娃娃或一套配色和谐的换尿布套件能引来更多的"酷哎——"和"哇——"。

就像我说的，其实讨厌她们不是一件难事，尤其，我猜想，当你是一个每月靠政府微薄的救济金勉强过活的单亲妈妈。不过科列什辣妈每每进图书馆的时候，确确实实是有点迷人的。我第一次见她们的时候也说不清楚，但就是挪不开眼睛。

说到处境艰难的父母，其实在第一次书虫小聚有一两个很显眼的个例。随着时间推移，他们也成了我们免费儿童活动里增长最多的成年人群体。

其实，要不势利地描述贫穷的明显特征挺难的，但不得不承认的是，当穷到了一定地步就真的瞒不住。这些家长大都是单亲妈妈，而且其中很多都有残疾或是慢性病。有些很明显有学习障碍和精神健康上的困扰，而这些问题其实是冰山一角，只是更容易被寻常人看出罢了。

这些大人形单影只地和孩子一起来，常常迟到，因为他们不得不依赖班次稀少又不准点的公共交通。我们常常能看到一位妈妈（因为他们绝大部分都是女性）一连两天甚至三天都穿着一样的衣服。他们的婴儿车和童车也都是二手的，没什么牌子，上面长年使用的痕迹往往很扎眼。

　　而且这些家长基本上体味都很重——这我实在找不到更礼貌的方法去形容。但如果有人能眼睁睁看着他们这样每周来来去去而不肃然起敬，甚至挤不出一丝同情心，那这个人的心不是盲的就是块石头。这些人到底是怎么一边应付慢性病、债务、就业和养老金部的骚扰，一边照顾家人、打零工、全职地为人父母，我实在是想象不出。但肯定要牺牲点什么的。而通常最先牺牲掉的就是个人卫生。如果我自己身陷这种状况，我肯定也干净不到哪里去。

　　这两个群体的差别之大让当时第一次参加活动的我猝不及防，大受震撼。我长大的地方也存在一定程度的贫富差距，但真的不会严重到这种地步。我真想把现在负责经济发展和福利系统的每一个成天画饼的政客拉来书虫小聚长长见识。请他们跟我张口"乞丐问题"闭口"阶层流动"之前，好好地看一看，一个又病又饥的小姑娘是怎么挣扎着把她的孩子推来图书馆，只因为这是宝宝唯一的机会，能去接触接触家徒四壁以外的景象。

　　第三类，也是人数最少的参加书虫小聚的家长是孩子祖父母辈的人，通常是孩子的爸爸妈妈工作太忙，所以让爷爷奶奶或是外公外婆来带小孩。看见一对上了年纪的老夫妇一起推着婴儿车权当拐杖，也算是个人类奇观。还是要强调一下，我对这些人也只有深深的同情和敬意。可能我又显得有点居高临下，但我真的不知道一个自身可能就有各种健康困扰的老年人要怎么才能有足够的精力去照顾精力过剩的小孩子或是新生儿。我也不是不知道，他们这么做也是有经济上的苦衷，但是，老天爷啊老天爷，当我们的国家需要依赖已经过了退休年纪的老人去做这种事，我想问，究竟何以为国？何以为家？

一曲《再见了，大家》的悲壮大合唱宣告了书虫小聚的终结，图书馆里的紧张氛围也缓和下来了。尽管孩子们仍然叽叽咕咕个不停，甚至还有大哭大闹的，至少人群开始流动了起来。家长们开始收拾童车，给孩子们的小鞋子系好鞋带，然后终于他们一个接着一个地散去。

图书馆终于恢复了久违的宁静。书虫小聚真的只有半小时吗？我感觉我起码老了十岁。

我跨过一个给宝宝搭的纸壳门帮着苏珊一起收拾。跟唱环节的道具散落一地：沙包和蜘蛛毛绒玩偶（显然是为儿歌《小小蜘蛛爬水管》准备的）与扔在地上的婴儿湿巾和弃置的娃娃混在一起，满地都是。

我一直没意识到自己的耳朵已经习惯了喧闹，直到我逐渐听清在散去的人群中传来一阵低低的啜泣。我停了停，把一个沙袋扔进玩具盒，环视四周想找到声音的来源。

我灵巧地在儿童区战场的残垣断壁里绕了一阵子，转过一个高一点的书架子，差点撞上了一位来参加书虫小聚的家长。她一看到我就立刻直起了身子，忙乱地抹干净脸颊上被睫毛膏染黑的泪迹。

我一眼就认出她是科列什辣妈中的一员。她旁边坐着一位奶奶辈的老太太，显然是在安抚她，爬满皱纹的双手握着她修

剪精致的手。我走近才发现，这位年轻妈妈的年纪比我一开始
估计的要小好多。

我没必要装作没看见她的眼泪。相反，我弯下身子（好像
以我的身高能被人从书架另一边看见似的），往她们那边挪近。

旁边的婴儿车里，两个宝宝睡得正香甜。我走近她们的时
候才意识到手里还拿着一只蜘蛛毛绒玩偶，感觉会让两人觉得
冒犯，我就把玩偶藏在了身后。

"嘿，"我轻声说，"您还好吗？"

"她没什么事。"那位奶奶十分戒备地回答我。

我赶紧伸出手，希望能表示出我没有恶意，结果倒是显得
我像是……给这两个人塞了一只蜘蛛玩偶。

"啊……不好意思。我就是过来看看你们有没有什么需要。
我去拿一盒纸巾来。"

递上纸巾后，妈妈和奶奶都似乎卸下了防备，她们轻声告
诉我自己的名字，妈妈叫索菲，奶奶叫玛格丽特。索菲的孩子
其实几周前才刚出生，但她也把宝宝带来了图书馆，希望能借
此离开家一段时间。

"我真的精疲力尽了，"她坦言道，"感觉我就在崩溃的边
缘。我男朋友因为工作天天都不着家，真的就……你也懂的。"

我点点头，玛格丽特握了一下她的手。

"就是孤单，"玛格丽特说，"小小年纪就当了妈。我当年
刚有孩子的时候觉得天都要塌下来了。你真的需要跟同辈的人
说说话，但又每时每刻都累得想死。"

索菲点点头，我拉过来几张椅子让她们坐。别的我实在爱莫能助，因为我自己没有小孩。我现在最能帮上的忙就是让她们有地方坐，帮着拿纸巾。

玛格丽特清了清喉咙，指了指她身边的小宝宝。

"这是我外孙，六个月大了，小卡梅伦。"说宝宝名字的时候她满含爱意，但中间稍稍停顿了一下。

索菲又抽了一张纸巾，我忽然想到，要不是我穿着图书馆的工作制服，她们也不会向我敞开心扉。不得不说，图书馆制服还真是种了不得的衣服。你穿上它，就给人以信任感和责任感。它散发着安全的信号，也含有邀请的意味。

"你大概要照顾他多久呀？"我问。

玛格丽特的声音哆哆嗦嗦："全天无休，日复一日。因为我女儿要工作。我爱我的小外孙，也爱我女儿，但……"

轮到我握住玛格丽特的手了，而且我发现我控制不住自己眼角溢出的泪，真的太丢人了。我们三个分享了一个特殊又亲密的瞬间。三位毫不相识的女性，在我们这个小世界，在书架间的这张小桌子旁，交握着彼此的手，相互支撑。

"一定很辛苦吧。"我猜测道。

"也不公平呀，"索菲也说，"让你来做这些。"

"哎呀，没有。"玛格丽特立刻应道。亲密的瞬间消散了。我抽回了我的手。"没有的，"她接着说，"你知道请保姆照顾小孩要多少钱么？我没事的，我不介意做这些。"

她摇摇头，但话已经不再是对着我们说。她眼睛凝视着别处，闭口不言了一阵子，双肩也垮下来。

"史黛西和罗伯，我的女儿女婿，还打算再要一个。"

她转向我时我咬住嘴唇。她眼睛忽然睁得大大的，仿佛在找寻着什么。她表情里的那种迫切，让人觉得这番话已经在她心里积压了好久好久。

"她要是真的再生一个，就真的是要了我这条老命。"她终于说出了口，眼角沁出泪光。

索菲看看我，又看看玛格丽特。

"我是觉得自己就像个造孩子的工厂，"索菲低声倾吐，"困在家里，连着生小孩。而我丈夫就能在外面逍遥。"

我把纸巾盒推到了桌子中间，无话可说。我也没想到她们会对着我诉苦，现在也不知道要怎么做才好，但看起来她俩说出心里话之后轻松了一些。她们看向对方的眼里有一种我至今都形容不出的脉脉温情。我似乎是个不速之客，偶然听到了她们的苦难，但也许她们也需要有我这个中立的第三方在场才好吐露心声。

"真是抱歉。"我对她们两人说道。

索菲站了起来："我也该走了，书虫小聚都结束了——"

"这里是图书馆呀，"我说，"你想待多久就待多久。纸巾你就留着，想读书就读一本。"

我指指书架然后尴尬地干笑了一下，索菲也这么笑了笑然后转向玛格丽特。

"你应该和史黛西说，如果她请不起保姆，就不应该再要孩子。"

"哎呀，我也不晓得……"

"真的！你要也有你自己的生活！"

玛格丽特思绪万千地点点头，我对她俩蹩脚地笑了一笑就转身走了，手里还拿着蜘蛛玩偶。我回到接待处的时候，看见索菲又坐回去了。

菲比抬头看我："你刚忙什么去了？"

"帮着收拾了一下。"我耸耸肩。

"这帮熊孩子，"她不满地哼道，"就该让父母自己收拾干净，我们又不是做这个的。"

我不禁想到玛格丽特，她把宝宝卡梅伦抱进推车里的时候都吃力得很，每次宝宝像是要醒来了她就一阵紧张，脸上的皱纹里都嵌着疲惫。我又想到索菲，困在华丽的科列什豪宅里，除了话都不会讲的宝宝之外没有一个能聊聊天的人。我还想到了那些有残疾的父母，一边给孩子换尿布喂奶，一边还要忍饥挨饿，承受着慢性疾病的痛苦。

"还好啦，"我漫不经心地回她，"我不介意。"

"哎哟，又见面啦，"来打招呼的声音十分欢快，"你肠痉挛好些了吗？"

柯林斯太太跛拉着走到接待处。原来她还是罗斯科里分馆的常客呢。

*

　　我在罗斯科里的第一次轮班的时候，有件事一直让我记忆犹新。当时我坐在将图书馆停车场和"主干道"隔开的砂石矮墙上。

　　我老家在格拉斯哥，是苏格兰最大的城市。所以我一直觉得图书馆前面那条小路和"主干道"实在有点差距，不过当地人都这么叫，我就入乡随俗了。

　　社区精神健康关照组"放我自由"的条件之一，就是这段时间内我不能独自去陌生的地方。虽然我转到心理治疗组接受格雷厄姆的治疗也有日子了，但我的好老公——虽然我爱他爱到骨子里——一直坚持遵守这项规定，严苛到有点让人恼火的地步。他坚持一定要在下班回家的路上来图书馆接我回家。

　　菲比在五点整毫秒不差地从停车场把她的车开了出来，礼节性地问了一句要不要送我回家，我礼节性地拒绝了。

　　我坐着，晃荡着两条腿，腰背因为挨着冰冷的石头墙而有点冻麻了，然后我发现了一只小乌鸦，拖着受伤的翅膀在停车场里艰难挪步。它似乎是从街对面废弃的楼外乱蓬蓬的灌木丛里出来的。

　　当地人说这栋楼之前是一家私人养老院，直到大概六个月前，经营这里的那家外国公司破产了（他们通常会着重强调"外国"，说起的时候眉毛一挑，好像在说——你也知道那些外国公司什么德行吧）。在那之前这个地方着实还不错，不过住客大都来自科列什这种更富庶的区域。罗斯科里的本地人里就没有把亲人送来这儿的，因为花不起这个钱。

现在，这栋楼不过是让罗斯科里主干道上又添一张门窗闭锁的脸孔罢了。

乌鸦和我短暂地对视了一眼，我就僵住了。这可怜的小家伙显然吃喝不足，不过挣扎着活命。而我呢，当然是身上永远带着应急零食的杂食伪君子，没办法不同情受伤挣扎的小动物，所以我从大衣口袋里掏出一块有点碎了的花生燕麦棒。

小乌鸦显然一直在人类"慷慨赠送"的垃圾堆里讨生活，没调子地喳喳叫了一声。这声音立刻就让我想到书虫小聚的那些小孩叽叽喳喳的哼哼声，一般哼完就要哭了。

我被禁止独自出行的原因其实是，我崩溃大爆发的一些症状会因移动和陌生的环境而加剧。

但那一瞬，我完完全全地恨恼住在脑子里的妖精。我今天在完全陌生的图书馆里整整一天都挺过来了！而我现在像个小学生似的坐在这，等人来接我回家，也实在是太失败了。

我把燕麦棒捏成小块扔给乌鸦，它一蹦一拖地靠近我，一路喳喳叫着。

我本应该在主导什么收购会议，或者给业内巨头设计用户界面；本应该已经有了拿得出手的作品集，也获了几个奖。但我现在在哪里呢？我啊，我坐在冷冰冰的石头墙上晃腿呢，因为我不能自己搭该死的公交车回家。

我现在怎么就沦为了这么破碎不堪、一无是处的人呢？

　　还没等我回过神，我已经把整条碎燕麦棒全扔给这鸟了。我把稍有点黏的包装纸塞回口袋，舔了舔手指。

　　小乌鸦离开之前开心地叽叽喳喳叫唤了几声，然后笨拙地扑棱翅膀，几乎是贴着地面飞了几次，回到它藏身的灌木丛里去了。

　　"吃得开心吗，小家伙。"我咕哝道，"看起来咱俩都得被困一阵子了。"

第四章 ->>

无 规 矩 不 成 方 圆

十一月日均访客：57 人

十一月日均问询：12 次

十一月日均打印：52 页

十一月暴力事件：0 起

儿童活动出席率：77%

十一月日均复印：22 页

The Librarian
Allie Morgan

2018 / 11 /

我有些朋友特别爱跑步。他们会去参加 5 公里、10 公里、马拉松，还有铁人三项。他们每天早早起来，穿上跑鞋，去柏油路上跑步，而这种时候，像你我这样的正常人可能连清晨的第一杯咖啡都还没喝上。

我有一次问过我爱好跑步的朋友，到底是什么动力，能支撑着他们这些人在天气糟糕的秋天早上起得来床，义无反顾地一头扎进恼人的雨雾里，就为了跑上个几大圈，最后还回到原点，除了出一身臭汗之外没什么变化。我朋友说这是习惯成自然，跑步和别的习惯没什么不一样。可能也有人（比如我）会把这个叫"瘾头"。一旦他们有天因某些变数而没能愉快晨跑，之后的时间里就会像没遛的狗一样坐立不安，不受控制地在办公桌下抖腿，眼睛不停朝着最近的窗户外张望。

读闲书就像跑步一样。你如果有一阵子没好好读书，再想拿起一本书读就要费很多功夫。尤其是要想把书从头读到尾简直难如登天，如果这还是本厚书，或者作者特别啰嗦，那就更如灾难。

许多人这时候就会放弃。我也不例外。我有好多年没有享受读闲书的快乐了，因为上学有教材要读，而我一想到要去读更多东西，就感觉只有受虐狂才会这样自讨苦吃。

我的想法其实不对头。

如果把学习工作中的阅读和读闲书画等号，就好像你因为举重了一整天所以放弃去玩充气城堡。没错，做这两件事是会用到相同的肌肉，但是强度和方向都大有不同。

读闲书和运动一样，都没有一个放之四海而皆准的爱好养成方法。不过，我在读书方面自有一套类似"从沙发土豆到跑5公里达人"的训练方法，或许能让你重新感受到读闲书那种纯粹的快乐，尽管这欲火因为学生时代的磋磨可能已经所剩无几：

优先读你爱读的，而不是你觉得应该读的。

我讲的就是最直白的字面意思。世界上再忙的人，也需要某样东西作为锚点来自我关照，不论是忙了一天的妈妈，把孩子哄睡之后偷闲看的肥皂剧；还是上了一天学的十几岁少年，为了缓解压力偷摸看的儿童电影，少了这些东西人是过不下去的。

我常常见到家长把半大孩子带来图书馆，希望他们能和阅读重修旧好。感觉就像把某个人随便揪到哪个博物馆，然后要求这位朋友欣赏艺术。艺术或者展览说不准还真能打动他／她，但同样这个人也很可能产生逆反心理，因为你强行把人家拖去本来就没打算去的地方，参加本来就没想参加的活动。

不过更糟糕的是父母会把自己小时候看的书一股脑儿地塞给本就情绪不佳的孩子，或是让孩子去读"经典名著"（这些就更别提了），只是因为他们觉得孩子应该去读这些。

要想让人迅速对某件事兴趣尽失，最有效的方法就是把它布置成作业。

我想对这些父母、他们的孩子，还有正在读这本书的你说：别去读那些你觉得应该读的书。不然你会无聊加失望。

想想看什么是你真正喜欢的。你喜欢煲俗套的肥皂剧？那在言情区可能会有编剧连载的一些故事情节，或者编剧一开始就是写书的。你把在太空里打架的电影看了好几遍？我打包票你能在科幻小说区找到极其类似的故事。你爱看古早的老西部片？那可真是好消息，来图书馆就对了。

如果太忙呢？

也没关系。试试速读或者看本杂志。读读博客、报纸，看推特也行。

你不会让刚开始跑步的新手去参加马拉松，那阅读当然也不求一口吃成胖子。

这条建议对年轻读者尤为适用，尤有帮助。如果大家都爱看那本写巫师的书，但你的自闭症儿子却不感冒，那又怎样呢？他有什么特别的兴趣点？他喜欢电脑游戏吗？我们这儿就有关于电脑游戏的书！千真万确，甚至还有专门写俄罗斯方块的书呢！

那如果孩子有阅读障碍，比起困在教室里更喜欢运动呢？阅读障碍友好向的书籍是存在的！这类书通常更短，还配有插图。你觉得这类书太幼稚了，不适合你女儿？为什么呀！就算她读的书比同龄人读的要"低幼"一些，又有谁在乎呢？她在学校的压力已经够大了，为什么不让她读短一点的书充充电，单纯享受一下读完一本书的满足感呢？足球、曲棍球，但凡你能想到的运动，相关的书我们这儿都有。

我曾经在和一个患自闭症的孩子聊完天之后，千方百计帮她找一本书，写某某国家某某时期某种特定火车的制造技术，然后把这本书订来图书馆，就因为她爱这类火车爱到不行。没错，她或许已经能把这类火车的一切细节都如数家珍地告诉我，可是来图书馆能看看这类火车的图片，还能和大人聊一聊自己为什么对这一类火车情有独钟，这些对她而言是无价的。

重点就是，为了乐趣阅读的时候，没有一本书是所谓太低级、太幼稚、太简单，或是太垃圾太短小的。图书馆里没人会要你写一篇读书报告。我也保证没有人会评判你的阅读品位。如果某位成年人抱回家一大摞童书，我们可能会觉得他家里有小孩，但归根结底，我们只会因为看见书被借走、有人爱看而倍感欣慰。

而且你最近读过童书吗？我能确信现在的童书比你印象中的要好上许多。我个人就有一些非常出色的现代童书和青少年读物想推荐给大家，在处理诸如丧失亲友和性这些主题上，许多写给成年人的小说都难以望其项背。

如果你想爱上阅读，那就读你所爱的。

我就是想把这个道理讲给那位手里紧攥着《傲慢与偏见》，苦大仇深地盯着她女儿借吸血鬼言情小说的妈妈。我把书扫给她女儿的时候，倒是第一次见小姑娘笑。之前小姑娘被妈妈用指头点着强推进图书馆，逼着往经典名著区走，板着的脸一路都没松过。她妈妈忙着从架子上挑简·奥斯汀和勃朗特姐妹的大作，而我在和她聊她喜欢的乐队。

小姑娘叫奥莉维亚，就喜欢吸血鬼、狼人，爱听写苦命鸳鸯的歌，喜欢的演员演的大都是忧郁的超自然生物，在故事里爱上凡人女主，而凡人女主的样子和打扮呢，就和奥莉维亚自己差不多。

因此我给她推荐了超自然主题的言情小说。（书名通常都是《利爪》《暗黑獠牙》《狼情缘》这种大老远就能一眼看出来的。）当我告诉她其实她喜欢的大部分电视剧都有原著，而且我们可以订一整套书来让她一次性借走，奥莉维亚激动得都快发光了。

"来借……那种书的人多吗？"她妈妈问，意指那些污渍斑斑的黑色系平装本。

"是啊，还真不少。这些书大都是专门写给青少年看的，但好多孩子都不知道我们有这些书，直到我们特意指出来。"

奥莉维亚问："所以借这些书要多少钱啊？"

现在轮到她妈妈笑她："这是图书馆！"

奥莉维亚啃着自己涂成黑色的指甲："所以呢……"

"所以，"我插了句嘴，"是免费的。只要你有图书证，就能来免费借书。"

小姑娘瞪大双眼："什么！所有书？这儿什么书都是免费借的吗？任何一本书都行？"

"对头，"我一面肯定，一面在日期记录纸上印下还书日期，"借哪本书都免费。"

"奥莉维亚，"她妈妈加重了语气，"你小时候我就跟你说过了！小时候你总来的呀！"

奥莉维亚满脸通红地耸耸肩，斜刘海遮住了脸："我忘了。"

"好了，那你现在能告诉你朋友了，"我说，"然后他们就也能来免费借书啦。"

*

我没用多久就习惯了图书馆的日常。每家图书馆都有自己的节奏：每周安排和每日流程。图书馆是可以依赖的官方机构。来图书馆的人都依赖着它可预见的规律性：从每个工作日都要来登录电脑找工作的待业人士，到带孩子来参加每周活动和课程的父母，再到退休的老人，每周三乘同一班公交车来还厚厚一摞读完的书，再借走新一摞没读过的书；图书馆真算是社区律动的心脏。

在罗斯科里，每周的规律主要靠儿童活动给标志出来。非常明显，苏珊的那些活动是图书馆主要的客流来源。书虫小聚、边敲边读、编程课、乐高俱乐部和课后作业自习班吸引来了不同年龄段的孩子，他们的家长也时常陪着一起参加。我看着苏珊一会儿给小宝宝读故事，一会儿教高中生编程，一会儿去儿童区给小学生和他们的家长布置泰迪熊野餐会，对她在不同身份间切换自如的本领惊叹不已。

儿童活动的高出席率和高频次是菲比火气上涌的两大罪源，因为我很快就发现了，她只求能安安静静地活着。她能一整个书虫小聚都在怨天怨地，在学校来参观的时候低声咒骂，一看到参加下一个活动的孩子和家长陆续进门，就装头疼，好去停车场散个步"透透气"。

我逐渐把员工出入口的微风和儿童活动联系起来了。她一般会猫在门框里，看着我跑来跑去地分发盒装果汁，把从裂开的纸壳门里钻出的小逃兵赶到一起，再加上应付收银和各项预约。我倒并不反感做这些事。工作能这么充实，还可以和不同的人打交道，我其实挺开心的，尤其比起我在科缪尔当值时的漫长和孤独。

罗斯科里开放给公众使用的电脑相对多一些。IT区是馆里忙碌程度仅次于儿童区的地方。这又成了菲比的一大头疼之处。（毕竟，难道借书不应该是图书馆的唯一职能吗？对这个问题，至少菲比是点头如捣蒜地同意。）

我提供电脑和网络登录服务的时候会更实际一点，不会像菲比那样满脸堆笑（通常笑得阴森森）地低语诸如"我又不是办公室秘书"这种话。我会隔一阵子就挤进 IT 区的电脑之间走上几圈，看看是不是能帮上哪个人。我之前的工作经历多少和电脑有关系，因此觉得有人遇到技术上的复杂问题时，自己能发挥点用处。

回想起来，我忍不住笑自己当时太天真了。

虽然不想让自己听起来高高在上，但我真的觉得，你在和公众打过交道之前，是根本没办法想象到他们对技术能无知到什么地步。在这一点上，所有的图书馆工作人员（我很有信心地加上 IT 从业者）都能意见一致，因此就有了在公共图书馆工作的第二条法则：

千万，千万不要做任何技术熟悉程度上的假设。不要假设你帮助的这个人之前见过键盘。不要抱任何期待。

相反，你要做的就是记笔记。记笔记是因为之后会有一个又一个人问你同样的事情。记笔记会在你偶尔忘记上面那条基本法则时提醒你。把你的笔记一直放在手边，不时翻看。下面是我在罗斯科里工作的前几周的部分笔记实录：

网在哪里？——用户在找浏览器的图标。（已解决，用时1分钟）

为什么看我自己的邮件要输密码？——用户在自己的设备上保存了密码。试图解释公共电脑不能存储密码，否则会有安全隐患。试图帮助用户重置密码。（未解决，用时 45 分钟）

为什么屏幕黑了？——用户 5 分钟未移动光标。（已解决，用时短于 1 分钟）

网页看起来不对劲。——用户看习惯了手机界面。尝试解释。失败。（未解决，用时 15 分钟）

我左撇子怎么办。——尝试解释可以把鼠标移到另一边。亲自演示。（已解决，用时 5 分钟）

我邮箱坏了。——浏览器的电邮界面与手机应用程序的界面不同。（已解决，用时 5 分钟）

我找不到网络在哪里了。——又是上述第一位用户。指出了浏览器图标。（已解决，用时 1 分钟）

电脑的号码是多少？——用户误认为电脑是传真机。（未解决，用时 25 分钟）

我刚才的东西去哪儿了？——用户不小心新开了一个浏览器界面。费了点功夫去讲明白这件事。（已解决，用时 25 分钟）

我要一封信。——用户想在 Word 文档里写一封信。（已解决，用时 10 分钟）

我要信。我要给我儿子发信。——用户想登入自己的邮箱。不知道密码。（未解决，用时 30 分钟）

谷歌在哪儿？——用户想不起来谷歌的网址链接。（已解

决，用时 3 分钟）

我怎么付钱？复印件从哪里出来？——用户索取了登录电脑权限但其实需要的是复印机。请求用户不要试图往电脑或复印机里塞钱。（已解决，45 分钟）

虽然这些要求听起来很离谱（相信我，我还遇到过远比这些奇怪和含糊的，所以我努力不去评判），但这也突出了图书馆访客们的重要特征，以及体现了"技术文盲"常常要面对的巨大困难。

就像那些参加书虫小聚的贫苦妈妈，如果有人请我和图书馆里其他工作人员帮助解决电脑技术上的困难，那他们也都来自社会上最弱势的群体，要么穷，要么老，要么残，要么兼而有之。他们问出这些含糊而看似无理的问题，不是出于愚蠢或有意刁难，而是他们真的不熟悉。

所以，很重要的一条规矩就是：耐心耐心再耐心。你无从知晓面对的人有着怎样的经历。

*

克洛伊是第一位我在罗斯科里认识的常客。她几乎天天都来这间分馆。罗斯科里主干道的尽头有一家为年轻残障人士提供生活支持的综合大楼，她就从那里出发，一路走过来。

克洛伊患有好几种学习障碍，虽然我从未问过具体是哪几种。有时候她与其他残障青年和他们的看护一起过来，有时也独自前来。她应该是十八九岁的年纪，总是穿着同一件红大衣，无论晴雨。

我还记得与克洛伊的第一次接触，当时我正和菲比一起值早班。克洛伊走近接待处，直接越过了排着的队伍，然后把手拍在我面前的桌子上。不过排队的人似乎习惯了她这么做，甚至还有人和她打招呼。

"什么事？"我问。

她看上去焦躁不安，很显然想要菲比注意到她。

"我能帮上您什么吗？"我接着问。我之前从未在工作中和患有学习障碍的人士相处过，所以老实说我很担心是自己做了什么，让她如此不安。

"菲比！"她大喊一声。

我整个人一阵瑟缩。那时候困扰我的恰恰就是突发的巨响。虽然我一直在接受相关的治疗，但当时我的反应太让人难为情了，我都能感觉到自己耳朵发烫。

我转向菲比。

"啊……这位女士想要——"

还没等我说完，克洛伊就冲菲比报出一串词语和数字。

"犯罪，两百二十三。科幻，四十七。言情，九十八……"

我逐渐听明白她报出的是我们馆里每个分区藏书的数目。我惊讶地盯着她。

"这些都是你自己数出来的吗？"我的嘴还没等脑子批准就问出来了。

克洛伊点点头。

"谢谢你，克洛伊。"菲比干巴巴地说，好像暗示着女孩可以走了。

克洛伊仍然在我面前焦躁地徘徊了一会儿。

"我说过了，谢谢你，克洛伊，"菲比重复道，"再见了。"

克洛伊点点头，慢慢从接待处走开。她停了停，咬着嘴唇，似乎还想说些什么。我想问她是什么时候去数这些书的，还有为什么要去数，或是她究竟如何记住了每个分区的精确数目，不过也只能朝她尴尬地挥挥手，然后开始接待队伍里的下一个人。

自这次初遇之后，我这些年来和全国乃至全球的图书馆员工们都有过交流。印象中，许多图书馆都有自己的克洛伊：一个能在数书中获得快乐或安慰的人。我忍不住好奇这么做是不是会带来某种感官上的愉悦：图书馆的空间结构清晰，以精确的数目和数据为发展的基石。

我当然觉得整理和重排书架是很需要留神的工作，尤其是留给我一个人做的时候。当你面对众多的书脊标签，小心翼翼地排书的时候，很容易神游天外。所以我大概能理解为什么这么多人都觉得数东西令人愉悦。

克洛伊的焦虑困扰着我，而我说不清是为什么。

我们刚服务完接待处的所有人，菲比就转向我，一副没好气的样子。

"现在你算是见过克洛伊了。"

"她经常这么做吗？"我问。

菲比讪笑。"他妈的每天都做。要是她被打断了，又会从头再来。烦死了。你就一定要跟她微笑，说'谢谢你'，要不然她会没完没了地烦你一整天。"

我不记得菲比和克洛伊说话时微笑过，也不喜欢她谈起克洛伊的语气，不过哪里轮得到我说什么呢？我能想到克洛伊的大喊大叫会打扰到图书馆里的其他访客，特别是如果她总是插队。

不过，看起来大多数常客认识她，我也看不出她这么做有什么不好。坦白讲我很讶异于她记住这些信息的能力。

接下来，克洛伊有时有人陪同，有时独自前来，几周之后终于愿意把数目报给我而不是菲比。我遵照菲比的建议，每次都很夸张地表示我的谢意（虽然回想起来这样做极其居高临下），但并不能缓解她的焦虑。

有一天我纯粹出于好奇心，在克洛伊给我汇报的时候，拿起纸笔记下了她所说的各区数目。我真实的目的其实是想自己也去数一遍，因为我仍然不能确信有人能如此精准地记住这么多数字。我在空闲时间也思考过她报告的数字，有些日子里我会看着她在馆内走动，在绕着图书馆走上一圈的过程中不发一言地点算着每列书架。

当我提笔记录的时候，克洛伊似乎整个人都明亮了起来。她那些紧张的小动作全都消失了。给我报数的声音听起来与往常相比前所未有地信心满满。

我记完的时候偷瞄了她一眼，她正盯着我写字的手。

"嗯。谢谢，克洛伊。"

"不客气。"

她转身走了，不带丝毫犹疑，回到了同伴身边。一个戴眼镜的高个子男孩向她竖起了大拇指。

我看了看我的记录，又抬头看了看克洛伊和她同伴们渐行渐远的背影。

原来之前那么多次，她想要的就是这个吗？她报数给我们就是想我们或许会记下来吗？之前她说话的时候，都显得非常急迫。或许她知道我们不像她一样，有能力记住这些数目，只想确保她报告的数字不会被我们忘掉。那天下午晚些时候，我去数了科幻小说的数目。我们的科幻小说分区小，而且书本数目变动不大。

克洛伊的数目是准确的。

我终于理解，克洛伊的需求，其实和图书馆里的大多数甚至全部访客一样，就是知道自己说的话能被好好地倾听。

我可能永远也不会明白为什么她一定要去把我们馆里所有的书都数一遍，我也不需要明白。重要的是我肯定她的报数，而且和她确认我收到了这一信息。

现在我通常把她报的数目打印成一张表，其实对记录图书馆流动较大和较小的分区和类型尤有帮助。我把表格贴在接待处后面的墙上，她每来一次我就添上新的一行。

*

"您好，有什么需要吗？"我询问那位独自坐在窗边，穿着讲究的女士。

那天馆里尤为安静。没有儿童的课程和活动，甚至连 IT 区都空着。或许是天气的缘故吧。

阳光照得外面的水洼亮晶晶的。

我观察了这位女士好一会儿，她应该是五十出头的样子。她到现在一本书也没看，面前的报纸也没瞥过一眼，整个人的坐姿和神情被低气压笼罩着。

"你忙吗？"她压低了声音问我，嘴唇颤抖着。

我环视空空如也的图书馆，笑出了声："今天肯定不忙。"

"能请你……请你就陪着我坐一会儿吗？"

我看了看她，有点惊讶。

"呃，行。当然可以。"

菲比正坐在接待处看她的报纸，我拉开椅子坐下。

"你还好吗？"

我从这位身形单薄的女士身上感受到了一种无声的绝望，和科列什妈妈索菲给我的感觉一样。她修长的手指紧攥着一张旧式的手帕，明红色的长指甲撕扯着帕子的边缘。

"亲爱的，真不好意思，"她说，"我就是要从家里出来透口气。家里太安静了，自从……"

她的声音低下去，挥了挥帕子，似乎在自我谴责。接着用帕子按住了眼角。

我把椅子拉得离她近了一点，试着让自己看起来不那么僵硬。我此刻无比在意自己的坐姿，我想让自己看起来既通情理又随和。我先是把胳膊肘支在桌上，又尴尬地把它们收回来。

她无言地苦笑了一下。

"你听听我说的是什么话，你大概会觉得我可能脑子不太好使。我丈夫在工作，两个儿子都离家去念大学了。你估计会觉得我很享受这种安宁吧！"

我松了一口气。我还以为她会告诉我自己的某个亲人离世了，她这一番解释倒缓和了气氛。

"我妈妈也说过同样的话。"我应道，"我和我弟弟搬出去的时候，她一开始都想好把我俩的房间改成什么样了，不过后来她自己都没料到会这么想念我们。"

这位女士微笑了。

"那肯定是这样。"她温和地说道，"你是叫艾莉，对吧？"

她指了指我的名牌，我点头肯定。

"我叫詹妮弗。"她介绍着自己，伸出那只没有攥着帕子的手。

我和她握了握手。

"你儿子们在大学里读的是什么呀？"我问。

接下来的二十来分钟，我和詹妮弗聊了聊彼此的事情。她丈夫是一名全职的药剂师，而她之前在一家律师事务所做过全职办公室主任，不过后来孩子们上了高中，她就只能转为兼职。现在孩子们长大了，像羽翼渐丰的小鸟一样离了巢，她便有些不知所措。她小儿子其实刚搬出去才一周，但她已经无法忍受家里的孤寂，听她说来，仿佛很怀念家里曾经井井有条的热闹。

"我把所有要洗的衣服都洗完了！"她笑道，"想我两个儿子在家的时候，衣服哪里有洗完的时候！"

我哈哈笑了："想来也是。"

"足球服、校服，还有别的你能想到的各种衣服。我以前都烦死了，但……我都没想到我有一天会这么说……我想念这些。"

"是挺大一个转变的。"

她点点头。

"那你现在闲下来都打算做些什么呢？"我问。

她低头看着手帕："哦，我也不晓得。我其实也没想过，可能下意识地觉得自己会一直有事忙吧。"

"等我一下。"我说道，起身从桌边走开。

我回到接待处，菲比正全神贯注地钻研着一份本地报纸上的数独题。她压根都没注意到我来了，我便从陈列品里摘走了一张传单，又回到了詹妮弗坐着的那个窗边。

我把传单拍到桌上，重新拉开椅子坐下。詹妮弗似乎很惊讶我回来了，她可能觉得我之前一直在找能从这里脱身的借口吧。

"这些是我们这边所有为成年人开办的小组和活动，"我解释道，"虽然数目不多，但是这儿还印着本地大学的课程列表。"

我指向传单的背面。

"有些课程是免费的，主要就看你想参加哪些。这儿的读书俱乐部很不错，现在主要读的都是犯罪小说和惊悚小说，如果你对这类读物有兴趣的话。"

詹妮弗拿起传单，翻了个面。

"参加这些需要成为图书馆的会员吗？"她问。

我摇摇头："大部分都不需要。不过你现在如果有带什么身份证件的话，我几分钟就能帮你注册。"

"这张传单能给我吗？"

"当然可以！虽然上面列出的事情不多，但是我们也一直在设法开办新的俱乐部和群组。"

詹妮弗把传单折好，仔细将它收进手提包。她莞尔一笑。

我倾身过去："我其实很能理解你现在的处境。之前有很长一段时间我因病困在家里，而我丈夫在工作。那种寂静真的太难熬了，我不想让任何人受这份罪。连着几周，他都是我能见到的唯一活人。最后我出去逛商店，只希望能见见不同的面孔。"

詹妮弗抚了抚我的胳膊，我内心忽然对她涌起一股温情。她既让我想起了自己的妈妈，又让我在她身上看见了自己的影子。她是如此明显地爱着自己的儿子们，如此地牵挂他们。事实上，她爱孩子们爱到这么多年来都忘了花点时间在自己身上，现在已经不太会关照自己了。这一点我很能共情。

"谢谢你陪我坐了这么久。"她说。

"随时都行,"我答道,"啊……只要馆里像今天这么闲。要是我把排队的人扔下不管,可能就会被炒了。"我站起身。

"哦还有,你要是去看一眼我们儿童活动的时间表,就能知道有哪几天没有儿童活动。想聊天的话就最好挑那些日子来,会有人来这里读报纸:退休的人、学生、把孩子送去学校了的妈妈,这些人都很好。我倒不推荐你在有儿童课程的日子来,太吵了。"

"谢谢你,艾莉。"

图书馆有一些特质,吸引着行经人生转折点的人们。我猜是熟悉感。就算你之前没有去过某一家图书馆,你也知道它大体会是什么样的。规律能抚慰人心,尤其是免费的规律性。

我很快就学会,不能低估罗斯科里图书馆带给附近居民的抚慰。当你在这里工作的时候可能很容易就会忽视这一点,但是对于克洛伊或者詹妮弗这样的人来说,图书馆的抚慰就是救命稻草。

*

每个工作日,泰勒先生都会来图书馆,身子几乎痛到对折。他病痛缠身,但最严重的还是关节炎。尤其是在大冷天,他身子躬得太厉害了,走近接待处的时候显得像是在检视地毯,或是正躲在低矮的梁木下面似的。他得费好大力气才能够到柜台刷图书证，但是他风雨无阻，每个工作日的早上十点半都会准时来到图书馆。

泰勒先生早年从事建筑行业，之后在金属加工业教徒弟，一做就是几十年，日日在当地的职业学校和各个工地间奔波。直到他因为一系列健康问题没办法举起和操纵做他这一行的工具，不得不在六十岁退了休。

为了能有资格领失业津贴，每个工作日泰勒先生都要挣扎着从床上起身，穿戴整齐（他总是穿得一丝不苟，衬衫领带件件不差），赶上去图书馆的公交车，然后痛苦地在柜台刷他的图书证，以获得使用电脑的权限。

他坐到电脑前之后，就会去查自己的通用福利金[1]账户。他需要查看日志栏里"工作辅导员"的信息。工作辅导员几乎算半匿名状态，有可能离他一千里远也说不定。他们会告知他目前的工作申请状态是否令人满意，也可能建议他去新的网站试试运气，或者给他布置点别的任务，比如更新简历。

然后就开始了繁琐而艰巨的工作搜寻。对泰勒先生而言，单是找这个过程就要花上一整个上午，有时还要占去整个下午。他会去辅导员提供的网站搜寻与自己专业相关的工作，然后每敲一个字就痛一下地提交申请，去应征随心所欲的就业和养老金部那周提供的所有工作。他一边这么做，一边心里清楚地知道自己永远也到不了面试阶段，就算能去面试，也会因为

---

1. 通用福利金（Universal Credit），又译为统一福利救济金，是英国政府针对无收入或极低收入群体的福利政策。英格兰按月发放，苏格兰有些地方每月会发放两次。

他的种种病痛而被当场拒绝。

人人都看得出泰勒先生病成这样是没法工作的，除非就业和养老金部眼瞎。

可惜，他还是得走完这个流程，才能领到救济，而救济金堪堪只能保住他的房子，勉强够他对付吃喝，保证他房子的供暖（只有他节省再节省，才能用上大半个月暖气）。

流程结束，也受够了羞辱，他就登出电脑，花一点功夫凝神屏气，再从椅子上艰难起身，开始回公交车站的漫漫征途。有时候在月底，他会拖着病体残躯从家里一路走过来，为了能省几个钱。

有一天给他安排电脑的时候，菲比——又开始我行我素地展现出她的标志性粗鲁——突兀地盘问为什么泰勒先生从不去登记领取伤残津贴。

我从没在什么时候见过泰勒先生仓皇失措到如此地步。他呼哧呼哧地喘着粗气，双手紧抓着柜台勉强站住。我真切地担心菲比这一问会要了他的老命。可怜的老先生好不容易重整精神，摇了摇头。

"我登记了，登记过不止一次。"

菲比又张嘴了，好像要追问下去。我赶紧插嘴："泰勒先生，请用6号电脑。"

他拖着步子走向电脑之前，感激地看了我一眼。他刚走没几步，菲比转向我，交叉抱着手臂。

"要是他申请了，怎么会没领到？"她不满地哼哼。

我本可以告诉她，我也经历过同样的申请流程；我还能告诉她，我这辈子都没尝过那种羞辱；我还能跟她讲讲，我是怎么填完堆积如山的表格，在表格里事无巨细地汇报我的病情，讲述我因病不能独立完成的事情（不能独自出行，不能和刀具独处，高自杀倾向，不能独自用药——详见条目8C"用药与治疗"），之后还要面对审查，而审我的人是……某个路人甲。从没有详细说明，只有"评估员"这个模糊的称呼。

我还能告诉菲比，就算评估员事先给我道了歉，我也完全不能承受得住她直直地盯着我然后问："现在，我必须要问……你现在不自杀的理由是什么呢？"

我还能告诉菲比，我倒还真有段时间够资格领取个人独立救济金，但是就那么几个钱实在不值得我任由那些评估践踏自己的健康状况。

我还能告诉她，仅仅过了六个月，就业和养老金部就一纸信件来通知我去"例行复查"，我丈夫直接把信扔进了碎纸机，因为我们都觉得那种评估要再来一次的话，很可能就把我推向精神病院的深渊，甚至更糟的境地。

然而，我只是一边看着泰勒先生在走向IT区的半路上停下来靠着柱子歇口气，一边对菲比说："我不知道。"

我脑子里思想的快车就快要变轨奔向抑郁的大西北（同时两只妖精上蹿下跳地想加入旅途），海瑟就正好来了，闹哄哄地打断了我的回忆，让我感激不尽。

海瑟在兼任科缪尔直属经理的同时也是罗斯科里的代理主

任。和往常一样，她带来了一大堆文件、文件夹、叮当作响的钥匙串和塑料袋，走去主任办公室的途中掉了一地。

我捡起第一个文件夹交给海瑟的时候才意识到气氛变了（海瑟上气不接下气地回了我一个"谢"字）。我抬头一瞥，发现菲比正盯着我这边，看起来像是刚刚牛饮了一整瓶热尿。她这副样子已经够吓人的了，而更可怕的是，她嘴角一直挂着的讪笑也不见踪影。她眼睛一眨不眨，目光一瞬不移，而且毫不掩饰自己直勾勾的眼神。

我没法确定她肆无忌惮的厌恶是冲着我还是海瑟，或者是冲着我俩。我好一会儿才意识到海瑟一直在对着我讲话。

"——针对闭馆流程的训练在这儿。我还带来了收银的标准执行流程表，和在科缪尔没什么两样——"

菲比还在盯着我们。我从没见过哪个成年人在盯着人看的时候被发现了却眼睛都不眨一下。我都能感受到自己头皮上冒出的汗珠子。我想狠狠抓自己的脸，或者把脸盖住。有一瞬间我晕乎乎地好像失了智，甚至看到自己去把活页夹抓在手里，紧紧贴到菲比的脸上，就为了挡住她灼热的瞪视。我都能看到她双眼放射激光，在活页夹的塑料封皮上烧出两个洞。

"——哦，还要给你介绍我们的兼职员工，艾米莉和克莱尔。我这边有点文件需要她们处理。你能不能……啊算了，我还是自己把表格给她们好了。行了，菲比！"

菲比把她赛过正午大太阳的怒瞪整个儿直直地转向了海瑟。我甚至预感自己会嗅到烧焦的人肉味。

"干吗？"她哼道。我内心疯狂尴尬，低头只顾捡海瑟掉在地上的七七八八。

海瑟用臀部抵开了办公室的门。

"你能看看陈列品有什么要更新的吗？你能更新一下吗？劳您大驾？"

菲比口不对心地嗯嗯。海瑟走进办公室，啪一声把她的包重重地撂在桌上。

海瑟一走，菲比的灼灼目光立刻就缓和了，但我走回接待处的时候还是有点惶惶然。我刚在自己的办公电脑前站好，她就开始把牙齿咬得咔咔响，哼哼唧唧，气喘吁吁，像一只被激怒的熊。

我就一直盯着自己的电脑屏幕。真是受够了她这些花里胡哨的臭脾气。心里小小的阴暗面希望能就这么一直等到她像个成年人一样主动来找我。

菲比夸张地悲叹一声。我闭上眼，大吸一口气，然后转过身去对着她。

"怎么了？"我挤出一个笑容，问她。

她讪笑着，就好像刚才的整整一分钟她没有像童话故事里的大灰狼一样哼来叫去似的。"你见过海瑟了哦。"

"对啊，在科缪尔就是她给我做的入职培训，我和你说过吧？"

"嗯。"她舒展肢体站定，倚着接待处的桌子。

我顿了顿。她似乎还想听我多说点儿什么，我就又加了一句："是她……呃……面试的我。"

"行，"菲比脸上的笑容深了几分，"图书馆的陈列归我管。它们换不换我说了算，而我是不会换的，就因为她使唤我做。"

现在我把一切都想明白了：过期的海报，陈旧的展品主题，乱糟糟的架子。儿童区充满色彩和欢笑，而这里，成年区，就是海瑟和菲比的战场，唬人的神经质对阵几乎咄咄逼人的懒惰。

两军对垒，而我恰好就卡在战场中间。

第五章 ->>

罗斯科里图书馆
保卫战

十二月日均访客：62 人

十二月日均问询：19 次

十二月日均打印：61 页

十二月暴力事件：0 起

儿童活动出席率：69%

十二月日均复印：31 页

十二月总计免费提供给公众的手表电池：18 块

十二月总计免费提供给公众的宠物粪便袋：2 箱

The Librarian
Allie Morgan

2018 / 12 /

我和艾米莉一见如故。

我常常会早到。自然而然地渐渐习惯了图书馆的节奏之后，我会在营业前一个小时左右就过来，顺道在路上买杯咖啡，然后一边啜着咖啡，一边拉开窗帘，给陈列柜除尘。如此一来，黑夜残留的暗影散开，图书馆也从空寂中苏醒。这栋楼隔了夜就会变得十分闷热，我就会把自己咖啡冒出的蒸汽想象成净化仪式里鼠尾草烟雾一类的东西，用来驱走这个空间里的邪灵。

然而这一次，我刚刚开始我的晨间驱魔仪式没多久，就有同事到了。员工入口的门被哐当一声推开，一股冬日的寒风猛地灌进来。听到这声响，我的胃稍稍抽动了一下。

我一直试着和菲比好好相处。我尝试忍受她令人抓狂的讪笑、她粗鲁而充满敌意的盘问，甚至她反反复复的臭脾气我也忍了，为了大家面子上过得去。不过最终我非但没能和她熟起来哪怕一分一毫，反而变得一见她就胃抽痛。我没法不厌恶她的粗鲁无礼。她总是会用细瘦的指头指着我鼻尖，要求我告诉她，我今天在吃什么药、为什么吃药；而我在她周围打扫卫生的时候，她也会从牙缝里挤出哼哼嘶嘶的声音，仿佛我打扫卫生就是在冒犯她似的。每每遇到这些情况，我都会周身发冷，还得把这冷气压进肺腑，去平息她引起的怒火。

一想到要提早和面目可憎的菲比相处，一想到我神圣的清扫和准备时间都要被她侵占，我就非常恐惧。

"你好？有人在吗？"

来人是艾米莉。她和我一样是兼职，一无所知地被扔进了战场中央。她比我年轻几岁，谈吐得体大方，绝对让人眼前一亮。她有一种旧时好莱坞年轻女明星的气质，蓝眼睛大大的，周围镶着一圈浓密的黑睫毛。她把黑发时髦地梳开，盘成与奥黛丽·赫本很相像的发型。走路的时候也很优雅，样子很像受过训练的舞蹈演员。

艾米莉彬彬有礼地和我握手，似乎特别高兴能见到新的同事。不过我不久之后发现，她生活中遇到什么事都是这样的：眼睛睁得大大的，充满好奇心，还充满一股子乐观气息，甚至都有点吓着我。

没聊多久我们就开始告诉对方自己的宠物都叫什么名字（艾米莉的狗狗叫花花，是一只上了年纪的搜救犬，她毫不掩饰自己对狗狗爱得有多深；而我呢，我养的是宠物蛇和几只猫猫，我常常把它们称作我的主子们）。她特别喜欢动物，在图书馆轮班的间隙还会去当地的慈善机构和动物救助组织做志愿者。她说自己是牧师的孩子，所以做这些是她的天职。我非常佩服她这种热忱，尽管它会让我内心不安的情绪略泛波澜。

艾米莉还是艺术家，这我花了好大力气才从她嘴里套出来。她不仅会画画，还是诗人，出过诗集的那种。同样，我需要连哄带骗才能让她分享几句自己的成就。我常常会孩子气地反感才华出众同时又极度谦逊的人，但我没办法不喜欢艾米莉。我们刚见面的头一两个小时，艾米莉别具一格（还很接地气）的幽默感就把我逗得笑到哭出来。

有些人你可能要相处了一段时间才能熟起来，而有些人则一头撞进你的心房，带着炫目的才华、下流的笑话和共同的兴趣。艾米莉绝对属于后者。

我感觉这次值班时间过得比以往都快。虽然没什么访客来，但我们一直聊个不停，时不时笑得头动尾巴摇。

等到第二天上班我们一起做开馆准备工作的时候，甚至都给彼此起好了昵称。开馆流程轻松搞定，接下来就等着常客到来了。我们一起坐着，看旋转门转了一圈又一圈。第一个访客走近柜台的时候，我才意识到自己脸上挂着笑意。

奇多是 IT 区的常客。他和其他待业者一样，来做自己不得不做的工作搜索；也和这些人中的许多人一样，他本应该因身有残疾而受福利保障。奇多矮矮瘦瘦，年纪看上去也能说是年近四十，也能说是五十出头。一头稀疏的花白头发总是油乎乎的，简单绑成个马尾辫子。他以前还留着大胡子，一样油乎乎，一样参差蓬乱，不过最近刚剃掉。

没了胡子的掩护，他的满面菜色更是无处可藏了。他瘦削的脸坑坑洼洼，一看就是不仅尝过挨饿的滋味，还是长时间地吃不饱饭。我逐渐能认出这种外貌特征——干瘪的脸颊、下巴周围的皮肤松松垮垮。他看上去不是个瘾君子（要是瘾君子的话，我也能从脸上认出来），不过也明显能看出状况欠佳。

奇多每每来到图书馆的时候，他的味道也会跟着进来。他会在门口踩灭自己卷的烟，所以身上一股烟味，还混杂着脏衣服的酸臭味和汗馊味。

他递来图书证的时候，手常常颤个不停，也会避开眼神接触，嘴唇哆哆嗦嗦。

奇多是个"低语者"。不只是说他讲话声音低，而是他会不受控制地小声自言自语，把自己的所有思想和行动甚至意图都低声广播给全世界，一刻也不停。

"——还要买多点东西，还要登进电脑。您好，我想用电脑，"他说着，颤颤巍巍的手指松开图书证，"把他妈的工作搜索做了然后去买东西再去坐公交车。先找工作——"

虽然奇多不是 IT 区常客里唯一受困于精神障碍的，但是，除开他的样貌，我对他还是有一种特别的好感。因为我永远能听见他在想什么，而他在与外界有意识地沟通时（即他能控制住自己时讲出的话）总是很有礼貌、略带迟疑，还含着点歉意。有些人会觉得他喋喋不休的低语会让人感到不安甚至有威胁的意味，但我在他身边待得足够久，知道他就算自言自语说得粗俗不堪，也都不是有意的，而且显然只是他自己内心焦虑的反射。似乎他脑子里的妖精找到了什么方法，能出声说话。

偶有一两次，参加书虫小聚的妈妈会跟我投诉奇多的存在。我也知道，菲比对此的"解决方法"就是冲着奇多那边大喊一声"闭嘴"。几乎每次她吼完之后，奇多的下意识评论就会变得更密集（也更粗俗），中间偶尔穿插着他用自己能控制的嗓音说出的一两句抱歉。

我则会试图向妈妈们解释，图书馆是向每一位公众开放的，而有些人可能来自社会上更弱势的群体，想以此缓和她们的顾虑，告诉她们奇多没有恶意。

我也不知道为什么大家会叫他奇多[1]。至今我也没弄明白。

不过奇多的例子可以说明我在图书馆工作中总结出的另一条规则：有人用不同的方式交流，并不代表这种交流方式就是错的。

图书馆员的工作就是架起桥梁，填平沟壑。我们在可以获得信息和无法获取信息的人之间架起桥梁，填平信息不平等的沟壑；我们一视同仁地为大家提供免费的基础服务，填平贫富

---

1. 奇多（Cheetos）是百事公司子公司菲多利生产的膨化食品，是一种芝士口味的膨化玉米粉制成的零食，吉祥物是一只戴墨镜的豹子。

差距的沟壑；所以，如果在沟通交流方面出现裂隙，我们同样也需要找到解决的方法。

想要填平沟通的裂隙，做法可以简单到将信息记在可以方便获得的纸上。这么做需要考虑不同受众的受教育水平的差别，不是所有人认识的字都和我们一样多。也可能需要学一些手语——我和我的同事就都有学，能简单地用手语问一些"是"和"否"的问题。

并不是所有沟通上的困难都是残障问题或语言差异导致的，这就引出了我下面要谈的重要问题：脏话。

有人可能会很随意地说脏话，也有人说脏话的时候自己都没意识到。我们馆的许多常客说话夹带脏话纯粹就像写文章要用标点符号一样。说脏话就是他们的沟通方式。所以我觉得，区分习惯性说脏话和带着侮辱目的骂脏话很有必要。

就算有人在说脏话，并不代表他们就在骂你。我恨不能把这条感悟喷在天空上。

在图书馆工作，就要接受人与人之间文化水平的差异。你自己的行为规范不一定和你服务对象的行为规范是一样的。

罗斯科里的常客中，有好些习惯了讲脏话的。有些员工，特别是之前工作的分馆里接待的大多是偏中产的访客，可能听见突兀的一句脏话，就会被吓到，感到被冒犯了。的确会有新员工因为某位常客提要求时所用的语言而拒绝提供服务，然后来找我反映问题。

坦白讲，我觉得如果对所有的成人用语都采取一刀切的态度，听见脏话就觉得受到冒犯，那才真是幼稚又适得其反。

说脏话的人中十有八九都没意识到自己讲的是粗口。而且好多人脏话溜出口之后也就立马道歉了，其实只需要善意地提醒一下他们，某些词句可能在这种场景下讲出来有些不太合适，或者提示他们有未成年人在场，就足以让他们道歉了。不要把客人当傻子，也不要摆出高高在上的样子，只要你讲道理，大多数人都会报以善意。

我平日讲话也没时间字斟句酌，更何况那些最需要图书馆的人们呢。

不过，诽谤或者侮辱恐吓的语言就是另外一回事了。这个话题引出我在图书馆工作的下一条准则。这句话改编自我长年累月网上冲浪时看到的在非主流宗教、威卡和别的与巫术有关的领域被广泛讨论的说法：不伤害别人，也别任屎沾身。

这句话够好懂了吧。

*

奇多趿拉着鞋走去了 IT 区，接待处桌子后面的墙上歪歪斜斜地贴着海报，艾米莉走过去，撕开其中一张的一角，上面写着：2010 圣诞童话剧，门票五镑一张。

"你知道吗，"她说，"这些我打心眼里看不惯。看看这张海报都过期多久了！"

我伸手过去帮她抠开海报另一角的胶带纸。

"菲比要是知道我们胆敢动她布置的展品，绝对要气得昏了头。"我说。

艾米莉笑了，也终于能抓牢那张海报，嚓的一下就把它撕了下来。

"我觉得这地方得改头换面，你不觉得吗？"她问。

"肯定啊。"我四下看了一圈。老天爷，过期的海报也太多了！我来这里上班的第一天就看不下去了，但是菲比对馆里展品的布置较真得离谱。我哪怕只是靠近她摇摇欲坠的旧展品，她都会像猫一样哈我。

我突然意识到，我和艾米莉都已经长大成人了，却还活在我们疯婆子同事的淫威之下。诚然，菲比是在公共机构干了蛮久的——有四十来年了？——没错，她做事让人摸不着头脑，而且的确很让人害怕，可那又怎样呢？这又不是过家家，我们也不是小屁孩。如果疯子皇帝就是喜欢跺脚，我们凭什么给她磕头？

我拽下另一张海报，华丽丽地把它撕成两半。

"她能怎样，去向海瑟投诉吗？"我说。

"就是。"艾米莉答道，用塑料尺子刮走残留的胶带纸。

"反正，"我一面继续说一面把另一张标语团成球扔进可回收垃圾桶，"她不在场，怎么知道是我们谁做的，想告状也不知道告哪一个。"

"说实在的……"艾米莉放下尺子，"我刚入职的时候，以为这些事才是我会去做的。比如布置书本的展架，为禁书周[1]设计海报，诸如此类的工作。"

"那我们为什么不做呢？"我提议，"我们不如就开始行动？天知地知，你知我知，要是被问起来就打个马虎眼，说我们来的时候就已经这样了。"

我奶奶总说，事后求原谅比事前求许可容易得多。我学会之后总让我父母恨得牙痒痒。

艾米莉开心一笑，向我伸出她纤小的、掌心湿润的手，我握了握。

"一言为定！"

"说定了哦！"她宣布，"图书馆大改造开始！"

"打扰一下，女士们！"奇多的声音从 IT 区传过来，"我的邮箱看起来怎么怪怪的？"

*

我们的游击战就这样拉开帷幕。虽然成年区是海瑟和菲比之战的主战场，但我和艾米莉悄悄地在前线开展行动。我接她的班的时候，会发现新布置的苏格兰作家主题陈列，装饰着横

---

1. 禁书周（Banned Books Week），始于 1982 年，是每年九月的最后一周。旨在宣扬读书自由、信息自由和表达自由，重视学校、书店、图书馆等机构面临的书籍审查问题。

幅、用格子花纹绸带做的修饰和彭斯[1]的名句集锦。

与此同时，我也会偷偷打印出一些标语，鼓励读者来询问有没有什么推荐，或者指明一些文风与著名作家类似，但更少人知道的作者。

菲比积极应战。

"这谁干的？"她逼问道，指着新布置的展品，而我就耸耸肩糊弄过去。

后来，我会趁着菲比出去"透口气"的时候更换大字体的陈列品。她在停车场绕上一圈，刚好够我做完一个特别作家的陈列。

我和菲比一起值班的时候，海瑟如果在，其实不会对我的游击工作有什么影响。我发现海瑟一天到晚就爱窝在她又小又难闻的经理办公室里，只是偶尔出来上个厕所。她就算走出来让我们一睹尊容，也无时无刻不沉浸在自己神经质的紧张思索中，哪怕有卡车横穿图书馆她估计也注意不到。

我一开始是自带装饰用具，后来发现艾米莉悄悄借用了（当然也及时补给了）为儿童活动预留的手工材料。我就有样学样地这么做了。

不久后，我们就有了装饰得漂漂亮亮的标志，向大家展示本月新上架的作者。我们在自己钟爱的书里夹上预先做好的书签，上面写着同类型作者的信息和他们作品的简介。

---

1. 罗伯特·彭斯（Robert Burns, 1759—1796），著名苏格兰诗人，主要用苏格兰语言写作，曾收集过苏格兰民歌民谣；其诗风通俗晓畅，便于吟诵，在民间广为流传。

在这个过程中，菲比的脸色愈发地不好看，出去抽烟的次数也变多了，不过最重要的是，借出的书（用图书馆的行话说是"出借率"）增加了。

我每次和海瑟一起值班，就会听见她和菲比打电话吵来吵去，或者她噼里啪啦地在键盘上猛力敲下给全体员工的邮件，内容大致如下：

收件人：罗斯科里员工
发件人：罗斯科里主管账号
主题：无授权标识

我近期留意到，新布置的标识未使用有区议会页眉的官方用纸打印。提请各位同事注意，图书馆所有对外交流用纸必须包含本地政府标志，包括标识用纸。

此外，图书陈列中不得含有冒犯性内容，且需符合区议会图书馆官方操作程序文件中规定的图书展示标准，详情参见区议会内网。

海瑟

每次收到满屏大写加粗的邮件，都会激起我心里一阵又幼稚又叛逆的激动。我和艾米莉会在一起值班时，逮着图书馆没人的间隙把它们朗读出来。尤其我读的时候，特别喜欢模仿帕特里克·斯图尔特[1]表演《李尔王》的那种声音。

不过我们也渐渐发现，这些安静的间隙越来越少，隔的时间也越来越久。

留意到图书馆里变化的人不止海瑟和菲比。访客们开始点评新布置的展品、写给读者的隐蔽信息和各个标识。不久后，会有成群结队的中学生在午休的时候特地赶来图书馆看书——这场面在现今的图书馆可不多见。

我们的儿童助理苏珊也加入了战斗。我们三个拉了一个小群，互相讨论新点子。在群里，我们聊怎么把成年人的活动和儿童活动联系起来；给彼此建言献策，分享资源；我们还一起找海瑟邮件里那些条条框框的漏洞。我把区议会的标志印成贴纸，贴在我们设计的标识上面，以满足海瑟越来越离谱的要求。

只要不违规，就万事大吉。

罗斯科里的访客人数稳步攀升。

终于有一天，海瑟从办公室里冒出头来，急得满脸通红。她出来通知我们，有一位本地的犯罪小说作者希望能在罗斯科里分馆开一场读者见面会。

我和菲比同时开口，声音叠在一起，她哼一声"为啥"，我叹一句"好啊"。

"反正我不加班的啊。"她接着哼哼。

---

1. 帕特里克·斯图尔特（Sir Patrick Stewart），英国著名戏剧、电影、电视剧演员，曾饰演过多个莎士比亚笔下的著名角色，如后文提到的《李尔王》。莎士比亚戏剧中人物常有大段韵文独白，故朗诵起来抑扬顿挫。

"我们也付不起加班费。"海瑟刚要开始，但我打断了她。"我来吧，我不介意。"

她俩都找不到反对的理由，我就把读者见面会安排进了图书馆的日程表，在心里偷着乐。

*

我早该猜到艾米莉也会志愿加入组织这次签售。我俩接下来一起值班的时候，就在积极思考有什么宣传的点子、怎么设计活动海报。我们正聊到怎么才能避开官方渠道的一大堆弯弯绕绕，直接搭上本地的媒体，告诉他们这个活动的消息，艾米莉突然停下来，盯着电脑屏幕皱起眉头。

"没出什么事吧？"我问。

"你看了这个吗？"

她把屏幕转给我看，指了指图书馆收件箱里一封标示着"重要程度高"的邮件。

收件人：罗斯科里图书馆
发件人：罗斯科里组群经理账号
主题：管理层人员变动

所有员工：

伊丽丝·威尔逊已不再担任组群经理一职，其间我将暂时代行罗斯科里区各分馆的组群经理一职，特此通知。

考虑到变动突然，接下来几周内我将亲至各分馆，与所有受影响员工交流此项事宜。

琳达·查普曼

"哦。"我不以为然地哼道。

"是啊。"艾米莉应了一声。我看得出她给出自己的反应之前，想先等我评论。

"突然就离职了，"我试探性地说，"感觉有点呃……出乎意料。"

艾米莉点点头，环视四周。时间尚早，馆里人本就不多，更没几个能听见我们说话的，不过她还是让我凑近一点。

"你之前是在科缪尔工作过吧？"她小声问。

我都不太听得清她说话，不过我也点了头："没错。"

"那呃……你应该了解那边的情况。跟暴力事件有关的。"

我记起了墙上被砸出的坑，堪堪高出我头顶，还有砸出坑的那把椅子。我微微苦笑了一下："你是说暴力事件层出不穷，一件接一件？是啊，我就是因为这个转来这边的。"

艾米莉点了点头："那你也知道暴力事件报告是交给组群经理的，对吧？"

"呃……是吗？"

"是呀，先交给海瑟，然后汇总到伊丽丝手上。伊丽丝负责后续干预，比如做点改变贴点禁令什么的。"

"那她倒没做过什么，就让我自生自灭了。"

"正是了。"

这时一位女士走近接待处，艾米莉便直起身子。交换书本，专业而迅速地盖下日期印章，女士离开。我还在消化伊丽丝的事，艾米莉就又坐下了。

"所以，"我回神，"伊利丝被炒了就是因为她对暴力事件不闻不问？"

艾米莉耸耸肩："我也不清楚，只是也听过一些风言风语，说那边的情况有多糟糕。你那阵子一定给吓坏了吧！那些人真的一路跟踪你回家吗？"

我挠挠头，怯懦地承认："我呃……是吧。确实是受到了这方面的困扰。不过警察可能更关心黑帮的事情吧，我觉得。"

艾米莉刚想答话，刘易斯先生就来到了前台，粗粗的眉毛一如既往地皱着。他把书重重摞在桌上，哼了一声。我逐渐理解他这哼声的潜台词是"这些书还给图书馆"。他常常发出的另一种类似的、拉得更长的哼声则表示放在桌上的这些书是要借走的。

"所以我在猜伊丽丝是不是因为这个给炒鱿鱼的。"老头子一走，艾米莉就默想着说道。

懦弱小人的报应，我几乎说出了声。不过我憋住了，只是指着邮件上的署名问道：

"这个琳达·查普曼，你认识吗？"

艾米莉摇摇头。

我耸了耸肩，举起我雄伟的 A3 纸彩打海报——光鲜亮丽而且肯定会引来海瑟新一轮邮件轰炸，教育大家节约使用打印资源。

"你说她会喜欢犯罪小说吗？"

*

我其实也不清楚自己指望本地这位狡黠的犯罪小说作家杰克·穆雷长什么样子。他的小说大多改编自格拉斯哥地区真枪实弹的黑帮案件。还有传言说他父亲在搬来罗斯科里之前也是道上的人，后来为了更体面的生活和养儿子才金盆洗手了。

结果来到签售会的男子比我还矮上几厘米，算是我见过的男士里个子最矮的了。他的脸饱经风霜，看起来好像他平时不仅写小说还要去海上或者荒野里讨生活。他应该年近六十，讲话有很重的格拉斯哥口音。

穆雷先生的光头上还交错着两三道伤疤，被他蜂蜜一样的棕色皮肤衬得格外显眼，让我觉得（虽然很可能单纯是我看了他几本书而七想八想的成见）他对于暴力的兴趣可能有阵子不光停留在字面上。不过从他伤痕累累的面容上还是能看出他以前做过不少粗重的体力活，因为岁月的摔打而皮糙肉厚。

已经有不少读者排队等着见他了。他来的时候一只手拎着个塑料手提袋，里面装着自己的小说和今天的日报，另一只手提着杂货，应该是从街角铺子里顺道买的。

我听他说想要把刚买的脱脂牛奶暂时放在员工室的冰箱里，不禁给逗笑了。我可能本来想象的是一个神经质的艺术家，但杰克·穆雷太接地气了，就和平时来罗斯科里的人没什么两样，也可能会用电脑查一下邮件，或逛逛真实犯罪类书籍区。

这位作家先生还特别谦逊宽容，因为恰恰在今天，我们分馆的 IT 服务器决定摆烂罢工。我们那天早上去控制室例行检查的时候，发现空调不知道什么时候坏了，所以整个服务器严重过热。

这就很现实地意味着我们今天不仅连不上网络，而且整个编目系统也都不能用了。我也从这次经历中总结出了在图书馆工作的另一条准则：硬件软件都会出问题，要做好准备。

不幸的是，我之前从未经历过服务器大崩溃，而且还是重度依赖科技的千禧一代，所以得争分夺秒地接受图书馆人工藏书管理紧急培训：具体来说，就是学会使用大红书。

大红书是一本总账，在紧急情况下可以用作藏书流动的记录。需要在大红书上记录下图书馆所有借出和还入的书籍信息，包括书名、作者、书号（ISBN）和编码。每条记录后面还要写下借书人或还书人的十位数图书卡号。

经历丰富的图书馆老员工如果听到我抱怨人工登记书籍流动有多费功夫，肯定白眼都翻上天了。不少人肯定还记得数字化之前的索引卡系统和其他类似的登记流程。我对这些前辈深表同情，毕竟没有了自动录入和二维码扫描这些现代图书馆员的"标配"，他们整天只能被绑在这本烦人的庞然大书前面，除了处理借书和还书之外几乎什么也做不了。

但是服务器也真会挑日子罢工啊。艾米莉和我不得不让可怜的杰克·穆雷先生独自布置自己的签售位，因为我俩忙着一边应付愤怒有余而耐心不足的排队公众，一边来来回回给 IT 服务部门打电话。IT 服务还是外包的，接电话的似乎清一色是高高在上的英格兰老先生，跟我们讲话的语气好像我俩是第一天上学的迷茫小姑娘。

"很抱歉，我听不懂您的口音。您能帮我转接给更高层的同事吗？"我这么问了不止一次。

"不是，听好了，我想反映的是：服务器过热了，没办法重启。这个问题你们是没办法远程解决的。我想请你们派个人过来。"

"请再说一遍？"

"服务器——坏了！派一个——维修员！"

"什么？对不起？您说的是英语吗？我听不懂。"

"把——我——转——给——能——说——英——语——的——人！"我忍无可忍地喊道。

艾米莉给我们那位出奇耐心的作者先生递茶的时候，差点笑喷了，而后者似乎觉得我和 IT "服务"人员的这出大戏很有意思，甚至比来和他讨论自己书里一些情节和谋杀案的读者们还吸引人。

"你们两位姑娘呀，一没电脑，工作都做不来了！"穆雷先生等他最后一位读者拿着签名本心满意足地走了之后，终于开口评价。"我那个年代，图书馆里根本就没有电脑，类似的大概只有复印机。"

一遇到哪个访客开始激动，或者要求处理断网的问题，穆雷就会温和地教训一两句"别去为难两位女士啦"，然后大谈特谈我们有互联网之前不也活得好好的。你知道吗？他现在写书还用的是手动打字机！过去用得顺手，现在没理由不能用。

我们最终挺过来了，不过技术人员一直没来。艾米莉万事不愁的乐观和杰克·穆雷的快乐评论让整个过程舒服多了，到最后我们已经开始打赌，赌每个拿着书来柜台的访客听到不能快速地把书扫描借走，而是要花个五分钟等我们艰难地翻看每本书再把信息录入大红书的时候，会有什么反应。

*

和菲比一起值班的时候，时间爬得很慢；而和艾米莉一起值班，时间就过得飞快，不过我还没高兴多久就又要和讪笑螳螂共处一室了。

我正扫描着奇多的图书卡（奇多：他妈的找工作日志他妈的……谢谢您！），一早上异常安静的菲比突然开口说话了。

"你跟海瑟聊了吗？"

把卡还给奇多，和他挥手告别之后，我把自己的椅子转过来，面对菲比。

"海瑟？最近没有。"我答道。

讳莫如深的笑意又深一分："她呀，正为好朋友被炒鱿鱼而伤心呢。"

我瞥了瞥周围。菲比从来养不成图书馆里有访客就压低声音讲话的习惯。我甚至不清楚她有没有过这个念头。她显然很喜欢自己的声音，觉得自己哼出的每一个音节都是给我们这些卑微凡人的恩赐。

"你是说伊丽丝？"

菲比点头。尽管我很想显得有职业素养，但我按捺不住自己的好奇心。我一直在想伊丽丝的突然离职还有艾米莉和我说的那些话。我真的和这件事有关联吗？我应该感到愧疚？还是愤怒？伊丽丝显然没负起责任，一点也不把她员工的安危放在心上，但这就是她离职的全部原因吗？我只能听听这些二手三手消息。

"她和海瑟关系很好吗？"我追问道。

菲比往后一靠，突然哈哈大笑，把我吓了一跳。我一开始都没觉得她发出的是笑声。有那么短暂而疯狂的一瞬间，我诚心以为她开始狗吠了。我对此一点也不惊讶。

人们开始盯着我们看。我把办公椅的高度往下调，好让自己隐没在站立式办公桌的后面。

菲比喘上了气儿，指了指海瑟的办公室。"那家伙，"她故意拖长音，"和伊丽丝最要好了。她们早就熟得不行。好得能穿一条裤子。"

她把椅子滑近我，我立刻就后悔把椅子调低了。她就算坐着，也整个罩住了我："她昨天可是哭了一整天。"

菲比幸灾乐祸的笑脸压在我头顶，我的不适感达到了顶峰，本能地站起来往后退。

"那……还真挺惨的。"我最后说道。

菲比骨节分明的大手一挥，哼笑一声，驱走了我心里那一丝微弱的同情。

我的注意力被申父先生的到来分散了。

本·申父先生（本人一点也不像神父）是罗斯科里及附近这一片的区议员。他接待公众的时间是每个月第二个周二，地点就在图书馆，至少印着他手端一个滑稽的喷绘马克杯的光鲜大海报上是这么说的。

事实上，他真正来开接待会的次数是计划中的一半不到，而且还次次都迟到一个钟头左右。申父先生来的时候，身上还总有一股浓郁的须后水味，整个冲进人的鼻子直达舌根，味蕾都麻了。他的漆皮鞋在图书馆的灯光下闪闪发光，和我年纪差不多大的女助理躬身跟在他后面，抱着一大堆文件，看起来很像海瑟那样，永远手忙脚乱的。

申父的自鸣得意不是作为光环散发出来，而是直接把附近的水源都污染了。看看他那身熨烫齐整的细条纹西装，再看看他大胯前倾的走路的样子，我看他炒掉的助理比我吃过的热饭都多。活脱脱一个老油条政治家小丑。

这时候我觉得有必要强调一下，申父只是一个本地议员。不是苏格兰议会议员，不是威斯敏斯特议会议员，他是一名本地罗斯科里片区的议员（仅代表一个组群）。

和往常一样，他昂首阔步地走过接待处，一个字都吝啬说。我又一次热情过头地挥手如电扇，才换来他屈尊点了一下头，还引来了菲比的妒忌。

申父一般把细枝末节的事都堆给他的助理。小助理把一大沓文件放到我们的桌上，然后菲比立刻开始她半月一次的欢迎仪式。

"喝茶吗？"

"要咖啡，两杯。不加奶。有饼干也要饼干。"

"要水吗？"

"要的，麻烦了。"

申父有一种别人罕有的能力，不过他本人似乎很少留意到：他能把菲比从狩猎状态的螳螂变成一个卑躬屈膝的学生妹。看着菲比小跑着跟在他后面，忙前忙后地送来咖啡和饼干还有糖啦笔啊笔记本啊，还真是有意思，尤其菲比和他说话的声音，又奇怪又夹着傻笑，我还从没听她和别的人这么讲过话。

员工里不单只有菲比神奇地臣服于这个男人的魔力。他还能做成另一项几乎不可能做到的事：把海瑟从经理办公室里引诱出来做事。海瑟也是的，一见到他就变成了星星眼跟屁虫，仿佛他在的时候，所有女人都要表现得像五十年代的年轻女秘书似的。

这两位女同事尽管都有点难相处，但之前至少表面上都是现代女性，甚至是相对女权的，看到她们展现出这么顺服的一面，我实在是倍感困惑。

最终我实在受不了这一出让我苦不堪言的闹剧，鼓起勇气去问菲比。

"所以呃……这个参议员是个什么来头？"

"你是说申父先生？"菲比问。

"是呀。他是这一带的名人吗？怎么不见有人来他的接待会呢？"

菲比猛地"嘘"了我，声音尖锐又突然，让我浑身都瑟缩起来。她迅速而激烈地冲我招手，让我靠她近一点。

"你把他想成你上司的上司的上司的上司的上司，"菲比讲道，每说一次上司扳一根手指，"区议会是管拨款的，对吧？那么他就是负责图书馆拨款的那个头头。多少差不离，他是奥斯卡·科茨的上司。"

那好懂了。难怪他走进图书馆跟走进他自己家似的。不过理论上说，图书馆确实是他的。

"这样啊。"

"所以他如果要你做什么事情，你就照做，知道了吗？"菲比凶我，"如果我们能把他哄好了，说不准年终的时候能有新电脑换。"

我瞥了一眼 IT 区。这些电脑上运行的微软版本旧到我好多年都没见过了。服务器又常常过热，备份也总是出问题。天地良心，就算是键盘和显示器也不知道被多少公众访客揉圆搓扁地敲敲打打过，早该换新了。

我还真没想到，菲比居然也会关心图书馆的设施状况和预算。平时她仿佛毫不在意客流量，服务大众的态度也实在看不出什么职业素养。我想明白了，电脑要是能更新的话，我们员工也能受益。因为现有的系统老旧不堪，光是用起来或者处理它出的问题就构成了我们平时大部分和 IT 相关的工作。

"懂了，"我说，"管钱的大人物，要好生招待。"

公众接待会（如果没人参加也算的话）本应该到下午接近傍晚才结束，而且是在楼下储藏室举行，那里会预先布置好桌椅。给我们的指令是要陪同任何想参加会议的选民下楼，并且事先电话通知申父选民的到来。储藏室当年可是正儿八经的会议室，还颇有点旧日遗风。

申父还是照老样子提前两个小时就结束了接待会，大摇大摆地走了，只留下他的秘书告知我们他们要离开了。

"祝您生活愉快！"菲比朝着他的背影喊道，回应嘛当然是没有的。

我正把下一次接待会的时间写入图书馆的电子日程表时，留意到刚刚一直坐在 IT 区的泰勒先生走近了前台。

"都完成啦？"我边打字边问他。申父的秘书还在我旁边忙前忙后。

泰勒先生叹了口气，支着桌子歇息了一阵。我从电脑屏幕前抬起头看向他。

"那位……先生……是区议员吗？"他气喘吁吁地问道。

"申父先生吗？是的。"

"那他今天……还回来吗？"

答案我已经心知肚明，但还是看向了秘书，秘书朝前门瞥了一眼，又看回我，将几张文件拢到一起。

"不回了，嗯……他今天要早走是有……一些家庭私事。"秘书答道。

泰勒先生将信将疑地应了一声，皱起眉头。

"姑娘，能告诉我他的电话号码吗？"

"申父先生通常与公众沟通的方式是电邮，或是您可以来参加他下一次的接待会，如果您有什么问——"秘书打起官腔，泰勒先生打断了她。

"事关矿工福利。"

罗斯科里的煤矿厂还处在鼎盛期的时候，不少矿工一起出资成立了罗斯科里矿工福利中心。几十年来，福利中心一直是工人们很重要的一个聚会场所。社区里的很多人尤其是老年人的学习和社交都非常依赖这个中心，就好像他们依赖图书馆一样。一个当地的交友互助小组会在这个中心办一些朋友介绍会，以服务社群中那些因为高龄或残疾而行动不便的人士。

矿工福利中心就好像是图书馆的延伸，图书馆闭馆之后还开着，连周日都开着。从图书馆到中心不过两分钟脚程，在那边做志愿工作的人常常会带着海报和传单来图书馆，宣传即将举办的课程和聚会。

就在那周，我从当地的报纸上读到罗斯科里矿工福利中心所在的大楼塌陷了，是早年在那一片地下进行的采矿工程导致的地面沉降，还真让人啼笑皆非。我上次经过那栋楼的时候，看到大楼周围已经拉上了警戒线，成了罗斯科里主干道上又一栋封起来的建筑。它们就是时间的遗骸，虽然没有怎么繁荣过，但也曾见证过烟火气更浓的街道。

虽然泰勒·刘易斯先生在我们图书馆常客里算是比较有文化的，但也不能轻轻松松就给区议员写上一长篇邮件。就算他千辛万苦地写出来发送了，也很难记得怎么查收件箱看回复。

更何况我当天第一次见过了申父，对这个人一点好印象也没有。

趁着秘书讲话的当口，我迅速去区议会网站上查了一下，然后在一张便利贴上写下了"本·申父先生，区议会罗斯科里及周边地区议员"的办公电话。

"喏，"我说，"这是他电话。"

*

我也不知道自己脑海里的琳达是什么样子，但至少和她本人相去甚远。她第一次来图书馆的时候，我以为她是哪个经常来的熟客。当时琳达看起来像个运动达人，金色的头发紧紧盘在脑后，还穿着体育老师都爱穿的那种高领衫。我识破她管理者身份的唯一凭据只有她披在外面的那件整洁的细纹西装，还有脖子上的公司工牌，我一开始还看成了运动哨子。

琳达个子挺高的，虽然不及菲比，但也很接近了，身材也很壮。那件西装外套下面肯定包着不少腱子肉，那件高领衫的纹路和曲线走向也很明显。她大概奔五十岁了，不过皮肤看起来久经日晒。我并不是说她丑，事实上，她并非不好看。如果在维多利亚年代，她这样的女士是会被人夸"俊俏"的。她保养得很好，又是小麦色皮肤，因此很不显老。我完全可以想象到她在高尔夫球场潇洒挥杆破纪录，或是在网球场完胜对手的样子。

她像一个警官调查犯罪现场一样检视了一下图书馆，然后才把目光落在我们两个站在接待处后面的员工身上，表情看不出喜怒。琳达不出声地指向了菲比然后叫她"坐下"，声音不太友好，也没用"请"字。

我能感受到菲比那股劲儿上来了，说不上是反叛还是恼怒或是别的什么情绪，不过她也算碰上对手了吧。她没说话，照要求坐了下去，跷起二郎腿。

我这才发现海瑟也跟在琳达后面来了，匆匆地走进旋转门。和琳达强健高大的身型一比，可怜的海瑟显得矮了半截，还要小跑着才能跟上琳达的步伐。海瑟手里还是一如既往地抱着一大堆她根本抱不住的文件。

"啊，艾莉！你在就好！"海瑟终于赶上了琳达，舒了口气，开始调整她抓着的那一大沓信封，"琳达，这位就是呃……就是你知道的那位……艾莉。这下你能把名字对上人了，嗯……"

琳达乌黑的眸子对上了我的，我看到她眼里似乎闪着火

166

花。她的嘴角也动了一下——约莫辨得出一丝微笑的痕迹，她冲我点了点头。

"艾莉，那就从你开始吧。"琳达说道。感觉语气缓和了一些，不过声音还是很响亮，引得附近几个访客都掉过头来看。我感觉自己仿佛是给选出来去参加校足球队似的。

"您要去楼下吗？"海瑟斗胆一问。

"楼下"指的是地下室那间可以用来开会的储藏室，阴冷昏暗，而且我确信还有潮气。那间房里面放着各种东西，有去年的圣诞节装饰，还有一些因为太老旧而没办法摆出来的参考书。

"不必了，"琳达回话，声音又粗重起来，"我们就去你办公室吧，你在外面等着就行。"

海瑟张了张嘴，但最终一个字也没说出来。

虽然我在罗斯科里时间也不短了，但是进海瑟办公室的次数我一只手就能数出来。她的办公室神圣不可侵犯：永远锁着门，除非她在里面。办公室里仅有一盏光秃秃的暖色灯泡，给整个地方淡淡地染上了一层病态的色泽，而桌子底下的暖气总有一股味道，只能让我联想到烧焦的猫毛。窗台上放着一个盆栽，不过里面的植物早不知道什么时候就已经枯萎了。

琳达从海瑟手里抽走了一个棕色的信封，示意我进房间，而海瑟就干站在菲比身边，不发一言地呆呆地看着。而菲比脸上又露出了她标志性的喝尿臭脸。

我挠了挠鼻头才憋住笑。这个琳达，话没说几句却惹毛了一众人，让我不由得对她生出一股敬意。要是我也能这样掌控全局就好了！

琳达在我们进了办公室之后关门，不过想关上门并不容易。海瑟的办公室是一间很狭小的储物室改造的，容纳一个人已是勉勉强强，何况现在硬塞了两个人进来。

她挤过我身边，将健硕的身躯挪进小得可怜的办公桌后面，然后示意我坐在桌子对面的窄小凳子上。我勉强挨着坐下的时候，她一直在尝试把自己塞进海瑟的办公椅里，椅子吱呀呻吟，前所未见地往下陷了好几厘米。

有那么一瞬间，我俩对坐无言地紧张等待——虽然都在努力掩饰——看看椅子能不能撑得住。

还好撑住了。

"艾莉·摩根。"她终于开口道，边说边从信封里拿出了文件，我才看到上面写着我的名字。

我们两个独处的时候，琳达整个人的气场都变了。她把文件往桌上一扔，放松下来，向后靠着椅背（椅子稍微抗议了一小声），然后抬起手揉了揉她宽阔的下巴。她环视了一圈这间办公室，然后拍了拍自己的脸颊。

"这地方不如以前了，对吧？"

我本来以为自己是被叫进来面试的。坦白说，我估摸着等着我的是一场关于伊丽丝离职情况的审讯。

"您是说这间办公室？"我跟着她的视线四周看了看。

琳达叹了口气，又坐直了，她抚了抚桌上的文件，似乎在

168

出神。

"是说这间分馆。整个图书馆。唉，真的可惜啊。"

她又把文件丢回桌上。原来是暴力事件的报告，我认出了自己的字迹。

"嗯……看起来是有点过时了。"我顺着她的话说。

她点头。"你被调到这个位置上，我其实挺抱歉的，不过我说话也得小心点，"她瞄了一眼门口，才继续说下去，"这间分馆其实以前是四个人共同负责的，有时候是五个人，空间更大，藏书也更多。现在你们的馆藏只是一间儿童图书馆的量，我不清楚这件事你知不知道。"

我摇头，她向我倾过身来，把声音压得更低了。

"艾莉，我实话跟你说吧，这间分馆就要开不下去了。科缪尔那间也一样，还有北边的其他几间分馆。我其实觉得这家图书馆虽然小小的，但一直很不错，我真心这样想，但……数据终归是不好看呀。"

"客流量吗？"

"正是。这间分馆现在还开着，其实全靠的是儿童活动，可就算如此……"她顿了顿，"下面的话你就当没听过，行吗？我其实不该多嘴的，但事实就是如此，伊丽丝管这一片区的时间太久了，又没有人想到要来调查一下情况。我们需要把展品布置起来，还要让藏书流动起来，丰富书的种类，总之……我们要尽可能地吸引更多的人来。"

我想到了艾米莉和我的秘密行动。我想到我们两个天真而稚气的冲动行为，想到我们打着规矩的擦边球张贴海报的运动，还有布置临时展品的游击战。

"我能做到。"我说。

琳达看起来吃了一惊："嗯？"

"我想说我能吸引更多的人来，我和艾米莉。我们一直在尝试，还想了不少活动的点子……"

我正要说下去，但看见琳达在微笑，让我有点猝不及防。她双眼亮了一下，不过很快又恢复了不辨喜怒、公事公办的表情。

"我就等着你这句话呢，"她说道，"所以这么着吧，你写邮件给我，告诉我你的那些点子。然后你和艾米莉就这样继续做。还有，不要以为你们的努力没人看见。"她虽然粗声粗气，但听起来很赞赏，"官僚规矩那一套我来办。虽然我们现在没有提供给活动什么预算，不过可以尽可能地利用免费的那些资源，需要什么就和我说，我能帮则帮。"

"其实，"我犹豫着说，"我们有一些……呃……阻力。"

"是海瑟吧。"

我点头。

"还有菲比。"

"对。"

琳达又往后一靠。

"她俩的事交给我。"

第六章 ->>

死 亡 与 轮 值 表

一月日均访客：77 人

一月日均问询：28 次

一月日均打印页数：82 页

一月暴力事件：2 起

儿童活动出席率：75%

一月日均复印页数：49 页

一月总计免费提供给公众的手表电池：34 块

一月总计免费提供给公众的宠物粪便袋：4 箱

一月总计损坏 / 丢失书籍：13 本

一月总计免费提供给公众的卫生用品：32 箱

未完成任务记录清单天数：3 天（人员变动，清单丢失）

The Librarian
Ailie Morgan

"讲讲你工作时哭了的事吧，"格雷厄姆说，"我还以为你做得挺开心的。"

　　我笨拙地挪了挪身子，保健署的标志性蓝塑料椅子嘎吱作响。我能感到身下汗水积聚。心理诊所的小诊室一向闷热得令人窒息。

　　绝对是灯光的缘故，我琢磨着。

　　"我没，啊不……我……我是说对，挺开心的。比我料想的要开心。我盼着这地方能好……"我声音越来越小。

　　格雷厄姆让我喘了口气才温和地追问："但是？"

一盏卤素灯嗡嗡响,从我坐这儿开始就一直响个没完,越嗡越大声越嗡越坚定。我抓狂得想脱只鞋砸了这玩意儿。

"是那些人,"我答道,"来我们这儿的人前所未有地多,而且状况都非常糟糕。我从没见过这种阵仗。"

"你为此心烦意乱?"

我点点头。"对。不单是因为他们穷得离谱,更多的是……这个制度,跟屎一样,也不把他们当人对待。这让我有负罪感。"

"为什么呢?"

"我不知道怎么讲……我是说……我能给你举个例子吗?"

"你说吧。"

我和艾米莉第一次组织晨间茶会的时候,没料到会有这么多人参加。我们觉得反正很多人是来图书馆社交的,那何不试着办一个正儿八经的活动呢?如果顺利的话,还能发展发展,或许可以举办成社区外联什么的。我们已经跟本地的护理中心通了气,让一些住客到时候来参加编织和钩织小组。

琳达是同意的,不过她也早就提醒了我们,别指望能从官方渠道获得任何资助。也就是那个时候,我灵光一现,觉得可以把这一天组织成慈善活动。我们可以对外贴个收集罐为本地慈善机构募捐,然后问问附近的商铺愿不愿意捐一些诸如茶包啊,咖啡啦,甚至饼干之类的东西。

反响十分热烈。我第二天来上班时收到了一家本地杂货店的倾情大赞助。他们送来了满满一整货板的蛋糕、饼干、三明治和茶包。本地的其他居民也出力支持这个想法,纷纷从自家带来了一罐罐速溶咖啡，还有的甚至送来整盒整盒的牛奶。

艾米莉和我那天早上开启旋转门的时候，意识到我俩干了一票大的。

我们打开前门时，发现外面居然已经排起了队，本地居民后来口口声声跟我们保证这事史无前例。早晨春寒料峭，大家裹成粽子前来，带着蛋糕、茶巾和马克杯。

这个早上，整个罗斯科里的人似乎都来了。艾米莉和我不得不中断工作，从员工室跑进跑出，给热水壶和茶水桶续水，又从储藏室里把旧椅子拖上来，还不停地清点和清空募捐罐，把所得存进图书馆保险柜。

总的来说，来访人数高达几百。对一个目前日均访客只有七十人左右的分馆而言，可不算少。

人群之中，几个熟面孔一边乐呵着一边切开自制蛋糕，给彼此递上餐巾纸。索菲，那个我初来时试着安抚过的科列什辣妈，带着她的宝宝来了。没多久，玛格丽特和其他帮手带孩子的老年人也一起到了，她带着宝宝卡梅伦。甚至我们的一些常客也来了。

"这、这是免费的吗？"我把一托盘饼干递给奇多的时候他问我。

"这是慈善募捐，但其实你不需要付什么，全是免费的。"

他两眼放光。"谢了姑娘！他妈的饿死了。"

到了下午，渐渐没那么热闹了。我和艾米莉能有空，一个去员工室清洗马克杯，另一个在前台坐镇，如此轮流。

就是轮到艾米莉去洗杯子的时候，来了两个男孩子。我称他们"男孩子"，但这两个年轻人估计也二十出头了。他俩常常来图书馆，要找工作。我认得他们的脸。

单用"穷"一字不能形容他们。

这两个小伙子从出生起就尝到了失望的滋味。他们像烫手山芋一样被养护系统 [1] 来回折腾。最后一被寄养制度抛弃就要去照顾各自身有残障的母亲。他们时不时能有几份零工，但最终似乎总是又回到图书馆，重拾领取通用福利金这项磨人的苦差。

两个孩子瘦得像耙子，在入口处徘徊不前，互相小声叨叨着什么。

终于，他们中的一个走向坐在前台的我。

"请问您，茶要多少钱？"他问。

"都是免费的，"我说，"这是个慈善活动，不过我们要结束了。想要什么就拿什么吧。"

两个男孩几乎一刻都等不及。他们跟我说谢谢，说了一遍又一遍，还不停地问我是不是确定没有人会惦记这些蛋糕。

我说如果他们不要的话那这些就浪费掉了，所以不拿白不拿。

"谢谢您，太感谢您了。我能拿一片给我妈妈吗？她爱吃马德拉蛋糕。她没法儿出门。"

---

1. 养护系统（The care system）是英国针对无法由父母养育的未成年人之福利措施，与下文提到的"寄养制度"（The foster system）类似。

"来，"我从桌子后面的储藏格里拎出一个没开封的蛋糕，"这是一整个，能放久一点。不拿走放在这儿也是浪费。"

我把马德拉蛋糕递给他的时候抬头一看，才发现他在哭。干瘦的脸颊上涕泗横流。

他长得多像我的弟弟啊，我想，如果我弟弟好些年都在挨饿的话。

这个可怜的孩子正饿得厉害，我后知后觉。他们可能长这么大就没吃过一顿饱饭，两个人都是。而他们年轻又残疾的妈妈估计正坐在一间冰冷的公寓里，也在挨饿。

我瞥了瞥四周。图书馆里几乎没几个人了。我们没有监控。管他妈的。

"我们有外带的杯子，拿上些茶和咖啡。"我不再是在施舍了，我在指示他们，"然后再拿一个蛋糕。你妈妈喜欢吃黄油饼干吗？"

我把一盒饼干和马德拉蛋糕捆在一起，又添上一包没开封的纸杯蛋糕。

"哦，您这……我拿这么多不合适……"

"你是在帮我的忙，"我说，"不然我也还是要把这些都清理掉。"

孩子们走的时候，给了我一个拥抱。我感觉抱住了两具裹着不合身运动服的、温热的骷髅架子。

艾米莉就是那个时候回来的。我借口离开，去了员工洗手间，然后失声痛哭。

　　我啊我，就在不到六个月前，还准备要一了百了……为了什么？丢了工作？身体不好？大学辍学？而这两个男孩子呢，没有正经的家，没有正经工作，连吃的都没有。这两个男孩子自己饿着肚子，拿到蛋糕想到的第一件事，却是能不能给困在家里的妈妈带一片。

　　如果有得选，没有人想抑郁，但天啊，我觉得如果有得选也没有人想活成这样——两个少年，沦落到为几片蛋糕流下男儿泪。

*

　　"所以，你因生活没那么苦而有负罪感？"格雷厄姆试探着说。

　　"是有一点吧，"我一紧张就习惯性挠了挠鼻头，"我觉得……也不是。我之前的确在生病，现在也没好。我还在恢复中，所以想自杀没什么可比性。"

　　我抬眼看着他："我就是他妈的气死了。"

　　格雷厄姆惊得一眨眼。我治疗中很少爆粗口。

　　"我气有那么多人陷在这种处境里，也气自己什么都帮不上。"

　　"不过听起来你确实有提供帮助啊。"

　　我一时没话说。"也就是暂时的。我帮了他们一次。但这是我们一直要做的事啊！这地方就是为服务大众建的！人们可以来这里寻求帮助。图书馆是现在为数不多不用你自掏腰包的地方了，就是给公众提供与领取福利相关的帮助，以及让他们能获取信息。如果员工都像海瑟和菲比那样，这些就都他妈变成了一纸空谈！更别提那些区议员，像申父那种人……"

"申父怎么了？"

那天泰勒先生来问询之后，有更多来图书馆的访客开始谈起矿工福利中心的命运。在那之前，我一直以为会去那栋楼的本地人不多，可能里面也不过有一两家慈善机构。但我很快发现自己大大低估了那栋建筑对于罗斯科里本地人的生活有多么重要。

很快就有访客结伴而来，自称"罗斯科里矿工福利亲友团"。他们从泰勒先生口中得知区议员的联系号码是从我这儿知道的（尽管这信息就挂在区议会网站上，向所有公众公开），就会三三两两地一起来向我打听那位议员先生的消息。

"他长什么样啊？这事儿是归他管不是？"

我就指给他们看印有申父先生大脸的海报，上面明白清楚地写着公众接待时间。

"那就是在这里吧？他在这里开接待会，是吧？"

我就会点头。

运动人士来问了五六次之后，我被海瑟拉到一边。她让我挤进她办公室，给我看一封邮件。

收件人：罗斯科里主管账号

发件人：罗斯科里群组管理账号

主题：转发：议员本·申父的联系方式

敬启者：

鉴于近期问询数目激增，申父先生已停止接受任何与选区事务相关的问询电话。

我们了解到有一名或多名罗斯科里图书馆员工建议选民电联申父先生，故特此重申：选民若有任何与选区事宜相关的问询，应以电子邮件方式发送至申父先生的邮箱，或亲至申父先生的选民接待会。接待会的详细日期及时段见随附海报。

请务必提醒相关员工，申父先生在办公室的时间不多，因此很难保证及时接受电话问询，并请相关员工将此信息转告前来咨询选区事宜的选民。

此致

议员 本·申父

帕梅拉·博伊德 代行

"是你干的好事？"海瑟粗鲁地问道，"是你把申父先生的号码传出去的吧？"

我眨了眨眼。

"号码在区议会网址上就有。"我也打起官腔。

海瑟皱起眉头，盯着我瞧了一会儿。我能看出她的瞪视下翻涌着不知所措的愤怒。

最终她开口道："这封邮件，我会打出来给所有员工签名。你也不例外。"

说实在的，我老老实实本分工作却换来这么一通斥责，真是令人恼火，但我也知道申父掌握着这家图书馆的生杀大权，不管海瑟承不承认。

"行，"我不卑不亢地答道，"还有别的事吗？"

海瑟摇头，仍旧绷着脸。

我转身走的时候她突然叫住了我。

"艾莉，"她先是突然叫我，然后声音低了不少，"他的事你小心点，行吗？就……事关申父先生时你得谨言慎行。"

我们对视了一眼，她的眼神我并不陌生。之前在工程行业工作的时候，我就知道了这种眼神及其伴随的低声评论是什么含义：这便是"耳语社交"。在一个男性主导的行业中，耳语社交让为数不多的女员工能在睾酮四溢的汪洋中勉强自保。耳语社交就是一张安全网，警告女同胞们远离那些明面上不便说但暗地里声名狼藉的男人，他们要么残暴，要么手脚不干净，总之对女性的态度不言自明。

"好的。"我应道，真心话。

*

"他在这个位置上坐了好多年，整一个无耻之徒，趴在老百姓的身上吸血挣脏钱，眼看着人们受苦受难。他有能力去做出改变，就是毫不上心。我是为这个生气。"

格雷厄姆点头："那你想把愤怒转化为什么的动力呢？"

"我要……我要去帮助别人。我要做自己力所能及的事，要是有余力的话，我会尽一切可能让图书馆运营下去。我要让大家看到这件事有多么重要。"

＊

辨认哪个人是文盲其实是需要技巧的。我来图书馆工作之前，本以为现代社会应该不会有什么人从没学过阅读写字，也妄断这些人会与周遭格格不入，一眼就能认出来。毕竟现在我们绝大部分的交流都是文字形式，尤其现今我们前所未有地依赖电子平台相互沟通。

可事实上，文盲满大街都是。他们可能是我们的好友、家人、同事。而且这些人有自己的一套技巧和方法去掩盖自己不能读写的事实。我越了解这些方法，就越敬佩他们，能在漫长的一生中与这个秘密共存。

"文盲"一词伴随的污名难以估量，因此也难怪他们竭尽全力地掩饰，甚至连自己的父母、孩子和伴侣都瞒着。

他们常用的方法之一是遇到文字就说自己视力欠佳。与之相伴的说辞还有"我忘带老花镜了"。

虚构出来的老花镜可不算少。

阅读能力有限的人遇到复杂或者长篇文字的时候通常会发脾气。这个技巧的常用借口是"我太忙了，没那个功夫读完"。

我在图书馆接待不识字的访客时，通常抱着一团疑问。他们不识字为什么会来图书馆呢？他们怎么在社会里生存呢？

第一个问题的答案再简单不过：不识字的人和能读会写的人来图书馆的原因并无不同，除了前者不是来借书的。

就业中心这些年来不断地把不会读写的人送来我们分馆，人数只增不减，还告诉人家我们可以帮他们领取福利金，特别是通用福利金。遗憾的事实是，法律上讲我根本都不应该看见一位图书馆访客的通用福利金账户界面，更别提向他们询问并帮他们输入个人信息了。

就在上周，就业中心又给我们送来了一对夫妇。他们约莫三十几岁，没什么突出的特征，不过显然很是穷困，满面菜色，一眼就能看出他们这辈子忍饥挨饿的时日肯定不短。

二人中的女子叫克莱尔，她把我拉到一边，压低了声音请我帮忙。她告诉我，他们二人虽然都是图书馆会员，但只有她会时不时地来图书馆借用电脑，而她丈夫则没来过，最近被告知必须要开始在网上填写自己的工作搜索日志。可问题是，她丈夫从没学过认字写字。

这位丈夫的经历和许多图书馆里不识字的用户很相像：出生在一个不稳定的家庭，早年饱受创伤，再加上疑似患有的学习障碍，所以在学校里过得很不如意，最终彻底放弃了学业。而后辗转于各个寄养家庭之间，养护系统又靠不住，所以也没人留意到他已经不上学了。他无人关心，就这样成了弃子。

就算如此，他也设法做了份能找到的工作，也在青春年少邂逅了克莱尔，向她坦白了自己的秘密。现在，克莱尔代他打理工作上所有需要读和写的事务。

可惜不会填文书的人能做的工作实在有限，这位先生还是下岗待业，加入了找工作的大队。

我发现克莱尔的读写能力其实也算不上好。她拼写单词是依照发音来的，而且尽可能地拿表情符号代替文字。而很显然申请工作的时候，几乎没有雇主会看中一个满是表情符号和拼写错误的简历。

按照我在隐私管理方面所受的有限培训，我只应该帮他们打开通用福利金网站，然后让他们自生自灭。而且我能看出来，他们之前接受的帮助也全都止于这个程度，因为他们的福利发放已经中止了，整个账户也被强制制裁，原因是没有回复信件和电邮。

这对夫妇已经走投无路，这也是为什么他们愿意向一位素不相识的图书馆员工坦白自己的一切秘密。我当然希望他们选择我是因为我看起来为人和善，但我觉得很大程度上，他们就像一对身无分文的乞丐，根本无法挑选乞讨的对象。

每当我遇到这种情况，第一反应是看看图书馆里都有什么人。和我一起值班的是谁？他们会对身陷绝境的人报以同情吗？他们看到我为了帮助别人而违反规则，会愿意视而不见吗？然后我就会找一台位置比较僻静的电脑，远离公众视野，也避开某些好奇心过重的人，他们看到一个图书馆助理如此介入陌生人的就业和养老金账户细节，可能会问太多问题。

而现在，图书馆里很安静，IT 区除了我们再无别人。我冲艾米莉比划了一个我们之间的暗号，意思是"帮我盯着经理"，然后就陪这对夫妇去了电脑前面。

丈夫叫戴伦，手里攥着一张脏兮兮的便利贴。我认出这张便利贴是来自本地就业中心，通常上面会写着一列密码和别的关键信息，以便他能登入自己的通用福利金账户。（这些吃干饭的混蛋甚至懒得把这么重要的信息写在一张正经纸上或者打印出来。该死的纸条子总是又脏又破的，字也全都是手写。）

我带他们走完了登入的程序。克莱尔试了四次才拼对了她丈夫的名字。我看她开始丧气，就拉了把椅子坐在她身边。

"没关系的。我被人盯着打字的时候也会紧张，"我安抚道，"要我把密码念出来给你吗？"

热心帮忙和自大干预之间的区别往往很细微，而且不同的人还不一样。我在克莱尔身边坐下后，她似乎挺乐意接受帮助的。我怀疑，之前我躬着身子罩在电脑上方可能让她觉得有点讨人厌。

"你们会被问一些问题。"我给夫妻俩解释。当然就业中心本应该把这些都给他们说清楚，但我已经不指望那地方能做成什么事。"就类似问你的出生地那种，然后我再告诉你们怎么打开工作搜索记录。"

我在这对夫妇身上花了足足有二十分钟。谢天谢地图书馆今天没什么人，艾米莉独自在柜台也能应付这么久接待的工作。这种机会可不常见。

我们还好好聊了聊，如何记住什么东西具体在网页上哪个位置。我抓了一张纸，然后把通用福利金的界面简单画了出来，标示了重要的菜单，然后把登录的位置圈了起来。每当一个网站（特别是政府的网站）改了界面，我们分馆就会挤满了人，希望能受到这样的一对一辅导。这其实不在我们的工作范围内，而且我这么做也被各位经理批评过不止一次，可在更有效的系统出台之前，我也实在看不出有什么别的方法。可能对有些人而言，其实不需要费什么力气就能拒绝帮助戴伦和克莱尔这类人，但后者可能就会活得很差、无家可归，甚至落到更糟糕的境地。我只是觉得自己硬不起这个心肠。

最终我借用了图书馆的便利贴纸，打出了所有必要信息。我用尽可能大而清晰的字体印出来。艾米莉和我将这些印出的便利贴称为"参考答案"。发给公众也不收费。当然了，我们为此也被一通好训。

克莱尔忍不住眼泪的时候我不得不起身离开。我不禁又想起了那两个为了免费的蛋糕而泪流不止的男孩。她拥抱了我。

*

这就引出了下一条在图书馆工作的重要规则，这条更多的是照顾你自己的精神健康：你免不了会愤怒。但要善用怒气。

申父没来他的选民接待会。

当然，这不是什么出人意料的事，毕竟这家伙缺席也不是一次两次。不过这次他问题大了，因为这次图书馆里挤满了罗斯科里矿工福利亲友团（简称工友团）的人，闹嚷嚷的。他们身穿统一的活动短袖衫，还准备了传单，甚至写了一封请愿书。

一位个子矮小，留一头十分罕见的红棕色夹着银色卷发的中年妇女自称叫做莫伊拉，是工友团的代表，也是请愿书的起草人。现在工友们正把请愿书分发给图书馆里来参加书虫小聚的家长，还有看起来一脸震惊的 IT 区用户。

我一见莫伊拉就忍不住喜欢她。当时她一掌将传单拍在接待处的桌上，一开口就是老烟民才有的粗重嗓音："所以议员大人在哪儿呢，嗯？躲着我们呐，是吧？"

尽管莫伊拉嗓音粗哑，而且外表看上去又很冷硬，但她其实身上有一种母性的温暖。待我向她解释完申父先生一个小时前就该到了，我也打了他的办公电话，可不幸没能打通（邮件更是石沉大海），我们就聊起天来。

莫伊拉的父亲就是当初帮忙创建矿工福利中心的人员之一，而她自己也从十几岁就开始在中心里做志愿工作，打扫卫生，端茶送水，为矿工们和社区里其他来中心的人组织教育类活动。就是她帮忙建好了厨房，不久后还组织了一支志愿者队伍，让厨房在大部分工作日都得以开放。

任何人只要想来就能来，花一点小钱就能有吃有喝还有聊。

188

莫伊拉不知何时还在男士棚协会[1]做过志愿者，也把矿工福利中心发展成了一个非正式的"棚"，让男人们能在这里见面，一起进行手工、建造或是园艺活动，最重要的是能聚在一起，还不用担心被别人说三道四。我听她说这栋小小的建筑如此忙碌，容纳了这么多重要的事，不禁深深震撼。

"也不难看出这栋楼有待维修，"莫伊拉承认，"但居然塌陷了？那真的没法救。我们其实刚翻新了厨房呢，奇多之前天天来这里吃中饭。"

我看了看请愿书，已经征集了好几页的签名。

"那你们现在有什么打算呢？"我问。

她把写字夹板推向我。

"罗斯科里现在有的是空楼。我们就是需要一个地方来开始。一旦我们有了地方，钱我们可以筹。就看议会怎么决定了。他们得指一块地方做我们的基地呀。"

我想到了申父。一个人要高傲自大到什么地步，才能像他这样无视自己的选民呢？看起来他今天根本就不会来招待会。

"给我一下，我也签名。再给我一些复印件，我们也能放在这儿。"

"做了件好事呀，姑娘。谢谢了。"

---

1. 男士棚（Men's Shed），对应于女士棚（Women's Shed），二者均是非营利机构，发源于澳大利亚。棚（shed）原指后园的小屋，用来安放花园的工具。男士棚就是社区内的小型中心，只容许退休男士参加及使用棚内的专业工具。近年得到了发展，有些成为社区棚（Community Shed），就没有性别年龄限制了。

申父那天确实连影子都没给人见着，虽然他的联系方式又传了一圈。我也没有特别出声阻止。我确实也说了几次我们被上头通知，最好用邮件的方式联系他或者直接本人去找他，可是后者看起来也行不通，所以我也没什么动力过分强调这些。

我自己写了份邮件给申父的办公邮箱，说明了一下我们这边来了不少忧心忡忡的选民，都等着要见他，请他有时间则尽快和我们电联，告知我们是否会出席他这个月的选民接待会。

那天晚些时候，我们接到了一个电话，打电话的人说自己供职于《罗斯科里邮报》，即当地的报社。

"请问申父先生今日未能出席自己的选民接待会，是真的吗？"

我刚张开嘴想回答，耳朵里就响起了海瑟的警告，警铃大作。事关申父先生时你得谨言慎行。

"我……我无可奉告。"我回复道。

"我理解。那能请您提供可能可以讨论这件事的相关人士的联系方式吗？"

"呃……"我顿了顿。算了管他呢。"区议会网站上有列出每位议员的办公电话，不过我被告知最好是给出他的工作邮箱，如果您想要联系他的话。"

"好的劳驾。既然聊到这里，想请问您对罗斯科里矿工福利亲友团有什么了解吗？"

我又犹豫了。小心点，艾莉。

"我不能评论什么，但嗯……如果来我们分馆的话，可以拿到他们的传单，还有一封请愿书，上面有他们的联系方式。我只知道这些了，真的。"

"如果我们去的话，您会在现场吗？"

"呃……是吧。"

"谢谢您，耽误您的时间了。"

念出本·申父的邮箱地址时，我开始思考自己是不是被卷入了一场远超过我自己能力范围的争端。

但我仍能想起莫伊拉讲起矿工福利中心时那令人肃然起敬的模样。并不是只有她和她组织的工友团提起过中心的关闭。我们的许多常客都表达了对失去中心的遗憾和不满。有些甚至在中心关闭之后都不常来图书馆了。

不管如何，矿工福利中心和图书馆同气连枝，共同组成了罗斯科里律动的心脏。我觉得要是没了其中一个，另一个肯定要受影响，而且社区也会受到重创。

我不知道那位记者那天有没有来。如果报社有派人来，肯定也没指名道姓地提起我。很多人都来问起工友团的请愿书，也有不少签名的。还有一些人领走了传单，甚至有人主动提出要把传单分发给朋友家人，他们也离不开矿工福利中心。

临近那周末尾的时候，《罗斯科里邮报》上登了题为《拯救大家的矿工福利中心》的报道。虽然篇幅不长，头版头条还是议会内部正在进行的花销调查，但也刊出了一张莫伊拉板着脸站在被封的福利中心前的照片，下面还附了请愿书的电子版链接。

*

　　我对媒体里从想自杀的状态中恢复的描绘通通嗤之以鼻。一个人怎么可能在坚信自己结束痛苦的唯一出路就是结束生命之后，就简简单单地……完全放弃了这个念头？

　　"自杀冲动"是脑子里许多妖精合力诞下的怪胎，但在你发现自己正积极策划怎么自我了断的时候，最具冲击力的还是随之而来的寂静。就我的个人经历而言，就好像是有人按下了一个静音开关，所有长久以来一直压在我身上的爆裂的怒吼，关于责任、失败、羞耻和恐惧等等，都在那一瞬间化为齑粉。当我意识到自己可以不需要存在，不需要活着经历任何这些事，就好像一直被按在水里后突然探出头呼吸了一口气。

　　当然了，那种感觉也是一个谎言。

　　一个人的想法完全有可能反反复复，一会儿想死一会儿想活，挣扎搏斗，终于放手，之后又开始缠斗。

　　我如今觉得，许多自杀的企图都不是在主动选择寻死，而只是图个安宁，想要（永远地）跳脱出自己身上背负的不安和创伤。逃离我们的妖精。

　　当你像我一样，自杀未遂活了下来，或只是从"自杀好像是正确的事"这种思绪中脱离出来，一切都不同了。这个念头会一直和你同在，而且关键是这扇门一旦打开了，就很难再忽视这个选择，尤其每当不安和威胁袭来，感觉要被压垮的时候。

我愿意承认，就算直到现在，当我生活得不如意的时候——比如创伤记忆袭来，感到失去、压力或困难——我的确还会转头回望那扇门。之前我为此感到十分羞耻。我会谴责自己自私、不理性、荒唐……

如果你也曾有过那种感觉，你也会理解，站在那扇门前其实没什么好丢人的。我反正如今就把它当成了一个老朋友，一种黑暗的慰藉。因为现在我无比庆幸自己从没跨过那道门槛，所以不管事情有多么不如人意，我都会想，可能明天后天就能感受到这种劫后余生的庆幸。我向门口的妖精和心魔点头致意，承认他们的存在，也感谢他们警醒我注意自己的精神状态走向，及时采取必要行动以免堕入旧日恶习的深渊。

和这扇门共生很久之后，我明白，自己永远也控制不住地会去回望它，但在心中的一隅，我也有点庆幸。

我也逐渐能够在他人眼中辨认出这种神色。

一月的一个下午，一位年轻女士走近我站着的接待处。一开始我以为她只是想借用一下电脑，后来发现她还想讨论住房及区议会提供的其他服务。

她讲话的语调很机械，语速缓慢而声音低小。她颤抖的手指绞在一起。

我询问她是否需要我陪同她一起去电脑那边，帮她做好设置。她第一次抬眼对上我的目光，让我感觉自己正看着一个从天空往下坠落的人。她好像远在天边，疾速下坠，却不知为何也还在场。

她点头。

我们正准备一起坐下时，她蓦然开口说，自己不想活了。

大部分图书馆里的员工可能没有接受过心理健康急救的培训。一些地方当局正逐渐组织开办相关培训，不过大都很贵，而且主要适用于公司客户。比如如何关照同事，查看一下闷在员工休息室里的戴夫，诸如此类。虽然内容都很不错，但是对我们这些在一线工作的人员而言帮助不大。

像我们这种和公众直接打交道的工作人员，能从官方渠道获得的帮助其实不多，除非我们在空余时间去兼职心理健康方面的工作，或去慈善机构当志愿者。能免费获得的官方专业培训少之又少。

我愿意承认第一次遇到某位图书馆访客向我坦白自己的自杀意图时，我感觉我自己好像也在没有降落伞的状态下疾速下坠。

不过我还是和那位年轻女士一起坐下了。我仔细斟酌自己说出的话。最重要的是，我一直在倾听。我知道，当我自己处在那种状态里的时候，最需要的就是知道自己说话还有人愿意听，自己还能被看见、被注意到。我需要知道自己还是个人，还是一个真真切切活着的人，我的存在还有那么一点价值。

而那位女士，就和我们图书馆里许多访客一样，正身陷严重的财务困境。她刚过十七岁就被父母逐出家门，还是酗酒的、暴力的父母。她已经成百上千次地尝试申请工作；她自己打印简历，参加了就业中心开设的所有课程（虽然目前课程数目也有限），她也尝试去满足就业和养老金部加在她身上的要求，但出于文书上的一些失误错过了几次约见，而通知的信函又发去了她父母的地址，所以她的账户被制裁了。现在她连饭都要吃不上了。

这样的故事我听得太多以至于都能预见到许多她即将面临的隐患。她一开始决心要找工作，挣钱养活自己，但两年过去了，她一份面试的通知也没收到，还被好些个手握血汗钱还剥削员工的老板和骗子反复折磨，实在是想不出自己还能有什么出路了。换谁又不会如此呢？

我没办法给她答案，我时至今日都不知道要怎么办。我只是耐心听她讲完，然后向她坦白，我自己也有过她这个状态，至少在心理层面上经历过。然后我和她说，自己能活到现在的唯一原因，就是当时足够幸运，在关键时刻得到了帮助，而我能有希望获得帮助的唯一原因也就是我发出了求救信号，就像她现在一样。

她已经往前迈进了一步，虽然自己没有发觉。

我尽我所能地帮了她。我帮她打电话，申请一笔紧急信贷。我帮她在本地的一名全科医生处注册，并做了一个急诊预约。我帮她印了一份指南，里面写了她可以怎么从医生那边获取帮助。我给了她撒马利亚热线电话[1]，告诉她目前需要的是危

---

1. 撒马利亚热线电话是社会机构撒马利亚防自杀会（The Samaritan Befrienders）提供的服务之一，是为求助者提供电话服务舒缓情绪防止自杀。前文提到的紧急信贷（crisis loan）

机关怀，但我也能同时给她争取一些别的帮助。

最重要的是我尽力不去高人一等地说教于她。我并没有跟她担保一切都会立刻变好。我只是告诉她，自己为她提供的不过是我在这个状态里会觉得有帮助的事。

我其实也不知道自己做的这些帮没帮到她。不过我们谈完的时候，她看起来不那么沮丧了，好像有了规划，把自己也包含进了未来会发生的事里。

这也是在危机中充当呼救的最后一站会伴随的问题：我们这些图书馆员可能是一张安全网，再不济也至少是人在最糟糕境遇下会去抓住的最后一根救命稻草。但一旦我们力所能及地帮完了他们，我们永远也无法知道自己有没有帮在点子上。人们会再访他们的医师或者心理治疗师，同这些人一起回顾自己的进展，但有谁会在脱离危机之后回图书馆看看呢？

那位年轻女士是第一个在她最困难的时候找到我的人，我之后也遇上过几个。但就算我之后自己搜集了相关的资料，尽可能自学得专业一些，面对这些也从来都不是什么易事。

经历过自杀倾向的想法和行为后，另外一个我未曾料想会随之而来的是一种对死亡莫名的亲近。在生死的悬崖上走了一遭之后，我发现自己不再会一想到死就惊慌逃避。这并不是说我想死（因为我完完全全地一点也不想死），而是说我会对濒死或将死之人生出一种亲近感。

也是英国政府提供的一项贷款，在灾难等紧急时期提供，但现在已被取代。

很多科学家都说创伤是会遗传的，如果真的是这样，那么我的家族——一支是犹太人，历经多次种族灭绝和大屠杀而艰难逃生；另一支是爱尔兰凯尔特人天主教徒，在大饥荒和宗教处决的夹缝里求生——能遗传给我的代际创伤多到我自己都不敢细数。

当我第一次在工作中在知情的情况下碰上一位绝症病人时，我的反应让自己都吃了一惊。他是一位上了年纪的男士，外表任谁来看都会觉得他很康健，他造访图书馆是因为有一些文件要复印。

我复印文件的时候，他向我解释自己这是在安排后事。这些都是必要的法律文件，以确保他妻子能从遗嘱里分到尽可能多的财产。

他说，医生告诉他只有三个月可活了，是肺癌晚期。说这话的时候语气跟和别人聊起天气时竟没什么两样，仿佛就是在说一件随便想到的事。

我笑了。我发出的笑声非常奇怪，不得不强行咽回去。这笑声并不是出于欢乐，而是生发于我内心一个阴寒紧张的角落，在此之前我都不知道它的存在。

我试着咳嗽，以掩饰刚刚的笑声。

这位先生的困境并没有什么可笑的。我也一点也不觉得有趣。我对他和他所爱的人只有深入骨髓的歉意和遗憾，但我心中……仍然有一小部分想要对这残酷而荒唐的境遇发笑。

一个人发现自己要死了。这个人走进了图书馆，要求使用复印机。这个人还要每张纸付 15 便士，复印自己的医疗和法律文件，统统都在证明自己已是将死之人这个事实。这个人在向图书馆员工解释情况的时候还耸了耸肩。这就是生活。

或者更符合当下的情况应该说，这就是死亡[1]。

有过自杀意图之前，我遇到这种情况可能会感到非常尴尬。因为说到底，你究竟能对一个时日无多的人讲点什么呢？人家和你说了这么一番话，你要怎么回应呢？

不过现在，我自己在悬崖边徘徊的经历让我与这位老先生有了一种类似亲人的感觉。除了自杀的尝试之外，我人生中也有过几次濒死体验———一次是被关在可能差点就没打开的电梯井里；另一次是突发过敏性休克——都给我留下了一个印象，那就是我可能已经在地球上活了超过自己命数的时间。

我仍然在思考自己会不会想要在生命结束的几个月前能收到通知。

文件交付完后，老先生对我抬了抬礼帽，然后告诉我不用找零了。

"我也用不上啦。"

我无可名状地忽然又像之前一样笑出来。

一个人付了复印的钱。这个人走了不要找零。生不带来死不带走。

出于习惯，我冲他挥挥手说："再见。"

---

1. 楷体两句原文皆为法语，前一句 "这就是生活"（C'est la vie.）像俗语一样在英语世界中被广泛使用。

"应该不会再见了。"他应道。

他一走出我的视线，我就一直笑到了眼角沁泪，然后我又把眼泪哭干了。

现在，一碰上与死亡和离世相关的事，我还是会短暂地做出这种矛盾的反应。我也逐渐能够熟练地把这种情绪压下去。我觉得这应该是我特立独行神经错乱的另一个证明。

我也想知道，我遇上的第一位将死之人，那位老先生，究竟有没有活过医生预言给他的三个月。我希望他这三个月顺顺当当的，不要太难挨。

*

随着访客人数逐渐攀升，海瑟的邮件也发得越来越频繁，菲比的脸也越来越臭。

海瑟和菲比这两个人已经好多次义正辞严地拒绝参加任何艾米莉和我组织的额外活动。虽然这一定程度上也遂了我们的意，但也就意味着我们的活动时间只能局限在我和艾米莉为数不多一起值班的时候。时间推移之下，这个限制妨碍了我们更进一步的筹划，因为我俩的工时安排很受全职员工排班的影响。

琳达也来得越来越勤。我好几次休息回来的时候，听到办公室里传出高声争论。菲比则很受不了这种新的管理模式，而她会让所有人，包括我们服务的公众，都知道她气不顺。

如果非要往好处想，我本指望对琳达共同的敌意能让菲比和海瑟之间的矛盾缓和些许，但其实却适得其反，加剧了两人的矛盾。海瑟因为琳达事必躬亲的员工管理方法，明显感到自己的权力被削弱了，于是开始推行更古板严苛的规定。她总能从某份区议会运营程序指导文件里的某个分段里的某个分点里抠出她的依据，不过她的目的倒很明显：她要让我们知道仍是她说了算。

分馆里的事物也发生了实实在在的变化。某些展品或者陈列会忽然间"神秘地"被破坏掉，或者整个消失。海报会被撕下来，取而代之的是让人迷惑的、全文大写的警告，关于什么能做什么不能做。这些警告都印在有区议会抬头的标准纸张上。

而莫伊拉还没来得及收集的工友团联署请愿书也莫名其妙地失踪了。

终于有一次，海瑟要求菲比停止带薪出去吸烟，而碰巧这时琳达走进来，一直以来的暗斗被搬到了明面上。要求逐渐演变成了争吵，然后战场从接待处转移到办公室。

五分钟之后，菲比气势汹汹地从办公室摔门而出，一路不停地离开了这栋楼。

然后我们接到通知，菲比请了长期病假。

一周之后，海瑟有样学样地也请假了。

琳达安排我和艾米莉尽可能多地值班。我们的活动时间不再局限于几周才能碰上的那几次当值。

在琳达能找到新的人手之前，图书馆就是我们的天下。琳达在管理上事无巨细，我们每周都要向她汇报工作，要么面对面，要么打电话。除此之外，她感谢了我俩能站出来担此重任，也就放任我们做事了。

*

很多书虫的梦想应该都是能够自主运营一家图书馆，所以如果我说未来的前景一点也不让我激动，那肯定是在撒谎。我和艾米莉不当值的时候，讨论图书馆运营所花费的时间完全不比我们工作的时候短。

我俩私下为图书馆营业的每一天都成立了各种讨论组、短期和长期的活动。我们向世界各地的图书馆取经。给彼此分享各种链接，有加拿大安大略省某图书馆发起的食物银行[1]活动，也有英格兰某图书馆组织的"书本盲约牵红线"，还有各种手工艺长期活动，以及其他关于展品布置和短期活动的信息，改动改动，都是适合在罗斯科里办的。

其实任务还是很艰巨的，尤其现在我们面对的拦路虎还有无休无止雪片一般的文书。我们要更新执行流程的文件，安排送货，盘点存货清单，还要处理分馆收到的所有现金。

做这些事情的过程中，我们渐渐发现，很多本来专属团队管理者的事务其实都处理得不得当，或根本就没做。虽然我们

---

1. 食物银行（food bank），是一项计划，主要目的是希望借由慈善团体来号召热心的厂商为不能解决三餐基本需要的人士及家庭，提供紧急短暂的食物援助。

无权查看海瑟的收件箱，但我可以想见她的收件箱肯定快撑爆了，应该满是各种正在进行而文书缺位的事务，可她却根本没填过这些文书：待处理的费用清单、待下单的文具、待申报的事项、待核对的电子表。

我之前对海瑟抱有的任何敬意都逐渐缩水，直至只剩下一丝微漠的同情。在发掘图书馆的遗留问题、重新收拾以前的烂摊子时，我才明白海瑟之前有多么无法胜任她的工作。难怪她看上去总是气喘吁吁手忙脚乱的，也不看她已经拖了多少没按时处理的事。

可我讲这么多并不是在说我们替她完成了她的工作。现实是我们既没有接受过相关的训练，也没有任何权限去完成运营这个分馆所需要的一切事物。我们只是能做什么就做什么，然后把剩下的转发给琳达，她答应我们可以处理余下的事务。

随着时间推进，我的羞愧感越来越重，不是针对自己，而是针对整个分馆。罗斯科里图书馆的正式员工是如此显而易见地拖慢了它的发展，以至于图书馆让它的用户乃至整个社区有多么失望，真是看得我怒火中烧。海瑟和菲比已经成了任何微小进步的瓶颈。现在没有她俩拦路，我很多时间都花费在修复过去的错误以及试图弥补经年来累积的伤害。

我现在面对来到接待处的公众都会生出一股想要道歉的冲动，尤其他们提起前台明显的人员变动的时候。因为他们忍了这个图书馆这么多年，而（在我看来）显然这家图书馆并没有被好好利用起来，客服也糟糕透顶。这简直有力地证明了社区大众多么坚韧，有时也多么宽容。

可我仍然不能不去想罗斯科里图书馆有多少客户这些年来单单就因为永久员工的能力不足而流失了（没错，我不再尝试共情也不想为现状找借口了，我现在已经坚信，就是纯粹的能力不足）。

现在，访客数目开始疾速攀升。

不过也遇到了新的挑战。

现在图书馆还在资助梯级的最底层，意味着我们若想要争取到更多的资助乃至更多人手（人手太关键了），就还有很长的路要走，去一步步满足要求的各项数据。

接待处的客人多到开始排起队来。电脑则供不应求。这也让我们不得不制订了每人最多一小时的电脑使用时限。

打印机、家具和其他设施也越来越频繁地需要维修，而我们的预算又和以前一样少得可怜，很多东西直到整个坏掉之前就一直拖着不修，安全隐患很大。

除此之外，我和艾米莉的工时已经到达了分馆所允许的上限。要是超出上限的时间太多，我们就会被划为全职员工，工作合同也会有很多变化（比如更多的权利、工作保障和假期津贴，妈呀！都不敢想如果真这样了，分馆的预算要被侵占多少，可能就更惨不忍睹了）。所以琳达为了保证有别的分馆员工来值班的时候，我和艾米莉中至少有一个人也能在，就把我们的排班表改得奇奇怪怪的。

虽然上头保证会给我们加派人手，但我心里其实还蛮喜欢现在这样的。我已经忙得没时间长久地陷入沉思，也没空担心自己是不是有那些个症状啦，妖精啊，还有噩梦这些。因为我被需要着。

我已经很久没感到自己被需要过了。

如果要说有什么遗憾的话，那就是访客人数已经多到我现在没办法再抽出时间，给予那些更困难的用户一对一的关照。

我再也没有空去关心前来咨询如何去食物银行领取食物的人。现在我们每天会有两至三场食物银行活动。

我也发现自己对这些人接近柜台时的犹豫和说出要求时的吞吞吐吐逐渐失去了耐心。我能感觉到在面对他们明显的不适——因为在他们后面，队伍正逐渐变长——时，自己的态度会变得严厉起来。

我不想让自己变成下一个菲比。

在一个周二晚上，接待处的人流终于停了一小会儿（周二晚上通常是整个分馆一周最闲的时间），我和艾米莉开了一个非正式的紧急会议。

"我今天冲一个来食物银行的人发火了。"我坦白道。

"是让我们帮着保管包裹的那个人吗？"

我点点头："我正帮她把包裹送到车那里，结果她一下子从我手上把盒子抢走了。我的背就扭着了……但话说回来，也不能全怪她。"

艾米莉叹了口气，搓了搓脸。她朝着忙碌的 IT 区望了一眼。

204

"是压力太大，"她说，"我今天凶了一个孩子。我从来不凶人的。"

我一边掩饰住哈欠，一边点头。

"公厕的灯又坏了一盏，"我说，"这下攒齐三盏了。"

区议会规定我们只有在"紧急状态"下才可以接受维修。我想去问个清楚，他们就好心告诉我，一个区域的灯坏了三盏或以上，才算"紧急"。

我学着自己修东西。琳达买了一个工具箱。我拼装过散了的桌子，把坏了的标志粘在一起。苏珊甚至帮着缝补了一些椅子上破了的面料。

我尤其记得我花了一个下午重新装上儿童阅读桌的一条腿，然后把一整块木板重新粘回它原本属于的那个书架上，也不知道是怎么扯下来这么大一块木板的。（看上去好像有一只巨大的野兽咬了书架一口。到现在我都不知道那块板是怎么掉下来的。）

但就是时间不够，人手也不够，连资源也挤不出什么了。

奇多来了，把我们从沉思中拉了出来。他哆嗦着手指把图书证拍在了柜台上。

"你还好吗？"我问他。

他的自言自语前所未有地大声，内容也前所未有地荒谬。他不能对上我的眼睛，四肢也因为剧痛而抽搐着。要是我不认识他的话，我可能会觉得他一定是发了癫痫。

"我……能待得久一点吗？一小时？"他在自言自语中努

力结结巴巴地挤出一句。

"当然。"我应道，帮他刷卡。

他止不住地回头看，看向出口。街上一片荒芜。

"今晚挺冷的。"我一边说一边尽力在脸上挤出一丝温暖的笑。

"是。是。谢谢您了。"

我在接待奇多的时候艾米莉接起了分馆的电话。奇多刚拖着身子走了，她就拍拍我的肩。

"是琳达找你，语气听起来很严肃。"

第七章 ->>

我 的 战 争

二月日均访客：86 人

二月日均问询：38 次

二月日均打印页数：90 页

二月暴力事件：1 起

儿童活动出席率：77%

二月日均复印页数：56 页

二月总计免费提供给公众的手表电池：40 块

二月总计免费提供给公众的宠物粪便袋：5 箱

二月总计损坏 / 丢失书籍：17 本

二月总计免费提供给公众的卫生用品：28 箱

未完成任务记录清单天数：2 天（无特别理由）

二月填写的书本索取表格：107 张

二月总计免费提供给公众的食品垃圾袋：3 箱

The Librarian
Allie Morgan

2019 / 02 /

"抱歉，能再说一次吗？"

　　"是上头来的消息，艾莉。这回我什么也做不了。先后有两名员工投诉不满，现在上面正在审查相关的工作合同。严格意义上说你合同上写的工作分馆仍然是科缪尔。伊丽丝就没帮你改动过，再加上丽萨也投诉了——"

　　"等等。丽萨？是那个科缪尔分馆的儿童助理吗？她又怎么了？"

　　我能听见琳达翻找文件的声音。"啊，好像就是她向上层投诉了好几次。全部是直接向我的领导投诉，是事关警察对她的骚扰。哦，可能大概就是指的那起暴力袭击事件——"

琳达的语气听起来非常官方。我都能感受到她想轻拿轻放"袭击"这个词。其实她接手伊丽丝的事务之后，曾问过我事件处理到哪一步了。我当时告诉她其实已经结案了，和她解释说是丽萨给警方提供了矛盾的证词，所以事情就不了了之。

不过现在我想知道的是，丽萨到底还说了些什么，而且她为什么要这么说。她为什么要针对我呢？为什么她仍然没有停止投诉我？

"好吧。"我慢吞吞地答道。

"她还就那个电脑事件投诉了你。"

"那个什么？"

"就是档案的事啊，你难道不知情？她声称你在最近一次的 IT 更新之后把她的所有档案都删掉了。说你是在报复她。"

我正盯着外面又冷又暗的街道出神，听到这里不由得双眼冒火。琳达还在接着念丽萨针对我提出的各种投诉——完全都是没道理的、子虚乌有的事，甚至有些事我在现实中根本没办法做得到。

"为什么我对所有这些都毫不知情？"我终于问道。

沉默。

"琳达，他妈的到底怎么回事？"

艾米莉惊讶地转过来盯着我，我不由得四下看了一圈。没人能听见。我对艾米莉比了一个"抱歉"的口型，虽然我其实气得浑身血液都在沸腾。

"我这边的记录也不全，"琳达终于跟我坦白，"我也跟你一样被蒙在鼓里。她是对更高层的人投诉的。"

"她说我是在什么时候大罗神仙一样清空了她的硬盘？还有她那车子的事，是在什么时候？"

琳达给我报了几个日期。

"行，"我应道，胸中燃起熊熊怒火，"我一会就把罗斯科里的轮值表发送给你，你就看得到，我基本上没几天不是在值班的。之后，除非有工会代表在场，这些事的任何讨论我都不会参与。"

我发出的声音已经不属于我自己了。现在说话的是另一个人。自打我上次神经崩溃之后，我就一直服用抗抑郁药物、镇静药物，再加上去医院、见心理医生，已经很久很久没被这个声音夺舍过了。

那是过去的我，是档案及现场产品部的经理，一块十足的爆炭。

"我能理解……"琳达试图说下去。

"那不如也麻烦你理解一下：我现在在工作，我忙得很，我还在公共空间。我要是能得个空子，马上就会打给你。如果闲不下来，我们就明天再说。再见，琳达。"

我把电话啪的一下摔回底座。

艾米莉犹犹豫豫地试探道：

"你还……好吗？"

"我要，"我回应，但发现自己几乎是吼了回去，就清了清嗓子试着重新开口,"我要给她回电话。去办公室打。让我喘口气。"

艾米莉点头,然后给了我办公室钥匙。

我在脑海里想象着自己举着灭火器,像漫画里的绿巨人一样疯狂扫过整个图书馆。不过我憋住了,把自己一个人关进办公室的小房间,把毕生所学的所有脏话都连吼带叫地对着墙骂了一遍,直到我开始对这些事的荒唐大笑不止。

差不多满足了,我提起话筒,感到一阵超脱的清泉冲遍全身,来得正是时候。

*

所有人都会在生命中的某个时刻经历过解离的状态。不过,当解离发生得过于频繁,持续得时间过久,或是发生在不恰当的时候,干扰到了日常生活,就需要小心了。

我以前是,现在仍然是,解离状态老玩家了。解离就是我精神紊乱的标志性症状。它也是我的一项生存技能。

创伤后应激障碍(PTSD)的典型病例,就是从战场上生还的伤兵,心理上仍然摆脱不了战争中的激烈情绪。虽然的确有很多退伍老兵和打过仗的人深受 PTSD 之苦,但这却不是这个暗中为祸的猛兽最常见的表征。

简单来说,当现实世界发生的事实超出一个人的承受能力时,这个人就会开始脱离现实。但问题就在于这并不像按下开关那么简单。在经历创伤的过程中还是会形成记忆，这些记忆就毫无章法地留下了。味道记在这儿，声音记在那儿，所有记忆都四散在脑海中。

生活就这么继续，然而在经历创伤的幸存者毫无防备的某个时刻，这个人可能就遇上了创伤记忆中的某个碎片——可能是闻到一阵陈旧的烟味，也可能是听见一声汽车鸣笛，或者见到了那一种特别的蓝色墙纸——然后创伤的另一股力量就会猛然袭来，通常是情绪。

同样道理，如果这个人的身体曾经是用陷入解离来逃避创伤最直接的冲击，解离就会成为一种习惯。

压力太大？解离吧。太生气？解离吧。突发噪音？解离吧。

记忆破碎，你进入求生模式。失去时间的概念。

我记不得那天具体和琳达在电话里说了什么。但我脑子里却清清楚楚地刻下了办公室那天闻起来是什么味道，以及办公室里显示器四边贴的卷边便利贴纸到底褪成了什么程度的粉色。我还记得橙色的街灯是怎么投下一道光，打在办公桌的桌面上；还有空气里的尘埃颗粒是怎样在那道光上隐隐现现。

我有邮件的发送记录，只是因为至今我的发件箱里还留着那封邮件。但我记得自己把轮值表和所有其他能证明丽萨的指控不实的证据上传成附件，以自证清白。

我记得我冷冷地告知琳达，邮件已经发给她了，以及她回复我说会进行一场调查。

我还记得她在我挂电话前截住了我。

"听着，我虽然很抱歉，但还有别的事和你说。我刚刚也说过了，丽萨不是唯一一个投诉的人。还记得我跟你说的，你的合同上的工作地点还是科缪尔吧？"

"所以？"我语气机械地回应，不过我能感受到真实的自己——我自己的意识——刚飘回现实，飘得过了头，又飘去了解离的另一边。

"我接到通知，你需要回到你原来的岗位。"

"为什么？"

"因为今时不同往日。"

还真是呢，今时不同往日。

我回忆起了每天晚上被尾随到公交车站台的经历；想起了"碰巧"挡住我去路、遮住面孔的身躯，还碰巧是史蒂芬妮的"朋友"；我还想起了一个面色惨白衬衫染血的年轻男人；还有和警局无休无止的来回通话。

"我不回。"我回复她。

"那我恐怕只能终止你的合同了。"

"我想也是。"

我逐渐回想起海瑟的警告，直到满脑子都是她的声音：事关申父的时候你要小心。

这会是他的报复吗？不会吧。虽然这个男人可能是手握财务预算的大权，但他不至于卑鄙到这种地步，开除我都做得这么拐弯抹角吧。

他会吗？

我记不得那次值班剩下的事了。我只知道自己根本没帮上艾米莉什么忙。可能整个人就非常粗鲁无礼。

我差不多能记得，艾米莉基本上是很有雅量地包容了我的所作所为。我没告诉她这通电话里到底发生了什么，但我估计她第二天看到我没来上班，应该就明白了吧。

我的图书馆工作生涯就这样再度终结。

*

脑子里的妖精又占领高地了，前所未有地吵。

我下拉那熟悉又老旧的工作搜索网页时，脑子里充斥着嘲笑声。我又回来了，回到最初的起点。回到不被需要。

我傻到家了，怎么会觉得自己能做出一番改变呢？真是傻到家了，怎么就觉得自己能有职业生涯了呢？我真傻，真的，怎么就忘了自己还有这毛病，这种惹得周围人都强烈反感的变态。丽萨一定察觉到了吧。攻击我的那些小年轻的估计也感受到了吧。

我真是愚蠢到家了。

我的视野渐渐模糊。我图书馆值班的时候，经过多少次IT区，看过多少不幸的人走我现在走的流程呵。

选择，申请，被拒。

我想起了奇多，想到他这一阵子以来，至少到我离职的那一周，看起来好像对生活都更有把握了；我还想到了那两个瘦弱的、为了茶和蛋糕而落泪的男孩。

不，我不傻。

人一旦置身过谷底之后，就会尽一切力量不再让自己坠入其中。你也会学着辨认出坠落的势头，而且往往能感知到坠落本身就足以让你不再泥足深陷。就好像学会游泳之后，踩水就变成了本能。

我合上笔记本电脑。

我不会再一次任凭自己坠入深渊了，因为我已经在图书馆见过世事浮沉。在失业的绞肉机刀口下，如果艰难生存的单亲妈妈、忍饥挨饿的少年、身患残疾的待业者都能一天接着一天地挨过去活下来，我又有什么不能做到的呢。

手机震动。

来电显示是琳达的号码。

还没来得及思考，我就下意识地接起了电话。

"是艾莉吗？"

我开口却只哑着嗓子咕哝了一声，便清了清喉咙，试着重新应答："是我。"

"艾莉，我打电话来是想跟你说对不起，我很抱歉事情变成这个样子。"

这就完了？这是在道歉？我揉了揉发涩的眼睛。

琳达听我一言不发，就当我的沉默是在请她继续。

"我想你有权知道，丽萨现在被紧急停职了。然后我还想私下告诉你，调查一旦完成，她很可能就会丢了饭碗。"

"哦……"

傻的不是我，变态的也不是我。沉冤昭雪了，一切还没搞砸。

我才觉得可能申父的卑鄙程度其实跟我想的也差不多，或者感觉有人暗中针对我也不是自己过分神经质。

"虽然之前合同上的问题我没法纠正，"琳达接着说，"但我现在可以给你签一个零工时工作合同，可以续。我试着把你恢复原职，我真的尽力了……"

"所以……是类似散工那种？"

"对。而且，如果你愿意签，我的意思是我个人很希望你能签，你将不只是在这个分馆工作。你也会被安排去其他分馆工作，但最终安排都取决于你。你对自己在哪个分馆工作可以说一不二。主要就是负责代班。"

我想起了和艾米莉之间的约定。

"如果你不愿意签，我也很能理解，"琳达说道，"但在现在的情况下，就算海瑟回来了，罗斯科里分馆也和以前大不相同了。我们会有更多的职位空缺，特别是我们现在找到了替代菲比职位的人。"

"菲比走了？"

"她是……被调去了别的职位。现在她的班次都是亚当在负责。他可好了，艾莉。你绝对会喜欢他的。他真心实意地关心这里。我觉得你和他加上艾米莉三个人合力，绝对可以让罗斯科里分馆面貌一新。你已经做了这么多努力……"

我瞥了一眼电脑，脑补自己要是拒绝了，也只能把在图书馆工作的短暂经历加进自己毫无亮点的简历，而且再也不能举办下一场作者签售会，或是晨间茶聚，或是慈善活动了。我也再不能和柯林斯太太讨论结肠的健康状况，或者在书虫小聚跟着一起唱歌了。

"合同是可以续的，"琳达补充着，"按月续。所以你什么时候不想做了随时都能走。而且不想值的班次也不用值。"

"行吧，"我答应道，"把我名字写上吧。"

电话那头传来一声长长的喟叹，仿佛松了口大气。

"艾莉，谢谢你。我真心的。我们这儿不能缺了你。"

不仅不傻，而且还被需要。

"那什么时候需要我开始？"我问。

"明早。事实上，你要是肯按照原先的值班时间来就再好不过了，而且如果你现在手边有纸笔的话，你可以记一下我这边需要你当班的时间列表，能有你胳膊那么长。"

我笑了。这是这一整周来我第一次笑开颜。

"那就来吧。"

*

亚当对图书馆的工作可谓是经验老到。他现在五十多岁了，整个图书馆系统里几乎没有哪项工作是他没做过的。他干过存档、送货、存书管理、前台接待、书目参考……亚当是块砖，哪里需要哪里搬，什么岗位缺人他就去什么地方。

更重要的是，他为人风趣，气质明亮，工作时又充满干劲。

"久仰大名呀！"我第一次和他一起值班的时候，刚进图书馆他就这么招呼我。"琳达把你的事都跟我讲啦。"

我那天早到了差不多一小时，本以为等着我的会是空空如也的大楼。然而我来的时候，灯已经全都打开，闸门也拉开了，书架都清扫得干干净净。亚当已经把旧报纸和杂志换了新的，甚至把收银机都整好了。

"你是亚当，对吧？"我边问边同他握手。"这么早就来了。"

"早来泡好茶喝，不然废物一个，"他风趣地答道，边说边举起了手中实实在在是巨大的保温杯，在我面前晃了晃。"行啦，一只小鸟告诉我，这里有个秘密约定，好像是什么拯救图书馆计划。还说是你想出来的，得好好感谢你呢。"

我都能感到自己双颊发烫，把自己跟他比起来小得多的咖啡杯放在了柜台上。

"啊这，"我应道，"也不只是我的功劳。"

亚当用圆珠笔敲了敲他的显示器，他打开的界面显示着图书馆访客数目表。

"看起来不错，但我觉得咱们可以做得更好，你说呢？"

我拽着自己的外套脱下，朝他笑了："英雄所见略同呀。"

*

"我听说你是从科缪尔调过来的？"亚当问我，当时我们刚接待完今天的第一批电脑用户，之后开始进行早上例行的文书工作和库存周转。

我不由得一瑟缩："是。你也了解？"

他哈哈一笑："嗨呀，我也在科缪尔待过，权当是上辈子欠它的。还是在八十年代，那地方整一个烂屎坑。"

我不禁笑出一声猪叫，立刻躬身藏去了电脑显示屏后面。虽然其实也没人能听见我俩的动静，但我还是忍不住红了耳朵。我转头看他，亚当显然在等着我回话呢。

"是啊，科缪尔算……算不上是情况最好的地方。"我答得尴尬，尽量让自己措辞委婉一些。

"我还有一肚子科缪尔的故事可以跟你讲呢，"他冲我挤挤眼，"我自己也算见过几场风浪。"

手里的条形码读码器"滴"了一声，我把扫完的这本书丢进了外送送货箱。

"科缪尔一直都是一人当值的分馆吗？"我问道。

他清了清喉咙："开始不是。以前地方可大啦，规模恢宏。不过你也知道的，那都是楼里增建健身房和泳池之前的光景了。搞那些真是浪费时间，不过我也就顺带一提。大概是……是什么时候来着？九十年代起头那会子？休闲设施可算是风靡一时。"

我将书堆中下一本书的详细信息填进存书转出表。言情小说常常在分馆之间周转，因为它们体量小，运输起来方便，而且读者每次来一借就是好多本，常常一次能借十六本之多。所以馆与馆之间来回周转，就能保证藏书更新，而不用每月购进新书。

"那时候科缪尔还是两层，所以楼上是参考资料图书馆，有自己的参考书图书馆员。然后我当时负责的是楼下的区域，小说和童书区，和鲁斯是同事。"

"鲁斯·布莱克？那位瘦小的老太太？"我问道，想起了那个耳背得不行的小老太太，当时她还给我开列了常来的资深读者名单和他们各自的喜好，以便我能提前给读者们预订阅读材料。

亚当哈哈一笑："那时还不是老太太哦，不过是她没错啦，个子小小的那位。人可好相处了。不过第一次暴力事件之后，她就被调走了。"

我手里的事一顿，还举着读码器，不由得转过身瞧了他一眼。亚当看到我的反应又笑了。

"哎呀，一直以来科缪尔图书馆都不怎么太平。"他咯咯笑道。"我那时候称王称霸的街溜子是麦克莱恩家的。一群神经兮兮的家伙。他们家的大儿子，叫杰米的，居然在光天化日之下来图书馆抢劫，还挑的是个工作日！脑子坏了吧。他当时走进来，威胁鲁斯把收银机里的钱都交出来，然后扬长而去，口袋里不过多了几英镑罢了。我那天不巧出去送货了，回来的时候发现可怜的鲁斯吓得不轻，抖得像片叶子似的。"

"天呐，"我低声叹道，"然后呢？她还好吗？"

亚当啜了一口茶："你问鲁斯？她可是块坚强的小饼干。不过还是请了一周的假，然后上头决定以后不让她单独在图书馆值班。"

"那个抢劫犯……呃……杰米呢，他怎么样了？"

"进局子了呗，"亚当应道，"之后还有些余波吧。人人都知道麦克莱恩家的，全是恶棍。杰米本人认了罪，在牢里蹲了几个月，这事也就算结了。不过搞笑的是，在鲁斯告假的日子，杰米的弟弟莱恩又来干了同样的事！"

"不可能吧！"

亚当咯咯笑着，从他待处理的那摞书里拿出一本扔进送货箱。

"千真万确，"他继续道，"可能麦克莱恩家的脑子都不算太灵光吧。我那天去上班，正碰见莱恩那小子在破坏大门——你知道吧，就是那扇双开的巨大木门，现在在中心里头的？以前那就是图书馆的大门。他居然用的是小刀，就冲着门划拉，在油漆上划出大片的痕迹，甚至不像在刻字。我估计那傻小子可能连自己的名字都拼不出来。"

要不是我自己在科缪尔也备受战火洗礼，我可能都会觉得亚当是在跟我胡扯。不过说实在的，我其实也不知道亚当那天讲的是不是真事。不过我的确听说从那之后，在八十年代科缪尔分馆的暴力事件确确实实常有发生，且过于频繁。另有位分馆经理曾讲漏了嘴，说在九十年代，科缪尔分馆门口几乎一直有警车停着，因为犯罪的情况太严重了。那时候可能从开门到闭馆都一直在往警局里运人。

"那你怎么办的呢？"我问亚当。

"我问他打算干什么。我觉得他甚至没料到图书馆关着门，因为他跟我说想要收银机里的钱。我就告诉他那也得等我他妈的把门给打开吧。"

"那他等了吗？"我问。

"等我开门？是，没错。我打开门锁张罗开馆的时候，他就跟个柠檬似的杵在那儿。我也不着急。等到我去把所有照明开关打开的时候，他估摸着也明白了自己应该也没钱可抢了，但可能那时候他已经沉浸其中，就一直跟在我后面，我到哪儿他到哪儿。"

我不禁给逗笑了，想象着亚当在图书馆里闲庭信步，后面跟着个闷闷不乐的（即将）抢劫犯。

"那你报警了吗？"

"没。至少没立刻报警。我让那孩子坐下，给他倒了一杯茶。他那时候估计已经迷惑了。要不是他哥把可怜的鲁斯吓成那个样子，我都要同情这小子了。我们就坐着聊了几句。我问他为什么要划拉门。而他那时候好像已经忘了自己是来抢钱的了。"

"他就耸耸肩，说他也不知道。说他因为哥哥的事很恼火。但事实是我觉得这小子脑子不够灵光，想不通事情。在他眼里，监狱是他家里人迟早都要去的地方。他妈妈，他爸爸，都在牢里蹲过。"

"所以他是因为你的报警而想报复你？"

亚当耸耸肩，往箱子里又扔了一本书："我估计他都想不到这一层，老实和你说。有些人吧，就是觉得自己不管如何，迟早会丢了命或者去坐牢，所以还不如想干吗就干吗。我们这些在图书馆工作的人，在他们眼里就是另一个系统的一部分，跟他们不是一路人。我们和他们处事的方法也不一样。"

"如果那个男孩——叫莱恩的——真要去劫持科缪尔的哪个人，哪个体面人。你懂的，就是在最危险的那些地区。假如他拿刀指着对方，对方呢，也会立刻拔刀相向。那个年代在科缪尔的人们都是这么过来的。你不会去报警等警察来，而是人若犯我我就回犯，都是这样。"

人若犯我，我就回犯。这句话让我想起来薇琪，想起她肿胀而破碎的脸和她带血的眼泪。我想起了史蒂芬妮徘徊跟踪而充满威胁的身影，想起她每次见到我都处在施暴的边缘，以及我每次拖延和她接触之后她的犹豫。

我觉得在科缪尔，还有些人用以眼还眼的方式活着。难怪我会觉得自己格格不入。

"我曾经碰到一个女士，"我开口道，"我试着去帮过她。她进图书馆的时候，我见她被打得不轻，就帮忙报了警。"

"我猜她消受不起你的好心吧。"

我表示肯定："没错，而且她的朋友反应更差。就是一开始把她好一顿打的那个。"

亚当点头："真的疯了，我知道的。有些人活得跟畜生似的。"

我一时语塞，想起了薇琪用她骨折的手指蜷着夹住那张纸条的样子，纸条上是我写给她的受害人支持热线电话。

"这我说不准，"我边说边停下了手里的工作，转身看向亚当，"我觉得他们可能是被困在了这样的人生轨迹里。他们陷在这样的循环里无法脱身。若是能获得一点帮助的话——"

亚当打断了我，不过语气还是温和的："有些人是帮不了的。艾莉，你是个好姑娘，但你栽了跟头之后就会懂这条教训。有些人有过无数次机会能让情况好转，但就是改不了狗咬吕洞宾。以前也有人帮过麦克莱恩一家，你再看看他们混到了什么田地。两个孩子全在牢里蹲着。现在他们也有自己的小孩了，他们的孩子还是会重蹈覆辙，永远跟警察过不去。有些人就是烂在骨子里。"

我默不作声。是我太幼稚了吗？可能是吧，但我实在无法说服自己去相信一整个家族就莫名地生而败坏，代代相传。

"可能……有没有一点点可能，给他们的帮助并没帮在点上？就像你说的，他们眼里我们不过是社会系统延伸出的一部分。如果在他们成长的过程中结识了区议会社工，或是有朋友在图书馆工作也好，他们可能就会意识到我们与他们并不是势同水火。可能在他们眼里，来自我们的帮助不过是猫哭耗子。"

亚当叹了口气："可能吧。"他让步。

"可能他们需要的是能有机会接触到体面人，或者融入社区，看看任何过得稍微好些的人，去了解生活的其他可能性。我也不知道……可能对冲着在图书馆工作的老弱妇女拔刀的人而言已经太晚了，但是对他们的孩子呢……或别的什么呢。"

我心里还压了许多想说的话，但越说越痛苦地发觉自己的话听起来充满孩子气的天真无知。我语言表达能力一直不太好，而在精神崩溃之后，我想把脑子里的复杂想法说出来就更艰难了。

不过事实就是，当听见亚当称某些人和某些家族为"蠢"和"畜牲一样"，我不由得感到一丝不快，这听起来和世界上那些法西斯和优生学论调太相似了。若说人会因为基因或家族遗传而生来低贱恶劣，我在道德上根本无法接受。

这些年来，自我和亚当第一次谈起这个话题之后，我们还有过更多次（有时也更激烈的）讨论。他人真的不坏，只不过因为目睹了太多暴力而感到腻烦，不过他之后发现，我居然也受过不少暴力的搓磨。

我打小开始，就反反复复地在英国心理治疗体制里就诊。我经历的创伤有些至今也只和我的心理治疗师倾诉过。我目睹过的折磨和在科缪尔所经历的严重程度相差无几。在科缪尔工作的那段时间，虽然我尚未从精神崩溃中完全恢复，但也不再是当初那个只能寻求庇护的小女孩了。

在图书馆的工作让我学到了许多，而且没错，其中有一条就是：有些人是帮不了的。至少我帮不了，可能也没有任何人能帮得了。那些人通常也不想接受帮助。

　　然而，我宁愿做一个天真的傻子，也不愿在经历过暴力之后，就变得对人类的苦难麻木不仁。我宁愿有点孩子气，也不愿在可以伸出援手的时候作壁上观。

　　这也就是我总结出的可能是最难做到的一条规则：永远不要失去你的同理心，但要学会搁置愤怒。

　　我打破过最多次的绝对就是这条规则。

　　当你仅仅只是在做自己的日常工作，便能决定人们是否挨饿、是否能找到工作，甚至是否能够获取某样知识，想要避免自命不凡实在是很难。当然大多数时候，如此重大的事情你遇不上。在大部分情况下，你对他人而言，不过是接待处前台的一张面孔，或是朝书架上摆放书籍的一双手。所以如果真的有那么一瞬间，你的言语和行为对他人而言性命攸关，其实很容易被忽略。

　　我对自己这份工作并没有什么妄想。我知道我做的大部分事情对图书馆访客而言意义不大。

　　但真的会偶有那么几次，我会在工作中扮演起治疗师或咨询师，甚至是老师的角色。我不会假装自己能完美胜任这些角色，但当那些关键的瞬间找上我的时候，就算我是错的，我也会永远选择伸出援手，哪怕我帮助的这个人在别人眼里可能已然无药可救。

　　听起来可能很令人畏怯，但要我掏心窝子说一句，其实也有点振奋人心。不过有时也会让人火大，或让人沮丧不已。

所以如果你去了图书馆工作，要记住这条规则。记得在下班时分不要把你的愤怒情绪一起带回家，也不要忽略任何一个能够做出改变、伸出援手的机会。

*

那天晚上亚当主动要送我回家。我丈夫碰巧在加班，所以我就接受了亚当的好意。

当亚当载着我驶离停车场时，我忽然发现了一只折了一侧翅膀的乌鸦，正一蹦一蹦地穿过草坪。这小生灵仿佛察觉到了我的视线，蹦了一下，又蹦了一下，而后挥翅掠过柏油路面。

它虽不算飞了起来，但也没有摔落下来。

"所以你之前和海瑟一起共事过一阵子，是吧？"亚当问我。

我将看着窗外的视线收回，转向他，读不出他的神情，虽然看见他嘴角在暗暗抽动。

"没错，我和她在这儿和科缪尔分馆都曾是同事。"我答道。

"那我猜她还是躲着人？"他问，眼睛盯着路面，面露一丝自得的笑意。

"是说她一直在办公室？我也几乎没见她出来过。你以前也和她做过同事？"我问。

"搭过一两次班吧，"他答道，"毕竟我做了这么多年，几乎和每个人都一起工作过。她总被自己的影子吓着。我认识海瑟的时候,她刚被提拔为科缪尔分馆的团队主管。在那之前她只在单人负责的分馆工作。所以说老实话,她来管罗斯科里,着实让我挺惊讶的。"

"何出此言呢?"我问。

亚当瞧了我一眼,又看回路况。

"她怕人呀,"他答道,"你没发现吗?要是罗斯科里变得更热闹,我猜她会把自己锁进那间小办公室,半步也不肯出来。"

我猜海瑟估计会和我第一次见她时差不多吧:面红耳赤、不堪重负、喘不上气。

"那对她还真不巧了。"我说。

"怎么不巧了?"

"我们分馆免不了会越来越热闹,"我答道,"我的意思是,在我们让访客人数上去之后。"

亚当大笑。

*

我跌坐在沙发里。今天上班的时候,时间过得飞一样快。我这一天,听了亚当的闲聊,接待了破人数纪录的访客,更是频频与亚当和艾米莉往来邮件,忙得脚打后脑勺。但这种感觉我爱惨了。

我们筹划了更多次的晨间茶聚,打算成立一个针织俱乐部、一个钩织俱乐部，更要开办成人彩绘小组、儿童艺术班、乐高俱乐部、作家签售会，也想请本地的各有所长的专家来开办讲座，从园艺到觅食再到本地史无所不谈，还想和本地的老人院合办一些活动，甚至还想办一场一级棒的慈善烘焙比赛。

更厉害的是亚当，他对本地图书馆行业已经了如指掌，能帮我们找到各种需要的联系人和资助金，有些甚至琳达都不知道。他把我们本地超市各位慈善协调人的详细信息全发给了我，还给我打包票，说所有这些人每个月都有向本地慈善活动捐赠的预算。

我到家了都还在回味今天工作时发生的桩桩件件，根本停不下来。我大晚上居然还在手机上翻看我的工作邮件，要知道平时我只在工作时段和不值班的时候才会去查阅。

"你还在看工作上的事呀？"我的好丈夫拨冗关照我，自己也盯着手机。

"是啊，你不也一样。"我愤愤回击。

他耸耸肩："我有钱拿呀。"

我拉长一张臭脸，重新捧起手机。

"前门今天又坏了。"我说。

"图书馆的前门？"

"对，就是那扇旋转门。一直有人撞上去，哪怕我贴了一个标志上去。"

"你要是录下来就好了。"

我咯咯笑了。又看了一眼邮件，才关掉邮箱。

但我还是没法不心心念念地想着图书馆。脑子飞速运转，思索我们计划好的大小活动。我惦记着我们馆里的常客，想知道他们会对即将举行的烘焙大赛作何反应。

我压不住自己的嘴角。我上一次态度这么乐观，已经不记得是在什么时候了。我想留住这种感觉，或想个办法把它记录下来。

我打开了推特，登入了自己的匿名账号。我注册这个账号已有十年之久。有几个朋友知道我在用推特，不过总体而言，这是我隐匿自我的地方，尤其是在精神健康相关的方面。在我艰难的时刻，我曾不止一次地从这个小蓝鸟标志的社交软件中汲取到所需的支撑。

我开始打字。

在图书馆打工时我了解到的公众二三事。

开始的时候其实打出来的都是些颠三倒四的气话。在妖精们大张旗鼓地闯入我的生活之前，我其实做过产品设计师，所以一直改不了观察人们的习惯。

如果人们和一个产品的互动方式偏离了设计师的初衷，那人们的选择将会成为此产品的标准互动方式。

这是我当年从讲座里听来的。在图书馆的工作就像一次长时间的观察训练，对象是社会上的不同群体，以及他们之间的交互。

1. 一大把二十岁以下的小年轻不会读钟面，因为从小到大都是电子表随侍在侧。

2. 不会拼写"图书馆"英文的大有人在，而写咱们的邮件地址就要拼这词，这下麻烦了。

我把自己逗笑了。

3. 不知道怎么在图书馆借书的年轻人数不胜数，他们以为借书要钱！教教孩子！

想起被好心的家长拖进图书馆的奥莉维亚，以及其他和她一样的臭脾气青少年。每当他们得知来图书馆借书是免费的，总会出现那个标志性的"难以置信"的瞬间。

千禧一代（我也在内），仿佛从小习惯了要付钱才能换来东西。

4. 犯罪小说和惊悚小说在很多情况下都没什么差别。因而我们的很多书都备了两本，分别放进这两个类别。

5. 有人会用暗号标注他们读过的书，比如打星号。求您手下留情！系统里有您的借书记录！只要问问就成。

我后来得知，美国的图书馆有法律要求，必须清除每位读者的借阅记录，说是出于隐私权的考量。虽然我能理解其中缘由，但如果我完全没有自己之前借书的记录，肯定会在图书馆的书海里晕头转向。

大多数有标识的书都是大字号书。我有空的时候会翻翻馆里有年头的书籍，发现上面会有各种各样的标识，来自不同人的"已读"标注体系。

我曾假想在遥远的未来，会不会有历史档案研究员专门写论文，尝试解读这些标识的背后含义，例如某个被画线的页码，或写在封底一连串的首字母，甚至是诺拉·罗伯茨[1]的一本小说第十三页上的、以五分为满分的小小评分。

6.如果自动门坏了，大家会以头抢门而不看近在脸前的标志。

7.图书馆是视障和听障人士的福音，不仅是指有声书。填写表格或者找路有困难，我们都乐意帮忙。

我们的常客中有个本尼太太，是位可爱的盲眼女士。她有条导盲犬，名叫萝西。亚当直到现在仍然坚信狗狗萝西能分辨出本尼太太借过的有声书。我自己呢，则觉得狗狗基本就是在本尼太太举起CD盒子时随机地叫一声，但我也不忍心戳破亚当美妙的幻想泡泡。

有时本尼太太会带着一个邮包，里面装着她过去几周收到的所有信件。我们不忙的时候，就会分一个人过去把她带到一边，帮她将重要信件从垃圾信件中挑拣出来。之后本尼太太就会把重要的信件都交给她孙女，由她孙女帮她处理待缴账单等等。一开始她孙女也不知道是图书馆员帮她整理信件的，我们的经理也都不知情。其实我们理论上也不该做，但社区服务无法面面俱到，民众遭遇这种情况或其他疏漏时，开始越来越依赖图书馆员工的帮助。

每次我穿上工作制服，都会想起本尼太太，以及数以百计像她那样的人，他们不仅认可我们这些区议会公务员，而且全

1.诺拉·罗伯茨（Nora Roberts），美国畅销书作家，出版过二百多部言情小说。

然信任我们会尽最大努力为他们好。我尽量重视这份责任，不去轻描淡写，不过我也觉得这番话有点让自己听起来像个浮夸的木鱼脑袋。

8. 有的老人家看书速度快到吓人。应当给他们献上膝盖并表示瑞思拜。

有的资深读者一天就能轻轻松松看完两三本书。我只能说他们都有过目不忘的记忆力。一开始我遇上这些超级英雄的时候，还以为他们只是把每本书略览一遍然后不打算细看了。直到她讨论起临近书本结尾处的情节转折，以及如何与电视剧改编情节有些许出入。

我对这些人只有深深的敬意。哪天我自己读书的速度能赶上他们的三分之一，我就满足了。

9. 一些人视电脑为洪水猛兽——如果他们咨询你时，你说要在电脑上查一下，而不是去查书，他们就大为光火。

很久很久以前，图书馆还是为人们的问题提供答案的地方。当初还为这个职能专门设有柜台，名称是"参考柜台"，运行方式如下：

图书馆用户有需要的时候，会致电柜台，或亲自带着问题前来，并留下具体的联系方式。然后他们的问题和联系方式会被一起记录在一张卡上，归进问询卡堆。

之后用户便可再来查询他们问询卡的处理进度。同时，参考图书馆的工作人员就会熟练地使用杜威十进制系统，加上参考体量巨大的档案和非虚构工具书，来解答问询或是为问题找到近似的答案。然后工作人员就会联系提出问询的访客，解答他们的问题。

还有一种方法，就是图书馆员帮助问询者找到相关的参考书目，然后再把这些书提供给问询者，以便问询者自己研究。

当时图书馆员整个职业生涯的发展，全都倚仗解答问询的速度和效率。

现在我们这些图书馆员提供的最主要的研究帮助是去谷歌一下。常常会让我们有些上了年纪的问询者忧心困惑，偶尔有时还会大发脾气。

不过谷歌也不是我们唯一会查询的资源。如果问题涉及某个特定的方面，我们可以参考本地的历史记载、教育数据库、族谱记录等等……我仍不能完整地列出我们能接触到的所有信息来源，因为常常能发现新的资源。

10. 有些人一辈子都没摸过一下电话，尤其是老一辈的妇女，都是丈夫代劳。

11. 就业和养老金部（DWP）把所有人都当猴耍，最弱势的群体尤其受欺负。只要是个在图书馆工作的人，都帮助过身陷困境的访客，不论是给口吃的，还是打个电话，甚至是大冷天他们用不起暖气的时候给杯热茶。

12. 就业中心谎话连篇，还喜欢跟人说，图书馆能提供一些实际上根本不存在的服务。我们竭尽全力，能帮就帮，但很多事情本来就应该是就业中心的工作。

这让我想起克莱尔，自己读写能力都十分有限还要帮着她的伴侣戴伦申请工作，甚至帮他读通用福利金账户的报告。实在不该如此。对这些群体应该有相对应的帮扶。这也不是什么难于登天的事，而且还能使他们免于受辱、免于沮丧。

13. 大多数银行觉得现在人人都有电邮地址。实际上，就有人没有，结果很难证明自己真的存在。

大多数电影，尤其是美国片里，描绘的无家可归群体其实和现实相去甚远。虽然的确有很多无家可归的人确实露宿街头，更多的人是处于"隐形的无家可归"状态：他们没有固定地址，也没有办法提供具体的联系方式。

简言之：大部分公司或者组织会推定可以通过某种渠道联系上你。因此我们眼里平平无奇的事物，比如银行账户、一个可以收信件的地址、电邮地址、网上购物等等等等，贫穷而居无定所的人根本无从获得。

双向验证也逐渐成为赤贫阶层想要获得社会上某些服务的另一大障碍。如今的大多数的电子邮箱在登录时会要求用户提供另一种联系方式，以保证账户的安全。可能在技术层面更有能力的人，对此也能应付自如，但绝大部分来图书馆的用户只是想要查看一下他们通用福利金的申请状况，其实对他们而言，更快捷而不太安全的方式才最简单。

为了能满足对移动电话号码的要求，那些穷苦的流浪人们往往会"共用"一个号码。可能他们的某个朋友或亲人有电话号码。他们就会在创建账户的时候借用这个号码，却不知道他们以后还需要这个号码的手机，才能登入自己创建的账号。

还有的人会频繁更换号码，有人可能是因为号码被盗，有人可能只是没办法一直稳定地维系电信公司合约。一旦他们没办法接收银行或电邮公司发来的验证短信或电话，也就无法再使用自己的账户了。

14. 在图书馆工作的都是好人。做我们这行的都是为爱发电，不然撑不下去。

将专业图书馆管理员调整为图书馆助理之后，就意味着现在图书馆里的工作人员人均工资比以前要少得多。说白了，你若没抱着升入管理层的心思，或者没有走大运，这份工作其实并不稳定。所以只有最有动力的员工才能留下，就算如此，现在每个开放的岗位基本都是续约制、零工时的，让想要有份稳定工作的员工挤破了头。

更不用说，业内的人员的变动是极其频繁。

15. 图书馆不再安静，现在成了社区聚会的地儿。虽然可能会有安静学习区，但大部分图书馆都活动不断，闹嚷嚷的。置身于儿童兴趣班，失智症群体的合唱团和记忆锻炼小组，还有手工课和响个不停的办公设备之中，别想静静。

萨莉每周都会在固定时间来图书馆，和她一起来的都是同龄人，全是当地养老院的住户。

她现在已经处于失忆症晚期。每周来的时候都要坐在同一张椅子上。如果椅子被占了，萨莉就会发脾气。长此以往，我就会在每周二早上提前在那张椅子上放一个"留座"的标志。

萨莉不会开口说话。曾经她会哼哼，有时候也会哭喊，但现在几乎什么声音也发不出来了。我无法知道她在想什么，但看起来她似乎很享受待在图书馆的时间。当我们的经理去了别的分馆时，亚当、艾米莉和我会为罗斯科里养老院的访客们提供茶和咖啡。

萨莉会在她觉得没人注意的时候偷偷把方糖块塞进口袋里。

去年，我和艾米莉决定开办一个针织俱乐部。虽然我俩没一个会针织的，但我们的想法是如果我们提供了针织材料和活动空间，会自然而然地吸引来爱好者。

可惜我们的物料申请被拒绝了，我就贴出了一小张告示，请求好心人捐赠织针和毛线。一周之后我们就备齐了所有需要的材料，时间卡得正正好，因为海瑟刚把告示摘了，用区议会规章制度里有关于风险管理和物料捐赠的要求给自己背书。

一开始来参加的人寥寥无几。若是没有常客参加，形成团队的核心，其实很难维系这个群组。艾米莉当时有了主意，觉得可以发电邮联系罗斯科里养老院，后者表示很乐意带几位住客前来参加活动。

萨莉第一次来参加的时候，我本以为她也会像平时一样一声不吭地坐着。但她一眼认出了针织材料，毫不犹豫地伸手拿起一对织针，把所有人都惊呆了。

"妈妈在教我怎么织袜子。"

没人想到她会突然开口说这么一句，甚至一直陪护养老院住户的护士都瞪大了眼睛。

萨莉的声音低沉沙哑，虽然仿佛是太久没用生了锈一般，但语调又轻又快，仿佛稚童一般。

"妈妈给我买了这么好的绿色羊毛线。"

我们看着萨莉熟练地理出毛线，开始编织，爬满皱纹的双手灵巧地操控着织针。

"妈妈说我织完袜子可以自己留下。"

我从始至终只听萨莉开口讲出过这么几句。虽然她之后也来参与针织小组，一直在织她的绿袜子（谢天谢地我们的绿色毛线管够），但就默默地编织，再也没说过话。她还是会在她觉得我没注意的时候，把方糖块偷塞进口袋里。

16. 现在啊，要是一个对公众开放的建筑物能让你在里面消磨时间，还不指望你花钱，这地方只能是图书馆。爸妈下雨天带孩子来这个不要钱的地方找点乐子，穷苦人来找个暖和的地方坐坐。图书馆就是避风港。

下雪的时候，罗斯科里总是首当其冲。感觉这地方有自己的微气候系统。不管天气预报员怎么说，罗斯科里的情况总是与众不同。

我第一次被大雪困在图书馆里的时候，非常感谢自己很有先见之明，早有准备。我自己的储物柜里存有好些方便面和罐头汤，这时旋转门已经停下了，卷闸门也压不进越来越厚的积雪里。

我要坦白，一个人坐拥整家图书馆是我从儿时起就藏在心底的梦想。

我花了一个钟头随意挑出书本，读上几页之后再放回书架。可读的书有那么多，我怎么能选定读哪本呢？我的待读书单应该按照书本的类型、长度和优先度好好分个类。

有人敲了敲窗户。

我抬起头，看见一个年轻女人冻得直抖。她是我们 IT 区的常客，我还帮她向食物银行申请过紧急资助。她穿着单薄的夏装外套和运动裤，脸冻得惨白，在夜晚的灯光下看起来都变成了灰色。

上面曾警告过我们，禁止在图书馆闭馆之后放任何人士进入。

我和暴风雪干了一架才把边门打开，铲走门前的雪。

"对……对不起……公交车停运了……"

我招手让她赶紧进来。

"我知道公交车会停，"我边解释边给水壶倒水，"我丈夫过几小时就下班了。他的车倒能穿过风雪，因为装了冬天的轮胎。你家里有暖气吗？"

女孩点点头："有个小的电暖器。不过我不常开，但……"

"我知道，电费贵得很。"

我给她递去一杯茶。热茶的蒸汽让她的脸终于恢复了一点血色。

"要捎你一程吗？"

我以后仍会为难以抵御严寒的图书馆访客倒上热茶，这不会是最后一次。

最终，雪停了，公交车也恢复运行，但我仍记挂着那个女孩，记挂着她冻得苍白的面色。我希望她家里真的有暖气机。

17. 有人一辈子就只读两三个作家的东西，但每个月还是能找到一本书读。（这些作家包括丹尼尔·斯蒂尔、詹姆斯·帕特森、克莱夫·卡斯勒[1]等）

18. 图书馆的生死完全取决于柜台工作人员。就算你有最雄厚的资金、全世界所有的书和技术，要想有客流，只能靠员工加倍努力。可惜有时候甚至这样也没什么用，让人感觉蛮挫败的。

19. 客流量决定我们能得到多少资金。我亲眼见过有同事因为流失了一群青年访客而掉眼泪，他们被一家拥有像是咖啡厅这样更花哨的设施的私人舍堂吸引走了。我们需要所有能争取到的访客。

20. 工作人员为义务搞活动、开课、建小组绞尽脑汁，结果往往因为地方议会不懂社交媒体或者想要收费而竹篮打水一场空。员工们做的无薪工作好多、好多、好多，重要的事情说三遍。

就在那天，我还自己花钱买了几包白板笔。我本来打算利用之前废弃的旧会议板来引导人们进图书馆。我们可以把它绑在外面的柱子上，在上面写下图书馆当日的活动。

不幸的是，我们后来发现那块板在外面吹了一夜之后，已经碎成几片了。我们现在还在省钱，为了另买一块更结实的白板。

---

1. 三人皆为美国著名的通俗小说畅销作者。

21. 大部分设施之所以能用，都是靠员工自掏腰包维系。我们买不起覆膜机的时候，经理自己给大家买了一台新的。她还给孩子们买来涂色材料。我们时不时自带文具补充，甚至灯泡都要自己买。

22. 作者不爱去小型图书馆因为没得钱赚，去书店往往就有。

23. "性感图书管理员"这形象真的有！剧！毒！还导致了数不清的性骚扰事件，肇事的就是那些分不清毛片和现实的男人。

24. 老奶奶们是图书馆的经营支柱。读书的老奶奶百里挑一的好。能告诉你最惊悚的谋杀具体在哪一页的老奶奶万里挑一的好。

25. 图书馆的工作人员绝对永远一定想知道你对书的看法。我们想知道可以给别人推荐点啥！

26. 我不应该有最偏爱的访客但我还真有：我喜欢那种互相吐槽对方看书品味，或是看同样的书却为主题拌嘴的图书馆小情侣。我还喜欢兴趣独特的自闭症小孩。我愿意上刀山下火海都你找一本写你喜欢的特定车型火车的书哦，小朋友。我乐意你一字不落地把它讲给我听，然后努力记住等你下次来。

27. 对我而言，最最棒的时刻，就是一个图书馆用户终于从青年读物（YA）[1]的读者群毕业成年，然后整个图书馆哗的一下对他们打开，再也没有什么限制了！什么都可以读了！拜

---

1. 英国图书馆的书籍分类，青年读物（Young Adult，简写为YA），目标受众的年龄限制为从十五岁以上到二十出头。

拜小小青少区！所有的经典名著！科幻读物！恐怖小说！他们常常激动得不知所措。

28.最后，由于我用文字垃圾轰炸你们够久了而且我打的错别字堆积如山，留一则箴言给你们谨记：图书馆的工作人员可能无坚不摧，但是如果你不给我们咖啡因，书神保佑你，我们什么都干得出来。

那天晚上我和老公一起看了一部电影。挺过前几周的不确定性和压力后，能放松一下真好。

我没有注意到的是，我的手机一直在震，送来一条条消息。

第八章 ->>

火了

三月日均访客：94 人

三月日均问询：40 次

三月日均打印页数：99 页

三月暴力事件：3 起

儿童活动出席率：77%

三月日均复印页数：66 页

三月总计免费提供给公众的手表电池：38 块

三月总计免费提供给公众的宠物粪便袋：6 箱

三月总计损坏 / 丢失书籍：24 本

三月总计免费提供给公众的卫生用品：31 盒

未完成任务记录清单天数：7 天（无特别理由——

"这样不行，我们必须每天都完成这些清单的

记录。"——琳达）

三月填写的书本索取表格：145 张

三月总计免费提供给公众的食品垃圾袋：5 箱

三月总计获得书本捐赠：1 箱

成人活动出席率：60%

The Librarian
Allie Morgan

2019 / 03 /

一千多条未读消息。

我盯着自己的手机，瞪大双眼。是推特小蓝鸟没错，但它的通知计数系统铁定是出了岔子。

刚早上六点钟，我已经收到了两条朋友的短信，一大堆脸书私信，甚至电报[1]上的推特心理健康互助群组里消息也爆了。

"妈呀你看看那些数据！"

---

1. 电报（Telegram），也称 TG，与前文提到的推特（Twitter）、脸书（Facebook）一样，是国外网民常用的社交软件。

"史蒂芬·弗莱[1]关注你了！"

"你上新闻了。"

"尼尔·盖曼[2]转了你的推文！"

我打开推特，仍然是目瞪口呆的状态。

一夜之间，我昨晚等饭煮好时顺手发的第一条推文就已经获得了七千多个赞。我发的最新一条相关的推文被赞了一万五千多次。

有一万五千人不仅看见了我发的那些图书馆相关的推文，还从头到尾看完了，还点了那颗小红心以示支持。

一、万、五、千。

"你还好吗？"我老公问，而我仍盯着手机一脸难以置信。"你尖着嗓子奇奇怪怪地叫了一下。"

我没说话，给他看了我的手机。他两眼一眯。

"我还没戴眼镜呢……"他咕哝道。

"我……我的推文好像火了。"

"火了？"

"就是说……被赞了一万五千多次。"

用我老公的话说，他不是"玩推特的"。他虽然有个推特账号，但是我估摸着他也只有三个关注吧。

发这些推文之前，关注我的大概不到一千人，而那天早

---

1. 史蒂芬·弗莱（Stephen Fry），生于 1957 年，英国著名喜剧演员、作家、电视主持人。
2. 尼尔·盖曼（Neil Gaiman），生于英格兰的犹太裔作家，写作领域十分广泛，包括奇幻长短篇小说、漫画、视觉文学及剧本等等，代表作有《睡魔》《好兆头》《美国众神》等。

上，我的关注人数蹿到了一万一千。我盯着屏幕看的时候关注数还在涨。

"你看一下这个数字，"我和老公说，"还在涨。"

"这是现在正在发生的事？那些人正在关注你，就在此时此刻？"他问。

"对。"

"我勒个大牛。"

"是的！"

*

我保守秘密一向不太在行。以前我还能把工作和私人生活分得很开，直到我精神崩溃了。

崩溃之后，我的私人生活完全压垮了工作和生活之间的平衡，摧毁了我的职业生涯、我的尊严，更是抹去了我试图在公共场域扮演一个神志正常之人的任何可能。

这个过程并不是循序渐进的，至少不是在临近爆发点的时候。我当时开始在工作的时候头疼，之后就变成偏头痛，然后变成失眠。

我对付这些杂七杂八症状的手段就是大吃止痛药，大喝浓缩咖啡。

然后我就开始出现幻觉。

如果你小时候就出现过幻觉，尤其到我这种程度，就会被形容为"想象力丰富"[1]。如果这些幻觉已经到了让你夜不能寐的地步，就会被称为"梦魇"。当然，如果你也认同它们真的不过如此，这些症状便会逐渐消失。你估计会觉得，这是因为你长大了，不再会有这种幼稚的体验。然而事实上你只不过是在压制着它们，就好像你在压抑着你经受的创伤一样，直到你意识不到它们的存在。

偶尔会有那么一两次露馅儿。比如你闻到一丝某个牌子的香烟味时忽然就绷不住哭了。但你会把这件事怪到激素头上。又比如你在路边看见了一堆兔子尸体，但你觉得不过是疲劳在作祟罢了。

可是，几十年之后，当我看着同事的脸开始融化，逐渐变成一张陌生又熟悉的脸孔时，我知道止痛药和浓缩咖啡也靠不住了。

其实读大学的时候有过警示信号。有一天我不得不上课上到一半就离开，因为我开始觉得讲师是直直地冲着我一个人说话（就冲着我一个，在坐着百来个学生的大讲堂里），而且就快要越过课桌扑过来勒死我。我当时早该有点先见之明，把这件事当作线索的。

后来也有怪事，就是有一天晚上，我和老公舒舒服服地待在一起，忽然就大哭起来，因为有一瞬间我毛骨悚然，确信我

---

1. 在这里原文作者用了荣格心理学的专业名词"积极想象"（active imagination），也被称为"清醒地做梦"，指让自己在清醒的时候陷入狂野的想象，以捕捉潜意识的内涵。此处文意旨在正常化孩童的幻觉症状，故而没有采用学术名词。

们家客厅门口站着一个男人，手里正拿着牙钻。

我创伤情结的复杂真相最终浮出水面，是当年我在一个牙科正畸医生手下受过虐待，他之后被开除了。香烟的事是因为我童年时另一位施虐者最爱抽这个牌子的烟。

不过今天我努力维持公众人设的最大困难并不是上述症状。至少不是我创伤后应激障碍情结所导致的病症。

而是一种强迫症。

我傻头傻脑地一直把手机放在口袋里。这该死的家伙一直震个不停，哪怕我已经关掉了推特的推送通知。

午餐休息的时候，我账号的关注已经涨到了一万三千。几家报社也发现了这一系列推文，又带来了新一轮的转发。由此开始，事态一路高歌猛进，已经火爆到了我未曾设想的地步。

"好消息？"我放下手机的时候亚当问我。

"嗯？"

"你都藏不住笑意。是有什么好消息吗？"

"哦！"我犹豫了一下，"对对，也就……家里的事。"

"真不戳（错），"他一边嚼着满嘴的香肠卷一边回我，"工作日听到好消息总不赖。"

他继续读手里的报纸去了——是《罗斯科里邮报》的最新一期。今天的头版头条：《矿工福利中心工友于议会大楼外举行抗议活动》。

*

几乎没有什么工作会像在图书馆这样让你没法不接地气。

午休结束后，我接待了一位被雨淋了个透的妈妈，她看起来压力很大，是来还书的。她从儿童推车里拿出了一大摞育儿书籍，而我在把这些还来的书一本本扫进图书馆系统的时候，她又继续从儿童车上挂着、附着的各种包和口袋里掏出了更多的书。

说句实在话，我一直很佩服家长能在自己的童车里装下这么多东西。

当她给我递来一本精装书（书名大约是《儿童饮食料理》）时，我留意到上面沾了一小团泥。

她的视线紧追着我的凝视。

"啊哦，不好意思。"

我摇摇头："没事。"生活难免。泥点子也难免。今天天气本就十分糟糕，刮风下雨的，一路上她兴许得蹚过好几个泥塘子。

我抽了一张纸巾把书面擦了擦，忽然闻见了一股气味。虽然只是很轻微的一丝，但味道非常冲：我只能说这气味很类似放了一周的、用咖喱煮过的抱子甘蓝。

我还在拿着纸巾擦书，猛地想通了这是什么，不禁僵住了。

这不是泥点子。

"这是……呃……泥巴吗？"我问她，心里想：求求了一定要是泥点子啊。

"我借来的时候就这样了！"她忽然提高了嗓门，手忙脚乱地把童车上的口袋和挂着的包裹全拉上，其中包括一个像是装尿布的袋子。

我盯着我的手指，上面再明显不过地沾着一团孩子屎，她飞也似的逃离了现场。

下面这条规则就再明显不过了，但如果你想顺顺利利地挺过图书馆的工作，还是最好将其铭刻于心：洗手。勤洗手。书本和孩童都是传染病的完美媒介。不要想太多，记得一直洗手就成。

"还好吗？"亚当在一侧关心道。

"我们需要……抗菌喷雾，"我死盯着沾了屎的桌面说，"还有抹布和消毒水，我去拿。"

我在擦拭工作台面上的人类粪便时，忽然在想，我推特新涨的关注会不会也只是一时热度？一周两周之后，这些新粉丝还能剩下多少？我一夜成名之后，这些支持能持续下去吗？还是我这篇推文的热度只是昙花一现，两天之后就会凉个透？

然后我又开始审视自己这份新工作合同在流程制度方面的情况。现在我说白了签的还是零工时合同。当然了，我的排班也足够满，至少接下来的几个月不用发愁，但几个月之后呢？我是不是要打电话给各个分馆，向他们挨个乞讨工作？问题是我能讨得到吗？

我在不确定性的复杂乱流中浮浮沉沉，偶尔会猛地一震，想起自己不管用口袋里的手机发什么推文，都还有一个一万三千的强大粉丝群（而且人数还在涨）等着看。这情况真是又奇怪又令人啼笑皆非，一会儿为自己的工作能否持续而发愁，一会儿又因为毫无保留地讨论这件事而得到支持。

我会控制不住地隔一阵子就溜去员工洗手间，趁机快速看看手机上的消息。我不停收到许许多多的私信。世界各地的图书馆员给我发来消息，表达他们的支持和团结。我逐渐明白，罗斯科里图书馆之战是一个缩影，映照出全世界各个图书馆都面临的困境：即深切关心图书馆的服务和访客的人，与日益受到资本主义和消费主义文化侵蚀的管理层之间，持续的矛盾。

就算回到家，我也来不及看完全部的私信。相似的场景一遍又一遍地重复着：同是在图书馆工作的人给我发来消息，表达自己同样对图书馆这一服务系统的未来忧心忡忡。大家为来图书馆寻求服务的人群担心，因为这些人往往都来自社会中最弱势的群体。他们担心这些用户相对来说人微言轻，没什么话语权，而大家工作的压力也越来越大，想要创新，预算却越收越紧，而且已经对图书馆的服务产生了毁灭性的影响。很多规模较小的分馆面临着进一步的缩减，甚至会被整个关掉，许多员工也要么被解雇，要么无法再为有需要的人们提供帮助。

得知世界上还有成百上千个像艾米莉、亚当、我一样的人，未尝不是一种安慰。我们关心的不只自己的饭碗，还有图书馆这个概念本身：图书馆应该是安全的、分享知识的地方，最重要的是应该成为促进社会平等的重要场域。

我在日常记录里有时会写几个简要的分点，有时会长篇大论写上好几段。但我知道这一切都是有意义的。我们这些人虽然素不相识，但有共同的使命，而且从我这条傻里傻气的小推文下面一条条回复就能看出，我们也相互支持着彼此。

我渐渐明白，是有人真正热爱着图书馆的。他们可能是图书馆的常客，或是从小就泡在图书馆里，会真正地感受到图书馆的魔法。就像我小时候一样，也就像现在的我一样。

我们要拯救图书馆。

那天晚上，我提笔写下了一篇类似宣言书初稿一样的文字，或至少算一份信念声明。

现今社会，资本主义泛滥横行，让我有一种感觉，即似乎我们花时间帮助别人，无论是帮助陌生人还是朋友，都是愚蠢而徒劳的。

最近我也愈发会如许多人一样，将善意和软弱、愚蠢混为一谈。这也意味着他人会不敢再寻求帮助。要是所有人都机械地忙于工作，人与人之间的交集就很难有人情味。资本的世界里，如果你做交易时不按既定的程序走，就会被认为是在生产过程中浪费了时间。

我并非要责备同事们按小时领工资。天杀的，我甚至不责怪图书馆的同事以这种方式工作。我们都有不得不完成的任务指标，更不会因为花时间提供一对一帮助而得到嘉许。

现在所有事情都围着数据打转——但想想看，一个诸事不顺的人若是能和别人有哪怕长一点点时间的交流，他／她的生活质量能有多么大的改变啊！难怪我们中许多人的心理健康状况堪忧。难怪我们诸事不顺，苦苦挣扎。

虽然大家正面临着愈发严重的经济压力，但我们也是时候要严肃地审视一番，如此摒弃人与人之间的沟通交流，让我们的健康和生活幸福付出了怎样惨痛的代价。我们如今，都成了时间上的穷人。

真的应该更多地激励护理行业的从业者！他们的工作才是重中之重！是他们的工作让大家能够活着！护工要加薪；护士也要加薪。他妈的要让这些人的工资超过政客、CEO、足球运动员。应该以基层为优先。想想我们需求的先后层级。

我们能活着是靠谁？谁给我们饭吃？谁让我们有地方住，又是谁保障我们的安全？那就首先重视这些人的价值。收益的考量应该放在一切的最最最后。

图书馆并不是免费的。你纳税就已经是为图书馆付了钱。既然你付了钱，我们就不应该要考虑收益的事情！

我当时似乎已经拨开云雾见青天，或许这也标志着我思想上的重大转折。长久以来，我一直觉得，脑子里住着妖精就是我自作自受。但事实上，我们又不是一个个漂浮的脑子，与世隔绝地活在自己的泡泡里。

回溯往昔，我的精神崩溃其实在所难免。我忽视了自己需求的先后级。我也掉进了相同的陷阱，将生产力的价值放在了人性之前。曾经摧毁过我的这种认知，目前正威胁着一项对社会幸福而言至关重要的公共服务系统，使其岌岌可危。

若是图书馆和社区公共空间不复存在，我们的社会就会陷入病态。

第二天晚上，我去见格雷厄姆，在我们开始 EMDR[1] 之前，我跟他讲了讲我近来的这些想法。

我不得不佩服格雷厄姆，他在听的时候表现得几乎和我一样激动（至少他就算装也装得很真）。过程中还时不时会让我暂停片刻，谈论起我表达出的热情、我情绪的好转，甚至我最近严重症状发作次数的减少。

接下来我们准备正式进入 EMDR 时间。

许多人一想到心理治疗，可能就会脑补出类似弗洛伊德精神分析对话的画面：参与治疗的一方（病人）陷坐在椅子或者沙发里，以一种近乎自恋的方式，大谈特谈自己和母亲之间的关系，每个细节都不放过。

当然在以谈话为媒介的心理治疗中，的确有的过程会需要大量的对话与自省，但这些往往会以咨询的方式进行，或者是在为后续更硬核的治疗方法做铺垫。

所有经历过 EMDR 治疗模式的人都会异口同声地告诉你：这事他妈的太艰难了。

EMDR 是"眼动脱敏再处理"的英文简称，对于不熟悉心理治疗的人来说，可能是一种显得很奇怪或是神秘主义的治

---

1. 眼动脱敏再处理，简称 EMDR，又称"眼动身心重建法"，是心理学家弗朗辛·夏皮罗于二十世纪九十年代创建的心理治疗方式，主要用于治疗创伤后应激障碍（PTSD）。

疗方式，但其实这种疗法已经有几十年的历史，演变出了各种不同的形式。在这种治疗中，会有一个刺激源左右移动，病人的眼睛必须跟着这个物体移动，同时在一个受控的环境中回忆所受的创伤经历。

我第一次听这种疗法的介绍时，不禁想到了催眠师手里摇来晃去的摆锤，还有他们发号施令的声音："你现在感觉很困。"

格雷厄姆不用摆锤，而是一个治疗灯盒。这个装置倒不复杂，就是一排 LED 灯。每次治疗的时候，我会尝试用眼睛一眨不眨地跟着它们动。有时格雷厄姆也辅以一对蜂鸣器，一手拿一个。当灯箱中的 LED 灯亮到某一侧时，对应的蜂鸣器就会发出一声强烈的嗡鸣。

是的，感觉很奇怪；是的，看起来更奇怪；没错，我也不知道其中的原理是什么。

我所知道的是，每隔一周或两周，我最久都要坐上整整两小时，眼睛跟着这盏小灯移动。我们首先会对回忆进行一系列的刺激：这周有什么引发记忆闪回了吗？是什么呢？现在在脑海中进入那段回忆。感受那种恐惧，但不要任由恐惧支配……

几分钟之后，格雷厄姆就会将移动的灯关停，然后我呢，理论上说，就会"回到治疗室"，只要我不是完全陷入回忆而难以自拔。想要控制住自己不越线绝非易事，所以我们常常会用上好几轮练习着陆技巧，让回程容易一些。

然后我们就会分析这段记忆。感觉的强烈程度如何？是完全陷入回忆的再次经历，还是类似看电影一样？

举个例子，如果你每天去上班都会走一条固定的路线。路上会经过一块广告牌，你可能也会留意到上面的标志。你走过那条路的次数越多，经过那块牌子的次数也就越多，也就会越来越对上面的内容司空见惯，直到它渐渐融入你通勤路上的大环境，变成背景板。

这也就是重复以及再经历单段创伤记忆的基本原理（或者是重复多段记忆，如果像我这样，是复杂型创伤后应激障碍的病例）。眼球运动理论上是防止你在回忆时陷得太深，至少给我的介绍上是这样说的。我也早就坦白了，这种疗法的运行理论超越了我这个凡人的理解能力。

不过关于 EMDR 你需要知道两件事。其一是它确实有用。而且效果好得出奇。在接受格雷厄姆的治疗之前，我已经自暴自弃，觉得只要自己离开家，恐慌症就铁定会发作。我清醒的时候饱受记忆闪回的困扰，而我好不容易睡着之后，还会经历鬼压床，噩梦连连。缺乏休息的结果就是我出现了幻觉，一有什么声音我就会被吓到跳起。那时在我的世界里，我一只脚还陷在过去的泥淖，对当下的现实只有一丝微漠的感知。

现在呢？我都能工作了。我筹划活动，还在广播上谈论自己火爆的推文。

关于 EMDR 的第二件事就是它太耗神了。每次治疗，不管是半小时还是两小时马拉松，都会感觉时间过得很快，但那是因为你在不同的意识状态里反复横跳。我下面这句话说得绝对在理：在这种治疗中，病人要做的太他妈多了。要进入那种思想状态，最后还要让自己安全脱离，全都靠你自己一个人完成。你——也只有你自己——能描述出过程中的情绪和精神状态，并且为之打分，一次又一次。

每次我结束治疗之后，都会觉得自己已经累得要瘫倒在地，饿得前胸贴后背。在我要接受治疗的日子里，我和老公常常会安排我们晚上出去。我们会随便找一家自助餐厅，然后他就看着我狼吞虎咽，吃下去的饭足以让身型是我两倍的壮年男子都觉得有点撑。

尤其是这次治疗结束时，我已经饿得能吞下一整头牛，格雷厄姆总结时又同我说了几句，而我听了一两分钟还迷迷糊糊的。

"就随便问一句，"他重复道，"你刚开始接受治疗那阵，我们曾简单聊过身份认同的话题，以及你无法工作的状况如何损害了你自己的自我认同。"

我慢慢地点头，眼神还是没有焦点。

"你现在会觉得帮助别人，尤其是与图书馆相关的这些事，成了你自身特质的一部分吗？"

我想了想自己近来收到的信息，以及我在推文爆火引发几家媒体关注之后，被他们冠以"匿名图书馆员"这一称呼的事。想到这些心里还真有点小激动。

"是吧，我觉得没错。"

*

"比赛在即，"亚当边说边绽开笑颜，"还是很大型的哦。"

亚当、苏珊和我正一起挤在员工厨房里。苏珊揭起一张纸，底下露出一张设计精美、用亮光纸印出的大海报。

"烘焙大赛！"她大声宣布。"儿童成人都可以参加！就在这儿写着！"

海报上定的标题是"罗斯科里烘焙大比拼"，暂定的举办日期在两个月后，正巧赶上暑假。

"有三个参赛分组，"亚当指着海报解释，"儿童组、青少年组、成人组。参赛免费，而且大家都可以做评委！只要你花钱买一个小徽章，就能匿名给自己最喜欢的蛋糕投票。说不定我都能得奖呢。所得全捐做慈善！我们还会选用具有本地特色的材料。你觉得如何？"

"我觉得我们在宣传上要花大力气了，"我笑着答道，"艾米莉呢？她有什么想法？"

"这就是她的主意，"苏珊卷起海报，"我觉得要是咱们齐心协力多加宣传，肯定能办得很隆重。琳达也一起。"

"加我一个。"我应道。

"好嘞。"

苏珊将海报收好，亚当开始埋头猛喝他的午餐浓汤。同时我也开始了自己每日午休的例行仪式，就是继续运转自己被刺激过度的大脑，上推特能回几条私信就回几条。

有一条信息吸引了我的注意。

"您好 @ 臭脾气女巫。这里是 BBC[1] 第四频道的《今日访谈》[2]。我们诚邀您来就您的推文以及图书馆相关话题进行对谈。您可以将您的电话号码回复于此，我们将会安排后续事宜。"

我差点儿没被嘴里的三明治噎住。我咳了几咳，清了清嗓子。

我点开发信人的个人推特界面，再次核对了她的个人信息。她名字后面有个小蓝钩，说明她相对而言是个公众人物，而且推特也核实了她的身份信息。

不是开玩笑的。

我和她互换了电话号码和电邮地址，答应她一结束值班就给她打电话。然后就头脑发热地飞快发消息通知了我妈妈和我老公。

这一切都发生得安安静静，当时我同事就坐在我正对面，咕咚咕咚地喝着他的鸡汤。我的手机一直在疯狂震动。

嗡嗡，嗡嗡。

"我的天！！！他们什么时候安排你上节目呀？"我妈妈问。

"应该就明天上，"我回复，"我明天不值班，所以有时间去演播厅。"

---

1. BBC 是英国广播公司（British Broadcast Company）的简称。
2. 《今日访谈》（Today Programme）是 BBC 第四频道最受欢迎的新闻类节目，成立于 1957 年，每周听众达七百万之多。

"哦我的天！"后面是一大串我妈妈发短信断句时常用的表情符号。这条后面是一个礼炮、一个气球，甚至不知怎的还有一张小猫笑脸。

嗡嗡，嗡嗡。

"快去找伊凡·戴维斯[1]要签名。"一分钟后我老公回我。

"他人在伦敦呢。"

"这样嘛……那叫他们给你寄一张。"

"我试试看。"

"能给我递一下纸巾吗？"坐在对面的亚当问。

"嗯？哦。好的，当然。"

嗡嗡，嗡嗡。

"你今天是个大忙人啊。"亚当评了一句。

我笑开："还真是，抱歉。"

*

我抵达了格拉斯哥太平洋码头的 BBC 大楼——一栋玻璃外墙、坐落在克莱德河畔饱经风霜的巨大建筑——早了整整两小时。

我本打算去附近的咖啡店买杯咖啡，但无奈胃太不安分，

---

1. 伊凡·戴维斯（Evan Davis）生于 1962 年，英国著名经济学家、记者、BBC 主持人。曾在 2007—2009 年间主持过《今日访谈》。2018 年起担任 BBC 第四频道《午间新闻》（PM）的播报工作。

勉强啜了几小口清水就再吃喝不下了。于是我便找了一张能鸟瞰河面的长凳坐下，虽然阳光正好，但从水面上吹来的海风打着旋儿，仍是把我冻得不轻，对着手机坐立不安。

我的联系人是一位现驻伦敦的女士，她和善优雅，和我通过几次电话，还用短信给我发了楼内安保要求的说明列表。但我仍有一丝丝怀疑，感觉整件事还是有可能在为一出夸张的恶作剧铺路。

我活到现在，不是在听第四频道，就是在听第四频道的路上。我印象中的第四频道录制现场应该遥不可及，而且充满魔法，每位播音员讲起话来都像女王的演讲一样，而客座嘉宾要么是高层政客，要么是社会名流，要么是位行动迟缓的老教授，深居象牙塔，对古老的岁月侃侃而谈，身披粗花呢套装，嘴里还叼着烟斗。

与总台相比，BBC 的苏格兰分台给我的感觉类似一个年轻而不服管束的兄弟。分台的大楼本身就不像个"英国官方机构"，而充满一股"赶时髦工业化创业基地"的味道，尤其在我进去之后感觉更甚。

我领了名牌（上面有三个不同的拼写错误）之后，偷偷摸摸地拍了一张照片然后发给了我妈妈。她今天一直在给我狂发消息，当然我也一样。当我告诉她采访我的确定会是伊凡·戴维斯没错时，她回了我一个爱心眼的微笑表情，还有一个挥手表情，我猜应该是表达开心吧。

如果你没去过录音棚（我在那之前也没去过），它大概就是个隔音非常好的密闭房间，里面设有一架麦克风。房间里的空气流通非常好，就好像坐在充满干棉花的盒子里一样。在经历之前你完全不会想到，纯粹的安静会如此地让人焦虑不安。

我发现就连我脑子里的妖精们，平时一直喋喋不休的那几位，都一声不吭了。

我还在公司工作的那会儿，有次被安排在一次电话会议上作报告，内容是说明给我们部门增加预算的理由。我花了几个星期准备、排练，精雕细琢，直到我差不多有信心能讲得不出差错了。结果在打电话的前一分钟我开始口干舌燥。电话打到五分钟的时候我已经完全发不出一点声音了。最后我只能在电话中途找借口离开，跑去了最近的饮水机那儿。这段回忆仍会让我感到反胃，脸也在不适中微微战栗。

现在坐在录音棚里，熟悉的口干舌燥感又袭来了。我舔了舔嘴唇，确认陪同自己的保安离开之后，从包里偷偷拿出一瓶水。我敢打包票，调试设备音量的技术人员绝对将我咕咚咕咚的吞咽声听得一清二楚，但谢谢这位好心人对此只字未提。他只是持续地通过设备和我说话（按这个按钮听我自己的声音，关掉就是静音，不要摘耳机，在"直播中"提示灯关闭之前不要离场）。

当伊凡·戴维斯首次问候我的时候，我有一瞬间头晕目眩，灵魂出窍，脑子里只剩一个想法：我一定疯了，电台上那位先生现在居然在对着我说话。不管那天值班掌管人间的是哪位神明，我都好好谢谢您，谢谢您让这次采访是预录的，因为我确信自己话中的焦虑情绪能在千里之外的伦敦被听得一清二楚。

顺带一提，戴维斯的职业能力无可挑剔，使人安心的能力更是一绝。采访全程更像是一次友好的闲聊，感觉还没过几分钟就结束了。

我必须承认，在图书馆工作生涯中遇上的所有快乐事里，听伊凡·戴维斯先生逐字念出我的推特网名（"臭脾气，就是脾气臭，女巫，就是……女巫。臭脾气、女巫。"）绝对能排进前五名。我会将这段记忆带进坟墓的。

当然了，因为这次广播采访，我的推特又涨了一大波粉。但对我而言，最有意义的是祖母打来的一通电话，远远超出所有的转发和世界各地的粉丝给我带来的意义：

"艾莉，真希望你爷爷还在世，能看见这一切。他绝对会高兴得热泪盈眶。他一定会为你感到骄傲的。"

我祖父聪慧风趣，<u>童心不泯</u>，对孙辈向来不吝啬他的夸奖，对我们个个都寄予厚望。我真的太爱他了。他以前会在我去看他的时候，把科学、文艺、技术杂志里的好文章都裁剪下来，收集在一个塑料袋里装好给我。是他给我买了我人生中第一套泰瑞·普莱契[1]的书，和我轮流读，之后还给我买了《哈

---

1. 泰瑞·普莱契，全名泰瑞·大卫·约翰·普莱契（Terence David John Pratchett），英国著名作家，尤擅奇幻文学创作，笔锋犀利，善于讽刺。其代表作《猫和少年魔笛手》（The Amazing Maurice and His Educated Rodents）曾获英国卡内基奖，另著有《碟形宇宙》（Discworld）系列小说。

利·波特》全系列，以及许许多多其他讲魔法和珍奇异兽的小说。就是他和我的父母一起，点亮了我幼小的心中热爱图书馆魔法的火种。

祖父过世时，把他收藏的所有精美的帕克钢笔赠给了我，因他知道我爱写自己的奇幻故事。

我希望不管他现在何处，都能收到第四频道的信号。

第九章 ->>

知 识 的 圣 殿

四月日均访客：103 人

四月日均问询：38 次

四月日均打印页数：95 页

四月暴力事件：1 起

儿童活动出席率：85%

四月日均复印页数：70 页

四月总计免费提供给公众的手表电池：29 块

四月总计免费提供给公众的宠物粪便袋：7 箱

四月总计损坏 / 丢失书籍：19 本

四月总计免费提供给公众的卫生用品：33 盒

未完成任务清单天数：0 天（"很有进步，请继续就记录任务清单的程序对替班员工进行培训。"——琳达）

四月填写的书本索取表格：202 张

四月总计免费提供给公众的食品垃圾袋：4 箱

四月总计获得书本捐赠：3 箱

成人活动出席率：75%

建筑维修总计报修次数：7 次

已完成的维修：1 个

未处理的报修：6 个

The Librarian
Allie Morgan

"不好意思，我儿子拉裤子里了。"

图书馆的工作就好像在做梦，一切都很离奇，一切都无法预测，在所有大家认知中的现实层面都不会有这样的事。你可能上一秒在卖抽奖券，下一秒就在安慰饥肠辘辘的单亲妈妈，尽管如此，普罗大众还是有办法让你大吃一惊，困惑不已。

我先是和她解释了图书馆会为父母免费提供应急的尿不湿（都是员工出于必要捐的），又告诉她，若是要给您正在光天化日下拉得凶猛的孩子换尿布，书架实在不是个合适的地方，最后叹了口气，拿来了体液处理工具箱。

每家图书馆都有应对体液处理的专门程序。要说这个程序触发得有多频繁，估计得吓你一跳。

或者也吓不着你。

还记得那条"不伤害别人，也别任屎沾身"的准则吗？我应该在此补充一下，有时候"屎"真的是字面意思，而且你还避无可避。抱歉。

*

在接受了第四频道的采访之后，我的推文得到了更多新闻媒体的报道，甚至被发在了几个爬取推文的"标题党"网站上，感觉这些网站上的内容就是从社交媒体上复制粘贴来的，一字不动而且往往也不注明出处。在这群乌合之众中，《太阳报》[1]的报道居然称我为"某先生"，后来改成"某男子"，最后改成"某人士"，尽管后来他们通知说已经改正我的称呼。

当然该有的署名权也会有，有几家网站在报道撰写发表关于我的推文和图书馆相关故事之前，也征求了我的同意。甚至有的还允许我追加评论和更正，其中包括——让我又丢人又雀跃的——薇儿·麦克德米[2]对我某条关于图书馆和书店

---

1. 《太阳报》（*The Sun*）是默多克新闻集团旗下的小开型日报，在英国销量首屈一指，但有批评称其内容及编写手法低俗、煽情、不专业，且受众多为中下阶层保守党支持者。
2. 薇儿·麦克德米（Val McDermid），生于1955年，苏格兰小说家，曾在格拉斯哥和曼彻斯特报社担任记者，后全职写作，在犯罪小说方面尤有建树，代表作《人鱼之歌》。

作者见面会推文的纠正，当时我立刻就把她的更正转在了我的原推文下面。

我闲下来的时候基本都在回私信和应答咨询更多信息的要求。我又接受了一次第四频道的采访，是苏格兰广播电台的电话采访，和上次相比要随意很多。过程中只有我从救助中心领养的小猫咪来小小地捣乱了一下，我家猫主子坚信她是我生的，我到哪个房间她就跟到哪个房间，一直喵喵叫着吸引我的注意。

这期间，罗斯科里烘焙大比拼的准备工作也在紧锣密鼓地进行着。又是亚当联系了本地的烘焙连锁店，总店老板答应我们会来参加活动，做我们的"专业评审"，也就是来的时候打条领带。亚当还联系了本地的几家超市，他们同意为我们提供一些烘焙主题的奖品，有烤盘啦，糖霜包啦，木勺子啦……五花八门，应有尽有。

我制作了一系列"请帖"，大小刚好能夹进书里，在出借书本时候就把这些请帖夹上。我甚至在要寄还给本地区其他分馆的书里也偷偷夹上了请帖。

大家都心照不宣地达成了一个共识，就是这场烘焙大赛不单会是我们推广图书馆的良机，也能同时向管理层挑明，我们分馆要是没了海瑟和菲比这对拦路虎，就一定能蓬勃发展。若是我们积极主动的争取能有所成效，工作在第一线的员工们日后说不定能有更多自由。

琳达告诉我们，目前罗斯科里的访客和管理数据已经让这间分馆不再面临着被直接降级的危险，因此资金和员工数目也暂时不会缩减。不过如果我们不满足于仅仅把头浮在生死线上，那前方还有不短的征途。

我、亚当和艾米莉一直认为，当下最主要的问题是人们（尤其是青年工作者、在读学生和未育有子女的年轻人）根本不知道罗斯科里图书馆的存在。我们试过在门口支了一块板子，上面写着"图书馆现正开放"，来的人就翻了一倍，其中有许多都表示很惊讶，说他们之前完全不知道罗斯科里还有一家正儿八经的图书馆。不过后来那块板子被天气给糟蹋了，最终烂了个透。不过这就能证明了我们的观点：整个社区大众好像对图书馆的存在有种集体性的失忆。

我们需要让大家知道他们错过了什么。

我也偶尔会想要不要在推特上公开身份。那时我已经有了一万五千粉丝，其中许多还是很出名的作家和其他公众人物。想想看，要是我在上面发了烘焙大赛的时间日期地点，能火成什么样子呀……

虽然想起来很有诱惑力，但其实并不可行。我现在能随心所欲地发表自己的观察，依赖的唯有安全和匿名这两个前提。我们本地的政府机关对社交媒体和公关发言的管控很严格，规矩繁多。我们已经和区议会的公关团队结了梁子，因为我们追着他们管区议会脸书账号的那位同事，要人家帮忙发烘焙比赛的宣传。哪怕那位可怜的同事屈服了，答应了我们持续的恳求，发出去的文案肯定也会淹没在一片充斥着各种公文腔调的废话里，被账号上不断更新的大量事件吞得毫无影踪。

图书馆管理层一点也不懂社交媒体的运作算是个板上钉钉的事实。在他们眼里，没必要为范围广阔的议会辖区内的各个分区单独开设更具地方特色的脸书或推特账号。反正消息都发到网上去了嘛！没人关注又怎样？反正一天能发三十条推送，上面宣传的缺访客的图书馆、休闲中心、社区活动中心离目标受众有三十公里都不止。

我本以为没人会像海瑟那样喜欢操作程序和规章制度了，结果她和图书馆高层的公关部比起来是小巫见大巫。每一条推文、每一篇帖子、每一份公文里的每句引文每行文字都要在一群律师和官僚的手底下细细审改，他们的工作就是把字里行间的所有人气和乐趣都吸个干净，然后把这些文字变得含糊不清、毫无意义，和审核委员会的会议一样死气沉沉。等你的宣传文案、广告、简简单单的通知在这样的流程里滚了一遭之后，你的活动都结束了。

就好像图书馆的其他事一样，成事的唯一方法就是悄悄剑走偏锋。

毕竟奶奶说得好，事后求原谅比事前求许可容易得多。

*

祸不单行。我爸爸总是把这句话带着脏字挂在嘴边，现在我不得不承认，我也这样了。

在我难得空闲的一天，我得知了奇多被杀害的消息。我在本地报纸的头版上认出了他的照片，立刻抓起一份看了起来。

那天晚上他回家稍迟了些，刚在图书馆和另一位常客聊了一会儿，之后又去了趟附近卖薯条的店。折磨了他好一段时间的那群年轻混混聚在他公寓楼的入口处。他低着头，然而不幸的是，他停不下来的自言自语把他推向了万劫不复的深渊。

我不知道究竟发生了什么。我只知道奇多是永远不会主动挑衅那些年轻人的，那群混混都是醉鬼，事发那会儿还在喝个不停。他向来是温柔又不安的一个人啊。

他们打了奇多。其中一个人还使上了玻璃瓶。奇多死了。

失去哪位常客都不是件好受的事，而奇多的死过于悲惨，引起的余波总会以不经意的方式在生活中浮现。

每当有人要求使用奇多以前常用的电脑时，我们都会犹豫再三——那台电脑仿佛就已经是属于他的了——这种犹豫持续了好久，尤其是在他以前常来的时段。

报纸上写，奇多在状况欠佳（我觉得是指他精神上患病或受创的委婉说辞）之前，曾经是一位 IT 专员，和女朋友合租了一间公寓，事业和生活都蒸蒸日上。

图书馆的其他常客也开始会小声交谈起奇多的事。我虽然没有特别打听过细节，但随着时间流逝，我逐渐能从听来的只言片语中拼凑出奇多的一生。

我很想知道曾经究竟发生了什么，让他从 IT 专员约翰先生变成了现在大家口中会喋喋自语的奇多。我只知道那件事让他堕入了酗酒的深渊。他用酒精麻痹自己，以对抗一天天摆脱不掉的焦虑情绪。他租不起那间公寓了，女朋友也离开了他。

不过后来，他父亲因饮酒引发的疾病而亡故，他便决心要戒酒。戒酒的过程中他的精神状态也逐渐有好转的迹象。他不会再不受控制地一直喋喋不休了，而只是有时会小声自言自语，我后来听习惯了，几乎说得上有点喜欢。

他想搬出自己栖身的区议会小公寓，那间屋子里充满了他酗酒、用药，当然还有暴力的痕迹。

他身死之时，名字已经被加进新居所的等待名单了。我们在图书馆给他的帮助，让他重拾信心，联系上了本地的社工寻求改变，想追回他之前已经放弃的生活。虽然他工作申请的结果最好也不过是止步于面试，但他在图书馆交到了一些朋友，支持并鼓励着他戒酒、保持清醒，和他分享经验，交换联系人信息。

在图书馆工作的那些准则其实对访客们也同样适用。图书馆里的人是和书籍一样重要的资源。这条准则时不时就会冒出来被印证一下。

后来的生活让我明白，奇多的故事其实并非个例。不少常来我们馆找工作的长期待业者都有身体残疾，有些也曾是瘾君子，还有的深受精神疾病的困扰，没有办法正常工作，但又没有严重到能被就业和养老金部批准领取救济金的地步。他们中的许多人都在积极努力摆脱不利的处境，几乎每个人都正在等待名单上，期盼着能获得更好的房子、培训、支持、治疗和健康医师。同样，也几乎是每个人都有过创伤经历，就和我一样。

并不是他们在虚度光阴。他们终其一生，都在眼睁睁看着自己的大好光阴被千人一面的政府官僚和繁文缛节白白虚掷。若是能在多年前得到帮助，或是有渠道得知如何申请自己本身就有权获得的帮助，他们中的很多人本是可以参加工作的。我们中的大多数人根本无法想象他们经历了什么，而本应该给他们提供帮助的体制，又是怎样陷他们于失望无助的。

这就是需要图书馆的人们，而他们在图书馆和议会资源分配问题上最说不上话。他们理应得到更好的对待。

*

上头下了通知，海瑟要回来工作了：她先开始每周工作两天，然后每周四天，最后恢复全职工作，就从这周开始。

那天下午得到消息后，亚当、艾米莉和我在储藏室开了个紧急小会。我们觉得海瑟应该经常会待在她的经理办公室里不出来（就像她请假前的老样子），但还是要小心为好，先把我们的宣传活动压一压。我们决定采用"花式否认"的战术。不过海瑟迟早会发现我们在筹划的烘焙比赛，而参照她辉煌的业绩记录，她肯定会不遗余力地在规章制度里找出理由把活动扼杀掉。

还没有人知道菲比的消息，真是谢天谢地。这样一来，要想让海瑟完全注意不到我们的计划就容易了许多，不用同时应付在一旁不停挑刺的狩猎螳螂。有小道消息说菲比向上级正式投诉了海瑟和琳达二人，居然说是这两个人营造了"充满恶意的工作环境"，让人哭笑不得。也不知道菲比知道海瑟就这样被哄回来官复原职后会有什么反应，只能靠猜了。

第二天早上，琳达居然在六点给我发了一条短信，把我吓了一跳。

接到报告称今早图书馆遭受了一定程度的破坏。我虽无法到场，但请务必小心，到达图书馆之后尽快报警。未触发任何警报，因此排除有闯入者的可能。注意安全。

那天清早又黑又冷。夜里刮起了猛烈的疾风，一直号到天大亮都还没歇下来。雨扑打在我的眼镜上，糊成一片，最后我进图书馆的时候只能摸索着去找警报控制板。

周围冷得滴水成冰。我脚下好像踩着了什么碎碎的东西。

地上闪着光，全是小小的玻璃碴子。屋里的地毯和所有平面上都铺满了碎玻璃，一寸都未能幸免。再加上灌进来的寒风，感觉整个图书馆一夜之间长出了一窝子寒霜。

是一楼的几扇窗户被砸碎了。

我踮着脚尖走到柜台，扫开覆在电话上的玻璃碴打电话报警。等我机械地报告完作案情况之后，就联系了琳达，她简单地扔给我一句"你看着收拾，尽快让图书馆开始安全营业"。

我冻得直打颤。冷风吹着地上的玻璃碴子，一时又"卷起千堆雪"。

我一路艰难开道走去了员工休息室，玻璃已经卡进了鞋底。

接到通知说封窗户的维修工就在路上了，我只要对付碎玻璃就成。

我关上逼仄的员工厨房的门，开始烧热水。

在遇到看上去难以完成的任务或难以克服的困境时，我就会这么做：泡茶。给自己泡一杯，给任务泡一杯。邀请它进来坐坐。听起来好像疯了一样，而且要是你这么说，我可能也同意，但这么做能避免我陷入长时间的沉思，也能为我的沮丧情绪找到一个出口。我可以自信满满地告诉你，我这个泡茶仪式可是百分之百经过心理治疗师认证的，至少我自己的治疗师说没什么问题。

你邀请困难进来，和它们一起坐下，喝茶，直视着它们的眼睛直到它们消了气焰。明明白白地告诉它们你的打算，以及你即将怎么一步步去实现。这样一来，你就非得想出一个解决的法子不可，就算只是模模糊糊的初步计划也行。效率什么的先不管。

我告诉对面的茶杯，我打算拿吸尘器对付地上的碎玻璃碴，然后打扫台面上的碎玻璃，之后再吸一次地。我是不会被你打倒的。逼到万不得已的时候，我空手也要把这些该死的碎玻璃捡干净。我是不会被这件事打倒的。

杯子冲我飘蒸汽，几乎在嘲笑我。

"你觉得这就糟透了？"我质问它。"你觉得这就能让我绝望了？我可是个疯女人。要想打倒我你还得再加把劲儿。我可正冲着茶杯讲话呢！我什么事做不了？！"

我喝完了茶，拎起对面的茶杯把茶水一股脑儿倒进水槽里。我自己的净化仪式就完成了。（在家的时候我一般会等茶凉了再倒，用它去浇花。）

*

讲到这儿，我觉得也差不多是时候提一提我推特网名"臭脾气女巫"里的"女巫"二字了。

我十二岁的时候，有个好心的朋友还是亲戚（我记不得具体是谁了），在得知我正经历一段对哥特文化"上头"的时期后（很显然我到现在也没有"下头"），给我买了一本玛丽娜·贝克[1]写的书，叫做《青少年女巫咒语手册》。封面是十分抓眼的亮橙色，正迎合了当时在世纪之交风头无二的大龄儿童中"非主流女孩"[2]的市场，上面的插画风格别致，字体也弯弯曲曲的。

可惜的是后来搬了许多次家，家中也几经变故，我这本书

---

1. 玛丽娜·贝克(Marina Baker)，生于 1967 年，英国自由民主党党员、记者、童书作家、模特、演员。
2. 这里的"非主流女孩"和汉语文化中的意思略有不同，英文原文是"alt-girl"，指平时着装风格小众、喜爱各种非主流亚文化，且一般支持左翼立场的年轻女性群体。前文"大龄儿童"的年龄段一般为 9—12 岁。

现在不知放去哪里了。但我仍能想起第一次翻看时被轻轻攥住心神的感觉，以及再次翻阅时的好奇探究，再后来便是多次阅读后的茅塞顿开之感。

回想起来，这本书可能算是我的引路人，向我介绍了女权主义，当然还有魔法。

书里写着"咒语"，具体说来就是一系列指引，排版和菜谱类似，都是和正值青春期的女孩子想要和需要的事相关的，比如缓解考试压力咒、"落雨咒"（咒如其名，就是让天上下雨的）、和平咒等。可以说是面面俱到，还有助于小读者们自主自立，内容充满善意，而且说到底带不来什么伤害。

那时我正经历着许多创伤，压力也很大，而这本书就像及时雨一样闯入了我的生命，使我在这些小仪式中获得了深深的抚慰，尽管这些咒语基本上没什么管用的时候。（讲真，在苏格兰这种成天下雨的地方还要什么落雨咒呢？）

我从这本书中领悟到的，并非是我或者别的小姑娘能凭一己之力影响天气或者带来世界和平。对我这个成长在无宗教背景下的孩子而言，它教给我的是有时仪式的确能安抚人心。有时候，向世界投出一点诚心，或是一分简单的意念（"我能睡个好觉"），如果带不来别的什么改变，至少能让一个小女孩心生一点点对自己生活的掌控感。

只有老天知道那时我生活中能掌控的是多么的少。

随着年岁渐长，青春期的那种玩世不恭逐渐占据上风，这本书也就被我塞进不知道哪个抽屉里吃灰去了。任何有自尊心的青少年都绝对会摒弃点着红蜡烛站在特定角度去召唤某种神秘力量这种行为。我那时候满脑袋科学，拒人于千里之外，眼里只有冷硬的现实。事实说了算，情感靠边站！

许多年来，我哪怕对着自己都不敢承认，做一些事情真的会带来巨大的抚慰：比如举着一块闪闪发光的小石头许愿，或是在丛林中寻找一根魔杖，或只是无拘无束地在某个瞬间相信自己只要足够集中注意力，焚起香就能改变世界。

我骗自己相信那些新的处事机制——各种形式的自我伤害、自我孤立，把自己埋进课业里直到牺牲身体健康——才是理智的，甚至是"正确的"。

我尤其清楚地记得，自己和CAMHS（儿童及青少年心理健康服务处）安排给我的心理健康护士见面治疗结束之后，坐在等待室里，一瞬间仿佛突然受到了什么外界的感召，觉得刚刚治疗过程中我们实行的这些着陆技巧、可视化训练、认知行为治疗和（后来被称为的）正念静观活动[1]，和我儿时当"女巫"时施许多"咒语"时的流程几乎一模一样。

我相信我们都有施魔法的能力，就好像流动在最棒的那些图书馆间的魔法一样。虽然我们可能不能动动念头就呼风唤雨

---

1. "可视化"（visualisation），是缓解焦虑情绪的一种心理治疗训练，主要利用想象来使得身心放松；"认知行为治疗"（Cognitive Behaviour Therapy, 简称CBT）是一种改变思想与行为的心理治疗，对于治疗抑郁症和焦虑症，包括惊恐症、恐惧症、广泛焦虑症、创伤后压力症和强迫症等的成效尤其显著，亦有助于处理暴食症及精神分裂症；"正观静念活动"（mindfulness activity）又称"觉察"，是一种心理过程，目的是专注于当下而不加判断，以冥想和其他训练发展而成。觉察源自念、禅、观和藏传冥想技巧。

或召来泼天财富，但我们确确实实有能力改变自己。我们本是纯粹质朴、原始自然的存在，只是沉湎于安慰剂和粗糙愚蠢的幻想之中。

所以当我和第二杯茶相对而坐的时候，我透过蒸汽看见了另一个存在，那是待解决问题的拟人形态，我这就是在施展自己的魔法。我迫使自己简单、原始的大脑进入解决问题的状态。我在召唤自己的力量。我正在击溃妖精，或命令它成为助力。

我认为创伤的治疗就是魔法。它简直就是在重构大脑里的一切！一位智慧的向导陪伴你进入你的过去，开启一段萨满式的通灵之旅，重新穿刺进四散的记忆，叫醒那些有年头的妖精坐下聊聊。它为你和长久纠缠你的猛兽设下谈判桌，让你直视它的眼睛，直到你不再是先眨眼的那个。

我自称为女巫并不是要表明我有宗教信仰，而是我相信灵魂与情感。我自称为女巫是因为我相信自己的力量。我自称为女巫是因为我相信我们都是强大的存在，只是大家低估了自己。我们只需要开始逐渐认可自己的能量。我自称为女巫是因为在满满当当的书架之间，在长成大树的种子之中，在哄诱大脑治愈疾病的糖药丸里，就有魔法的存在。

如果这让我疯魔，那……也晚了。我早在开始施展魔法之前就已是狂人一个，而且我百分百肯定要是没有魔法我只会疯得更厉害。

*

　　我大概五六岁的时候，爸爸带我去了格拉斯哥的米切尔图书馆。我爸爸对小说一直不太感冒，现在也不爱看。妈妈倒一直是我们那儿图书馆的常客，而爸爸对文档记录和物理或机械相关的消遣兴趣更大。彻头彻尾的工程师一名。那阵子他正在调查他家（应该说是我们家）的族谱，找着找着就来到了米切尔图书馆，这里存放着当地的政府档案（出生证明、死亡证明和婚姻记录）。

　　那天又是刮风又是下雨，我们一路从火车站跑了过来。还记得我踮着脚尖在书架间闲逛的时候，发梢仍滴着水，打湿了肩膀。那时还是图书馆什么活动都安安静静的年代。看着埋在书堆里沉浸于研究中的学生们，我被深深地吸引了。

　　我对一名男子的印象尤其深刻，他大概二十多岁的样子，戴着粗边黑框眼镜和一副很大的头戴式耳机，大得能包住幼小的我的整个头。他坐在那里，一手托腮，一手翻着书页，动作轻柔中带着些许敬意，而他被镜片放大的双眼目光锐利地浏览着文字，一目十行速度吓人。

　　空气中隐约浮动着尘埃，有种厚重的质感。这让我想起和班里的同学们第一次被带进我们那儿的小教堂时，大家霎时间的安静——是一种我们也不能完全明白的敬意，约莫和教堂高挑的天花板和光洁整齐的一排排长凳有关吧。那间教堂和我家乡的很多建筑物类似，都是几何风格的粗犷主义建筑，设计得能有多不舒服就有多不舒服，不是给人久待的地方。米切尔图书馆呢，恰恰相反，就是一座圣殿：年代久远，在无声的敬拜中低低絮语。在这里的一张长桌边坐着一名"神父"。像迷宫一样难以计数的书架不仅没有让这位先生迷失方向，他还在其中穿梭自如。他究竟用了多少个年头才能知道如何使用这个地方呢？他究竟钻研了多久，才摸清了如何在这座信息的庙宇里钻研的门道？

这时候我爸爸终于发现我这个跟着他的小尾巴不见了。他返回来找到我的时候，我还正出神地盯着那名好好学生，身上被雨淋湿的衣服已经在周围滴出了一小洼水。

"跟上呀，艾莉。我们不会在这儿待很久的。"

我觉得那名学生的脸之所以给我留下如此清晰的印象，是因为他于我而言所代表的，或者说是图书馆本身于我而言所表现出的含义。我那时也只去过家乡的本地图书馆。我的学校里甚至没有图书馆，所以我对图书馆的全部想象仅仅来自那间小小的分馆。

在我最大胆放肆的书虫梦里也想不到图书馆能如此宏伟，收藏着这么多记录文书和故事，多到甚至需要指路的标志！之前在我眼里，家乡图书馆虚构文学区的层层书架就算是个迷宫，但和这里一比完全就是天上地下，还只是区区档案馆而已。这栋楼还有好几层！好几层的书！书架相连，区域绵延！

若将米歇尔图书馆比为一座圣殿，那它信奉的宗教便是知识。就算现时今日，我走进去的时候还能感受到石壁之中蕴藏的魔法。就算经历了现代化改造和翻修，空气中浓缩着的知识的厚重感仍旧不减当年。

我在第一次参观的几十年后，有幸见证了两个最要好的朋友在这座旷大的殿堂中互换誓言，当时政府曾短暂地允许在图书馆里举行婚礼。氛围真的太惊艳了。

我看着自己推文底下的回复，尤其读到陌生人对他们当地图书馆诚挚深情的告白时，不禁再次感受到了那种力量。之前这一阵子，我给"图书馆"一词联系上的概念已经变成了工作、办公室政治、薪水、值班、轮值表、冲突和贫穷。我已经遗忘了当初是什么让自己在绝望的时日里申请了这份工作：魔法。

自己以前在申请时那段毫无盼头的日子里——是真的走投无路——的状态和我现在的状态的反差到底有多大，我是在鼓起勇气翻开那段时间的日记后才鲜明地体会到。我一直有列点记日记的习惯：给自己简单列出当天要完成的任务，然后在一天过去的时候，根据自己的判断给做完的事打钩，划掉没做完的。

在我去面试这份工作的前一周，以及之前好长一段日子里，我的任务都只有一条，日复一日地重复：

坐火车的时候上车，而不是躺到铁轨上。

我还勤勤恳恳地在后面打钩——任务完成！——仿佛自己还是那个听话的好学生，一如既往。

尽管那时身陷于疾痛惨淡的困境，我心里仍然承认着图书馆的力量，并向它求助。我把最后的希望押在了这里，一个我永远感到真正安全的地方。

可现在，我这份工作也不知道能做到哪一天，而那些贩毒团伙、持刀伤人事件和墙上椅子形状的坑给我留下的记忆仍然新鲜，更不用说同事的背叛和这起毫无头绪的破坏给我带来的隐隐压力，我都快完完全全失掉那点火花了。

这可不行。我得重焕魔法。

*

来封窗户的修理师傅到这儿之前，和我一样同为临时工的同事克莱尔算是走了霉运，临时被通知来帮我的忙。感谢这位好人答应来，勉强搭把手也是好的，她还在脆弱不堪的老扫帚掉了扫把头、吸尘器在罢工的边缘试探的时候和我一起哈哈大笑。

我俩逐渐开始接连续不断打趣清扫用具有多简陋，合适的工具有多匮乏。一有什么东西又坏了，或是我们在用塑料尺子和万用胶清理书架后面的玻璃碴子时，我俩就白眼一翻，嘲讽一两句"减预算减成这步田地了，欸？"或是"凑合过呗还能咋样！"

我们忙着打理这些的时候，图书馆的电话一直响个没完没了。打来电话的先是怒气冲冲的图书馆用户，然后是怒气冲冲的经理，显然是还没收到备忘录，最后琳达自己也打来了，她老人家似乎觉得我们就在磨洋工，那么几小块碎玻璃怎么能扫了这么久呢？

作为回复，我在几扇受损最严重的窗户边离得最近的地方随手拍了几张卡进书页里的碎玻璃，一个字没解释直接给她发过去了。她之后就没再打电话来。

又过了一会儿，我们开始接到常客们打来的电话，还有之前来兴师问罪图书馆怎么不开门的那群用户也打电话过来关心情况。

"哎呀，我去附近看了一眼，真没想到破坏得这么严重。你们在里面还好吗？"一位爱看犯罪小说的女士问道。

"就快收拾好了！"我答复她。"最难的事都做完了。我们现在只需要确保这里的安全就行了。"

"要帮忙吗？"另外一个人伸出援手。"需要的话我给你们送扫帚和铲子去。"

"真的要送来吗？"我问。"这儿可全是碎玻璃。"

"没事，都是用旧的东西了！"

没过多久，破窗口外面就聚了好些人。还有人敲了敲员工入口的门，给我们送来了垃圾袋、另一把铲子，甚至还有一台旧吸尘器和几副手套。

修理师傅到的时候，来帮手的人已经有一打左右，虽然我不得不把那些主动要来帮忙清扫的人们劝走。因为我最看不得有哪个老百姓因为好心帮忙而受伤。就我自己都已经有好几次要把卡进鞋子里和嵌在手里的玻璃碴剔出来了。不过还是很感谢他们要来帮忙的心意。

电话仍在响个不停。有人来送茶，有人来送咖啡，有人打来要求更新借阅书本的期限，还有人打电话来捐款，说是换窗户的钱。就算平时都用哼声和我们交流的刘易斯先生都打电话来了，问我们有什么他能帮得上的，能让图书馆重新开放。

最终在大家的努力下，当天图书馆就好歹能营业了。受损最严重的地方被围封起来，破窗户也被板子封上把冷风挡在外面，这样一来，我们至少清理出了一块玻璃碴子已经确定被打扫干净的地方。虽然我们一共也就开了几个小时，但来的人比我见过的任何时候都要多。好多当地的常客给我们带来饼干，只为表达一下他们的安慰。

这给我的感觉就好像社区的一位亲近的好朋友受到了伤害，整个社区的老老小小都聚过来支持这位朋友。那天来图书馆的人们都怀着一种真真切切出于同情的愤怒。

后来还有消息传开，说就我一个人被单拎出来负责清扫的工作。那天下班之前，琳达打来电话，告诉我她接到了好几通公众的投诉，抱怨为什么只有我和克莱尔两个人"被留下收拾烂摊子"。她问是不是我自己把消息散出去的。我哈哈大笑，告诉她我根本没时间跟任何人谋划任何事。我们把复印机里的玻璃碎片吸出来都忙得不行，哪还有什么闲情逸致。

我发现，魔法从来不是栖息在书架上，也并非藏在书本里。图书馆真正的魔法是它本身所代表的一切，来源于赋予它生机的社区群众。没有了人们——没有了人们的辛勤付出和真心热爱——图书馆只是装着书本的空心建筑物罢了，只是一间存储文字记录的仓库，严肃无趣，没有灵魂。

第十章 ->>

群 众 的 反 击

五月日均访客：157 人

五月日均问询：44 次

五月日均打印页数：129 页

五月暴力事件：0 起（"有小孩在大字号书籍上尿尿算不算？"——艾米莉）

儿童活动出席率：125%（"考虑需求已计划增加新活动。"——苏珊）

五月日均复印页数：100 页（"要换新的墨盒啦！"——艾丽）

五月总计免费提供给公众的手表电池：51 块

五月总计免费提供给公众的宠物粪便袋：10 箱

五月总计损坏/丢失书籍：22 本

五月总计免费提供给公众的卫生用品：36 盒

未完成任务记录清单天数：8 天（"我理解你们的难处，现在我们正努力将此过程精简化、自动化。现时还请大家坚持每天完成所有的任务记录表。"——琳达）

2019 / 05 /

五月完成的索取书本要求：233 次

五月总计免费提供给公众的食品垃圾袋：6 箱

（"用完了！需要进新货。"——亚当）

五月总计获得书本捐赠：7 箱

成人活动出席率：90%

建筑维修总计报修次数：14 次

已完成的维修：4 个

未处理的报修：16 个（"地下室还在漏水！"

——艾莉）

The Librarian
Allie Morgan

"还有这个胶水，是符合标准的无毒产品吗？我不认得这个牌子。"

我一脸难以置信地盯着这位检查员先生用圆珠笔尖敲着我手里的胶水棒。我的第一反应是哈哈笑，但他正透过半月形眼镜的上缘看着我，表情完全不似玩笑。（这年头居然还有人能找得到在哪儿配半月形眼镜？）

"不是啦，这玩意儿就是垃圾，"我的嘴巴又不受控制了，"要好闻的可以去后面的篓子里找找。"

海瑟站在检查员后面对我使劲做杀鸡抹脖子的动作。琳达站得更远，无奈地揉捏着鼻梁。

问的真是个傻问题……

检查员哼了一声，在笔记本上写写画画，接着在我的工作空间里这儿戳戳那儿捅捅。他已经在图书馆里检查了两个多小时了，一路"哼""哈"个不停，问的问题越来越离谱。而我只是想接着工作罢了。

我侧身绕过他，接待乖乖排队等在他后面的图书馆访客。

"您好，有什么需要吗？"

要论公司的健康安全检查员中谁最严苛，刘易舍姆先生要称第二就没人敢当第一。他在上层管理者们之中引发了恐惧，这一点本应该令人敬佩，但事实是——而且我必须再三强调——就我那点可怜巴巴的薪水，我才懒得理他和他的速记板呢。

我在科缪尔工作的时候曾"有幸"（？）见证过刘易舍姆先生的大驾光临。那时的我蠢得天真，还指望他能注意到单独值班的员工每次上班时在暴力的公众威胁下所面临的无数次危险。过分乐观的我甚至傻乎乎地希望他能提议给我们提供紧急救助的培训，或者至少建议修一修应急按钮，让它真能用得上。

结果他对着灭火器戳了几个小时，问了我最近一次的水质检测如何，就丢下我扬长而去了。

我说我看不起这个男的都算抬举他了，他根本不值得我为他有任何情绪起伏。

地方政府若是因为超支而想要裁减在公共服务系统上的花

销，斧头砍下来之前总会出现一些标志性预兆。其中之一便是审核的次数激增——尤其像健康安全这种既不透明又官僚的审核。我们就把话挑明了吧：我在档案馆和图书馆工作了这么些年，从来就没见过有哪次健康安全审核真的指出过员工面临的危险，就算员工已经把明晃晃的现实摊到他们面前。

我的意思不是说自己不信健康安全审核有什么普遍的价值。我之前在别的地方工作时，健康安全的审核也曾真正地攸关生死。不幸的是，在世界上的议会和大型组织眼里，健康安全审核是在流年不利预算减缩时用得很顺手的替罪羊。

当然，我现在半个身子还埋在战壕里，打着让罗斯科里图书馆开下去的这场硬仗，也很清楚分馆目前仍未脱离险境，虽然经过大家的共同努力，访客人数一直在慢慢往上爬。只不过我还是认为，给这位迂腐小人和他的速记板拍马屁没什么用。

现在罗斯科里守护军团（这个称呼是艾米莉、亚当和我给大伙儿起的——谁说在图书馆工作的都是书呆子？）关心的头等大事是近在眼前的烘焙大赛。这是我们在海瑟回来之前设法安排好的最后一项大型活动，因此也是最后一项相对而言板上钉钉的事。我们所有其他的想法都在海瑟挖空心思的阻挠下打了水漂，她的手段是调动人员安排，再加上越来越具体、让人摸不着头脑的规则实行。

虽然海瑟本人应该永远也不会亲口承认，但时间渐渐证明亚当在第一次见我时对她的评价一点儿也没错：罗斯科里越来越多的人的确令海瑟惊恐，她有心掩饰，但根本瞒不住。

不过我偷偷怀疑，海瑟的焦虑不仅仅是出于对人群的恐惧。她看年纪也快退休了，就这两三年的事。因此可以理解她更愿意在一间安静甚至衰落的分馆里消磨掉这最后几年。在资助金范围的最底层躺平，就不会惹来更多的同事（和更多的行政工作），也意味着她值班的多数时候可以猫在后面的办公室里，倒数着日子，直到能领退休金的那天。

在海瑟看来，我们不停地努力提高客流量和增加新书目，争取更多的资金，就是在搅扰她退休缓步临近前的岁月静好。所以也难怪她会觉得我们的每次努力都是专门针对她的人身攻击。

终于，刘易舍姆先生确定自己已经戳够了无生命物体，他从笔记本里撕下一张纸交给琳达。

"审核结果会在三个工作日内电话通知你们。"他冷冰冰地低声宣布，活像个讨论血检的医生似的。

说完他就走了。

海瑟向前台走来，我正在偷偷地帮一位最近几个月住院的访客抹掉他账户里的罚款。我和这位老先生挥挥手告别，他向我挤了一下眼睛。

海瑟脸色看起来雷电交加，手指敲在我面前的工作台上。从海瑟这神经紧绷的阵势，我能看出她因着我刚刚对刘易舍姆说话的态度，是想一下子把我揪起来的。可毕竟琳达还站在不远处，能听见我们说话，当着上司的面她又不敢真这么做。所以海瑟只是刻意地像小女孩一样清了清喉咙，从刚刚归还的书旁拿起一张掉出来的便条。

"这是什么？"她问。

这是我自制"请帖"中的一张，用来宣传烘焙大赛的。最近我开始不只会趁着借书出去的当口把它们夹在书里，还会在那些我知道会很快再借出去的还书里也夹上它们。

重大失算。

"是一张呃……宣传材料。烘焙比赛的。"

海瑟眼睛一眯："这么使用材料，琳达批准了吗？"

琳达听见我们提起她的名字，就也走近了前台。

"呃……"我瞥了琳达一眼，希望她能替我说两句。可是她好像因为我对检查员的态度，还在气头上，就什么也没说。我只能回答："不是，是我自作主张。"

"呵。"

这声"呵"我熟。如我所料，海瑟没再多说一个字便从前台转身走了，一头扎进她的管理办公室。

琳达开口想说点什么，但好像又改了主意，也走了。

我一点也不喜欢随之而来的安静。那间小办公室里正发生着什么我可是一清二楚。海瑟肯定就坐在里面拼命敲键盘（好吧，是用一根手指戳键盘，但能戳多快就多快）。她和高层管理人员之间的交流肯定也在飞速进行中。毫无疑问，在拿到对执行程序的"澄清"之后，她就会发下通告。

这种时候就算担心也于事无补，所以我便老老实实工作了（其实我一早上也就是在试图工作而已）。我招手示意等在队里的下一位到前台来。

"您好，我在找一本书。"

"那您可来对地方了。您在找的是具体的哪本书吗？"

"对。我上周在这里见过。好像是关于……夏天的橘子还是柠檬来着……封面上有一个女人。可能是讲女同性恋的。"

在罗斯科里，比较含糊的书本索取要求通常会被我们称为"蓝皮书问题"——取自"我不知道书名或作者但这本书封面是蓝色的"这类说法。我觉得但凡在图书馆工作的人，都不会不熟悉这种事。鉴于我工作的具体任务之一就是处理新书，我能在应答这类要求时猜中这么多次，让我觉得又自豪又惊讶。我们还把从读者口中套线索然后缩小可能性范围的过程称为"蓝皮书占卜"。

我用了二十分钟，温和地问了这样那样的问题之后，这位访客手里攥着一本珍妮特·温特森的《橘子不是唯一的水果》离开了。我沐浴在解开了又一道谜题的暖光里，想着自己是不是该挑个时候休休假了。显然，现在我已经对分馆里的藏书了如指掌。

不同寻常的是，这次海瑟和上级的邮件往来花了好几个钟头。邮箱里蹦出第一封邮件时，我都快忘了检查的事，快记不清胶水棒、请帖便条和海瑟苦大仇深的表情了。

收件人：图书馆全体员工

发件人：奥斯卡·科茨

抄送：团队负责人、社区图书馆员、儿童助理（全员）

主题：宣传性通讯材料

全体员工：

　　我近期得知有员工使用非官方列印的宣传材料。这些材料由分馆自行设计，并不符合官方统一标准。因此，我须提醒各位，此类材料不应被分发。所有宣传性材料的设计和分发须由议会图像设计部负责，并／或统一以 Arial 字体印于官方统一办公纸张，以统一标准色彩列印，可参考 SOP207（A）。

　　若仍需就此事进一步澄清，请联系我或我团队的任何一位同事。针对违反公司标准的反复行为，我们可能会采取惩罚性措施。

　　请列印这份邮件并将其张贴于各分馆的员工告示板。

　　此致

奥斯卡·科茨

图书馆总管

　　下午艾米莉来和我一起值班，我俩难得忙里偷了个闲，抠起这封邮件里的字眼。

　　"我觉得，"在我把打印出来的邮件递给艾米莉时，她说道，"这完全取决于我们把什么归进'宣传性'这个类别。"

　　"我猜这些就算吧。"我边说边拿起一张请帖便条。

　　她叹了口气："可能吧。那海报呢？那些陈列也算吗？"

"天啊，每张海报吗？都要改成 Arial 字体，印在公文纸上？那可算丑到家了！肯定不是。"我嗤之以鼻。

她看了我一眼，眼神让我立刻把嗤笑咽了回去。

"这封信是发给了所有分馆，对吧？"我轻轻地问。

"每间分馆里的每个员工都收到了。"

"我还是觉得难以执行。"

"先一起观望一下吧。"

*

第二天，海瑟早早就来了。我印象中海瑟从来没有提早来上班过。她来这么一出把我的节奏打乱了，还让我怀疑自己的时间计算出了问题。

图书馆也变得有些不一样了。不单是因为被封上的窗户所导致的昏暗——这我已经习惯了，大多数常客也习惯了——变了样子的是墙壁……

"早上好，艾莉！看起来天气终于好转了！"海瑟简直是一蹦一跳地经过我身边去了办公室，手里抱着的一堆文件摇摇欲坠，勉强维持着平衡。

所有的标识、海报和打印出来的东西全被撕掉了、拿走了、移除了。有些是被呆板的、经由上级批准的、白纸黑字抬头的公文纸告示取代了，别的就这么全都平白消失不见了，甚至连儿童区都未能幸免于难。

罗斯科里图书馆变得一片灰暗，空荡而荒芜。

等海瑟一消失在经理办公室里后，我就踮着脚跑去回收纸篓边偷偷往里看了一眼。就和我猜的一样，所有彩色的东西，哪怕只有一缕颜色，都无一例外被丢进去了。我实在想不通怎么会有人目睹图书馆变成现在这个样子之后，还会觉得这是一种优化，就好像儿童书里反派的动机一样让人难以理解。（邪恶的大公司太太和剥夺色彩的末日射线。）

我瞥了一眼员工告示板，盯着"列印的宣传材料"这句话琢磨。

我的视线落在了儿童绘画台上，凝视着那几套漂亮的墨水笔和蜡笔，它们与周遭了无生趣的新环境格格不入，十分显眼。

去你的退休，我心想，我是不会放任你杀死这家图书馆的。

*

我之前就说过，艾米莉是个艺术家。她不在图书馆工作的时候，素描画画写诗一样不落。她的创造力一直让我有点敬佩和惊叹，只不过我以前担心如果真的这么说出口会显得自己像个小变态。

我们在自己闲暇的时间和上班不忙的时候一起画画涂色，过得非常愉快。大家一起行动有一种革命的意味。我俩从未有过觉得自己可能做错事了的念头。我们必须拯救这家图书馆，不能任其死在体制内数不清的裁减之中。社区群众需要我们，再说了，我们也是为了保住自己的饭碗！连亚当也加入了我们红红火火的行动。他用橙色蜡笔和紫色墨水笔画出字母，然后用红色毡头笔在下面画线。

我们一次性会换下一到两批的海报，有时候它们第二天就会被撕掉。我们就再换上去。我们三个确保彼此都有不在场证明。反正我们都知道图书馆里的监控根本照不到什么地方。

艾米莉和我偷偷开了脸书小号（亚当则不太擅长这些，也不太懂怎么在网上隐藏行踪）。我们各自小号的名字对所有人都瞒着，甚至都没有互相告诉彼此。我们用自己的小号加入了各种各样的本地群组，比如"罗斯科里妈妈群""科缪尔及周边邻里守望相助群""罗斯科里新闻讨论群"。

并非没人留意到图书馆近来的变化。

"图书馆最近那些奇怪的标志是怎么回事？"某个有意见的人问道。

"你是说那些黑白的？"另一个人回复。

"不是，黑白的那些现在每家图书馆都一个样。我是说那些图画。"

"我没注意。一会儿买东西路上我去看一眼。"

"我姐在康摩尔图书馆工作，她说是管理层的缘故。上面不让员工自己做标识。"

"我听说是为了让盲人看起来更方便。"

"傻了吧，盲人又看不见。"

我须得承认，比起我用在读自己火爆推文的回复上的时间，我看本地老百姓对各个图书馆现状的评论花的时间只多不少。我真希望自己要是能早点想到这么做就好了。我以前一直不敢用真名加入本地的新闻讨论组，但现在我有了一扇窗口，能直接看到社群里大家的想法和意见。

用自己袜子手偶一样的小号，我还做了点别的事情。

我和艾米莉利用网上的一些工具隐藏了自己的数据行踪，然后开始把我们原来烘焙大赛请柬的电子版发到各个脸书群组里。我们事先也说好，不回复任何评论，也不附带任何文字信息。我们只是加入群组，把写着活动细节的图片发进去，然后就退群。

我们也在推特上这么做了，可在推特上用新账户推广要更难一些，而且不花钱宣传或打上话题标签的话，单发一张图片也很难让特定区域的用户看到。

脸书上的这套把戏似乎奏效了。短短几天之内，鉴于这些帖子的讨论程度和辩论热度，许多群组的管理员不得不把原帖下面的评论锁住。人们要求知道这些是否真的是来自图书馆员工的官方通讯材料。有些人认为这些图片是诈骗，也有的群组拉黑了我们的"袜子手偶"，不过别的群组倒对这些帖子和随之增加的数据流量喜闻乐见。

一旦有公众单独打电话来问这些帖子的事，我就会尽力演好一个不堪其扰的疲惫政客，努力压抑住嘴角上扬的冲动，然后回答："鉴于议会规定，恐怕我无可奉告。"但我能证实这些现在差不多算是火了的图片里的详细内容是事实。我们现在的确即将开办一场烘焙比赛。没错，任何想参加的人都可以报名。不用交钱，除非想要参与测评的人士才需要付入场费。是的，现在仍然可以报名参加。

一周之内，本地报社打来的几通电话都被我们巧妙地应答了。我们已经收到了两封不同的邮件，均通知大家无论如何都不可以代表分馆、公共服务系统或是本地政府给出答复。所有和媒体的通讯都必须转交给议会的公关部门回应，这我当然乐意之至。

距离"海报大清洗"事件刚好过去一周之后，罗斯科里本地的报纸刊登了两篇不同的文章报道图书馆之战，虽然都没有直接用"战争"这个说法。其中一篇文章里，烘焙大赛的邀请图片重新被刊登了出来，分毫不落之前缤纷的鲜明色彩。

哪怕接待处的队已经排到了街上，海瑟也拒绝踏出办公室一步，而现在图书馆里大排长龙的情况开始变得惊人地频繁。看起来她已经放弃掩饰自己不敢和人打交道的事了，只是在我们忙得顾不上找她帮手，或在图书馆不对公众开放的时候，她才会从办公室里咻地出来，小步快跑到打印机那儿拿取她的文件。

若是说客流量之前只是有所增长，那么现在来访的人数就像坐了火箭似的飞速攀升。

之前被封上的窗户提前于计划换上了新的。我猜是因为来访的人多了之后，对这栋楼状况的投诉也随之增加了。我对社区脸书群组的每日夜巡也让我印证了这个猜想。感觉图书馆近来旗帜鲜明地反抗议会政府剥夺它墙上和陈列中的所有色彩的指令，已经成了社区群众的骄傲。

琳达不再来图书馆了。

我们当然也开了不少次的会。不过大家轮班的安排（和我本质上就无法预测的零工时工作合同）很难让图书馆所有的员工同时聚在一起。所以替代方案就是断断续续开了凑不齐人的小会，会上就是向与会员工宣读其他会议的记录，然后让大家表态赞同与否，或是对这些讨论做出评价。

我们中的每个人都不愿归咎于彼此。海瑟又开始请病假了。公司的指令也开始像雪片一样不停下达。

收件人：图书馆全体员工

发件人：公司人事部

抄送：图书馆管理账号，公司员工账号

主题：图书馆员工年假安排

致有关人士：

从下一年起，所有年假（一月至十二月）必须于一月三十一日或之前预先确定。未能做到则可能导致年假日期取消。此规定适用于全体图书馆助理及团队负责人。

劳拉

人事部

306

这些指令似乎也没几个和特定的什么事情相关，至多算是荒谬可笑。每条新指令都带有惩罚的意味，琐碎卑鄙又没意义。目的倒是很明确：议会要是没办法直接裁掉员工，就会创造一个恶劣的工作环境逼员工自己离开。

兴许在媒体对图书馆的关注增加之后，图书馆高层进攻的炮火只是碰巧跟着加了码。又或许这些裁减早早就被提前安排好了，这些只不过是添了一把火。但怪就怪在，这些不相关的声明里，有些对流程的大改直接针对的是罗斯科里的活动。

不管是不是巧合，这些指令让人在罗斯科里做事越来越难受。要是我说自己从没想过申请别的地方工作，那我讲的也不是真话。之后的几周内，我最终投了几份简历，还参加了一家慈善机构的一个有薪岗的面试，想着自己在那儿能更好地服务群众，不用一直任由小气的政府机构用琐事剪断我的羽翼。

收件人：图书馆全体员工
发件人：奥斯卡·科茨
抄送：团队负责人、社区图书馆
主题：书本陈列

全体员工：

为简化服务，接下来半年中许可展出的陈列已在附件中列出。敬请注意，这些陈列已经由我们的慈善机构和官方合作伙伴批准，将取代现有的陈列品。据之前共识，团队负责人可以从列表中选择与自己当地分馆最相关的陈列主题。

　　此致

奥斯卡·科茨

图书馆总管

*

　　每当我看见烘焙大赛登记名单的时候，所有这些霉运、阴霾和悲观情绪便统统消散无踪了。我们在突破五十大关之后不得不停止接受烘焙师的申请。我严重怀疑图书馆能不能有足够的地方摆下五十个蛋糕，更别提来参加活动的人要塞去哪里。

　　不过这份文件还是能让我开心颜。它让我想起社区脸书群组里那些激愤的评论；让我想起群众自发聚集过来帮我们打扫碎掉的玻璃；还让我想起我推文下现在累积的成百上千条回复，全在称赞自己当地的图书馆。

　　本地社交媒体群组里最近还有别的东西在流传着。议会最近正在展开的开支调查渐渐获得了广泛的关注。起初有流言传开，说本·申父忽然从议会离职了。

　　很快，《罗斯科里邮报》报道了这件事并给出了确定消息：议员本·申父在其近几年开支状况即将接受非常细致的审查前，碰巧决定提前退休，不再担任选区议员。这暗示不能再明显了，不过网上的讨论中大家还提起了另一件事：申父走了之后，现在议会里是谁在为矿工福利中心的事态发展负责呢？这下事态甚至还有得发展吗?

对议会来说,这件事过了这么久,现在要轻轻翻过也不是难事。旧址已经是危楼了,决定不为中心提供新址的负责人也走了。就这么着了。

莫伊拉在申父辞任前的这几周来了好几次,讲明了议会的干预是矿工福利中心生存下去的关键。虽然她和她的不少朋友伙伴一直在尽力筹钱,但要想靠私人力量买下或租用一个新场所完全是不可能的。而中心旧址所在的地方又因为地陷现在也彻底没了用。

尽管申父之前一次又一次地对大家援助此事的呼吁不闻不问,但他肩上的压力也算垒得比山高。能有个傀儡——哪怕只是个替罪羊——当作运动的靶子其实是动员群众的好方法。没什么能比一个公共大恶人更让大家团结一心了。

现在申父一走,整件事就可能会被压下去不管了。工友团也得重新调整活动——包括新一轮的抗议和请愿,给新一任议员施压。

"除非,"有天我提议道,"取代申父的新官,也不拘哪位,会是个更有同情心的人?毕竟谁也预测不了。"

莫伊拉笑得很苦涩。

"你不像我这样了解议会这帮家伙。"她说。

莫伊拉叹了口气,瞥了一眼停车场,然后看到了街对面。她眼睛眯了起来,然后转向我。

"那间疗养院闲置多久了?"她问。

我耸耸肩："我来这上班的时候就已经是那个样子了。"

"有点意思……"

我还没来得及问她在想什么，她就拿出了一些新的请愿书放到桌上说："我一会儿还来。这些你能照常帮我一下吗？"

我点点头，她离开了。我望向外面那间废弃的空疗养院。她是想把那儿定为矿工福利中心可能的新址吗？当然是个方便来图书馆的地方，离镇中心的别的地方也很近。

我巧妙地把请愿书放去了图书馆各处，而且如果有图书馆管理层的人问起，会再一次对这些东西怎么就散在这些地方发誓自己一无所知。

*

图书馆应该是什么样子其实人人心里都有数。大家的印象可能会有点过时，或算有点老派，但总的来说，我们都知道图书馆应该起到什么作用，是个什么地方。

图书馆和缺乏管制的资本主义是格格不入的。它的核心功能和用现金流衡量的、对收益及效率的追求是对立的。说到底，图书馆是从最不需要它的人们那里拿钱，用在最需要它的人们身上。

若是有一天，各个地方的图书馆不再有开下去的必要，那一天也一定是每个人都可以通过免费的渠道获取到所有的故事、参考资料和所有形式的教育机会的一天。在那遥远的一天到来之前，图书馆的存在就是在平衡社会的竞技场。它贮存社群的知识，又将其作为良药分发出去。它们是社群的大脑和律动的心脏，就像空气一样不可或缺。

其实绝大多数人都在一定程度上知道这些道理。他们可能会忘了图书馆提供的具体服务，可在我遇到的人里，但凡是在有图书馆的社区长大的，没有一个不知道图书馆是多么重要。

盛大的烘焙大赛眼看着就要到了，我觉得许多人也开始意识到这件事并不仅仅是一场傻傻的烘焙活动。我们开始接到更多的捐赠，有些是捐书，有些以别的形式捐助。本地的一位历史学者义务在图书馆开办罗斯科里地方史的免费系列讲座。另有人为活动带来旧地图和旧照片。我们还接到一些作者的电话，询问是否能在这里办签名会。

就像窗户被打碎的那天一样，罗斯科里的群众紧紧聚集在社区的心脏周围，面对缩减开支的利斧亮出了自己的立场。

我们用得到这个公共设施，这就是要传达的信息。我们用得到它，离不了它。我们不会任你把它从我们手里夺走。

第十一章 ->>

蛋 糕 与 民 众

六月日均访客：190 人

六月日均问询：52 次

六月日均打印页数：145 页

六月暴力事件：0 起

儿童活动出席率：100%（"看来订金计划行之有效。"——苏珊）

六月日均复印页数：90 页（"复印机又坏了！还在等修理人员来。"——艾莉）

六月总计免费提供给公众的手表电池：42 块

六月总计免费提供给公众的宠物粪便袋：9 箱

六月总计损坏/丢失书籍：21 本

六月总计免费提供给公众的卫生用品：33 盒

未完成任务记录清单的天数：3 天（"请留意图书馆邮件对记录对象的更新。"——琳达）

六月完成的索取书本要求：280 次

六月总计免费提供给公众的食品垃圾袋：8 箱（"新货已订。"——亚当）

六月总计获得书本捐赠：5 箱

成人活动出席率：85%

建筑维修总计报修次数：15 次

已完成的维修：10 个

未处理的报修：21 个（"地下室不漏水了，但地板还是湿的！"——艾莉）

取消的活动：2 个（"时间表冲突：活动已经重新安排，订金已退。"——艾莉）

The Librarian
Allie Morgan

我调整好自己的名牌，用手抹了抹头上一夜之间竖起来的一绺固执的翘发。大雨哗啦啦地下了大半夜，终于在烘焙大赛这一天的早晨缓和下来，变成了灰蒙蒙的毛毛雨。

　　今天我的穿着走了微妙的中庸路线。烘焙比赛这天我其实不当班，所以没法穿工作制服，但我也不希望自己去工作台后面协助当天真正值班的同事时被误认成普通民众。我也得把这绺该死的翘发梳平了，还要把不肯乖乖坐正的名牌固定好。妆是不是化得太浓了？有媒体来要怎么办呢？我是不是不该画眼线？

强行咽下最后一口茶，我跟猫猫们致意告别，踏上了上班的路，其间胃一直在不舒服地咕咕乱叫。

我眯着眼睛透过被雨水打出条条痕迹的公交车车窗向外看，心里担忧这倒霉的阴沉天气会不会就足以劝退大家来参加活动。我们之前也没收订金什么的吧，是吧？

等公交车一转过图书馆所在的街角，我这些阴暗的反思和忧虑就立刻被打断了，取而代之的是一种新的焦虑。离开门还有四十分钟，这沿街的长龙正是从图书馆排过来的，绝对错不了。

人们抱着蛋糕烤盘举着雨伞，推着盖好塑料保护罩的儿童车，雨衣帽里的脸上是掩不住的笑意。我从公交车上下来的时候，看到人群中有好几张熟悉的面孔。我往员工入口去的路上，时不时能在队伍里看见我们的常客，跟我打招呼，指给我看他们盖着的蛋糕。

我一进门就听见艾米莉的声音。和我预料的一样，我们的排班一周前经过了神秘改动，到烘焙比赛这天，当班的职员一个都不是我们保卫罗斯科里小分队的，而全是临时安排的缺乏经验的替补员工。可能是哪个见不得人好的注意到了我们小分队的运行模式，但也没关系了。我们已经在这件事上投注了太多心力，怎么会被区区打白工这种芝麻小事吓退呢。

"早！"站在梯子上的亚当欢快地向我问好。他给我看手里拿着的彩旗，指了指地上的一箱图钉。"要来搭把手吗？"

近来图书馆被剥夺了色彩，但这正好能衬出今天图书馆的变化有多么巨大。所有的书架都被集中挪到了后面，然后用苏珊带来的塑料保护罩盖好。她还鼓励自己班上的孩子们以蛋糕为主题画画、做手工，然后把孩子们的作品贴在了盖书架的塑料护布上。孩子们还做了海报和彩旗，现在都被装饰在了墙上和窗户上。

亚当带来了整整一大包气球，我们足足花了二十分钟给它们充气，然后钉到馆里的墙和柱子上。

咱们艺术天赋过人的艾米莉自己做了标牌和小牙签旗，每个上面都手绘了数字，用来插在蛋糕上，这样大家就可以匿名提交参赛作品了。

我们之前还设法找来了一些纸桌布。现在上面也装饰了闪粉（又是苏珊从她的艺术用品小房间里捐出来的）。除了图书馆自己的桌子之外，我们还想办法从本地的学校和其他分馆借来了一些折叠式手工桌。我根本想不到我们是从哪里找来了这么多椅子，感觉半个罗斯科里的人来了都坐得下。

离开门还有五分钟，我们（苏珊、亚当、艾米莉和我）站在一起，欣赏大家合力布置好的场地。

"不赖哦，是吧？"亚当咯咯笑道。

我惊讶地发现自己想张嘴说话时，喉咙里像是忽然被一个肿块堵住了似的。艾米莉看起来也同样说不出话，于是她拉着我们抱成一团，激动地小声尖叫了一下。

"好了，大家伙儿，"她最后说了一句，"我们行动起来吧！"

我之前还真的没见过这么闹闹嚷嚷的场面。我们将第一道闸门拉起的那一刹那,外面的人群就爆发出了低低的欢呼声。等到旋转门转动起来,队伍开始往里进的时候,低低的欢呼声逐渐被激动的聊天取代,一时间人声鼎沸。

尽管小分队竭尽全力,我之前设计的电子流程表也算面面俱到,但没过多久我们对参赛者的组织还是乱成了一锅粥。我们很快发现,带来自制蛋糕的人远比之前登记的多,因而桌子们不多时便被数不清的美味甜点压得吱吱呻吟。那些摆不下的酥皮点心、蛋糕和派就搁在了窗台上和书架顶上,甚至 IT 区的台面也被围放得满满当当,这样一来,图书馆现在倒更像是一家蛋糕店。

"嗨!艾莉!"和我打招呼的是索菲,那位科列什辣妈。她兴高采烈地摇了摇手里捧着的一托盘纸杯蛋糕,"我做了好多!"

我们做梦都想不到来参加活动的人会有这么多。在带着烘焙糕点来的人群里,生面孔远比熟面孔多,不过看见这么多熟人前来帮衬,我心里是很感激的。那些没带来甜品的人们也很乐意花钱做评委,大家都热切地强调,我们为一家癌症慈善机构举办这次活动,真的很有意义。

一天下来,我们不断地收到额外的捐款,直到我们的捐款箱满得再也塞不下一个子儿,我们不得不把里面的钱挪进地下室的保险箱里以妥善保管。当外面排队的人终于都依次走进图书馆之后,还有更多的人陆陆续续结伴而来,最后我们出于安全考虑,非得设一个人数上限不可。

　　虽然场面乱哄哄的，我们还是把上交的作品按照年龄分好了组，也不知是怎么做到的。在此期间也有打翻了蛋糕、丢了彩糖粉、饼干掉到书架后面的时刻，但来参加活动的大家都出了一份力，罗斯科里烘焙大赛最终圆满成功。

　　这一天最让我难忘的，还是在感到我们即将迈入激动人心的崭新篇章时自己颤动的心弦。现场流动着一种近乎刻意的无政府主义共识，超越了我们保卫小分队的起义。图书馆里到处都是蛋糕，这个近来灰暗单调、毫无温度的场所一下子涌进了这么多人，大家谈笑风生肆意喧闹，这样的场景仿佛意味着访客们代表了整个社区，夺回了这家图书馆。

　　我有一瞬间忽然意识到自己正盯着一群上了年纪的图书馆访客看，他们正在浏览我们为本次活动的目标慈善机构发放的宣传材料。在一个难得相对安静的片刻，正在收拾纸碟子和塑料餐具的我听见了他们那儿的对话。

　　四个人正谈起这家慈善机构，以及桩桩件件这家机构为他们和他们确诊了癌症的亲友所做的事情。随着越来越多的人加入谈话，大家的语气逐渐充满敬意。我看见一些人在表达对所获帮助的感激之情时，话怎么都说不完，眼角也泛着泪光。

　　我把海绵蛋糕碎屑和糖霜刮进垃圾桶的时候，刘易斯先生走了过来，看起来显然是有话要讲。我站直身子，原以为会听见他往常的低哼声，却惊讶地发现他的眼睛里也含着泪意，晶亮亮的。他握住了我没拿东西的那只手，蓦地把一张二十英镑的钞票用力塞进我手心。

　　我对上他的目光，正要讲点什么，他忽然开口，声音是前所未有的温柔："这是捐给慈善的。我太太便是罹患此病过世。癌症。真是太折磨人了。"

　　我把纸碟子扔进垃圾桶，紧攥住这张钞票，说话的时候惊讶地发现喉咙口像被堵住了似的。

　　"谢谢您。"我答道。

　　他斜抬起自己的礼帽——这顶帽子我从没见他摘下过——向我点头致意。

　　"艾莉，你也多多保重。"他说。

　　这一天，大家品尝蛋糕、计算分数，喧闹间我们少说也登记了三四十个新会员。人们纷纷自拍，在自己上传照片墙（Instagram，社交软件）的内容里打上本地区议会的标签，和没能来参加的朋友们打电话分享趣事。

　　活动超出了我们的控制范围，盛况空前，光彩照人。

*

　　有时我也会和朋友们谈起图书馆工作里更为辛苦的时刻，或是我在这里经历的比较难以接受的事情，他们就问我为什么不找别的工作。我难道就从没想过找一份更稳定的工作吗？我难道不想自己六个月之后不用面临失业的风险，难道不希望工作的时候不要有什么人随随便便走进门来，然后拎起椅子就往我头上砸吗？

实话实说，到了我们烘焙大赛的这天下午，我分发完奖品，看着被踩进地毯里的蛋糕和粘在桌子椅子边上融化的彩糖，知道自己心里对图书馆的那点小牢骚确实是存在的。但我属于这里，就和科列什辣妈们、奇多们、兴趣特殊的孩子们、护工们、老师们，还有所有其他的人一样，小城里的这方天地吸引着我们聚集而来。

这一天，我开怀大笑直至流泪。我品尝了蛋糕，帮助年长的图书馆访客搬运装饼干的巨大托盘。图书馆的走廊被两旁堆积如山的各种甜点挤得只剩下一条缝。我还分发了投票的表格和纸碟子，修好了被搬来搬去的椅子撞松了的彩旗条。

当旋转门终于停下，最后一道闸门也被拉下，我环视着我们这间小小的图书馆。亚当正一边和艾米莉聊天一边收拾椅子；艾米莉在扫地，脸色红润，笑靥如花。幸好有他们的笑声回荡在屋子里，不然热闹了一天的图书馆此刻会显得异常宁静。

苏珊忙着拆下书架上的保护罩，还有一些群众自发留下来擦桌子。大家都笑得很开心，哪怕接下来等着我们的是漫长的清洁工作。

"喂，小懒虫！"亚当叫我。

我一转身，就见他把手里的脏纸巾团成一团砸向我，便往后一躲。

"你电话响了！"他说道，指了指办公桌那边。

我冲他做了个鬼脸，把脏纸巾扔进垃圾桶，然后打开桌子的抽屉拿起手机。

来电显示上是琳达的名字。我接起来的时候还有点想不通她怎么没打分馆的座机。

"活动怎么样？"我还没来得及说话就听她问道。

"可棒了，真的。"

"来了不少人？"

"来了超多人！"我满脸笑容地肯定道。我们在访客人数到两百左右的时候就数不清了，但我大概能确定今天来的人数将近三百。我甚至怀疑在今天某些时候，我们馆里的人数超过了安全上限。

"我很高兴，真心的。我们明天再细聊吧，不过我虽然知道你现在在忙，可我这儿有些新消息还是想现在告诉你。你方便吗？"

我从清扫团那边走开，去了连着地下室的楼梯，关上了身后的门。

"方便，"我应道，"说吧。"

"数据我看了，就是过去几个月的客流量。我一直在催奥斯卡对这件事做个决定，不过他刚刚才给我答复。他也看完了这些数据，然后我们——我是说罗斯科里——够资格被重新分级了。"

该来的还是来了。就算我们努力了这么多，这家图书馆还是没能达到要求，我们的资金还是要面临裁减。斧头终究砍下来了。

"艾莉？"

"嗯？"我勉强答道，挣扎着掩饰自己的失落。

"艾莉，是好消息。他们打算扩招员工了。我们分馆现在远超基准线，所以我想让你第一个知道现在新开了一个兼职的岗位。当然你现在不需要决定任何事情——"

图书馆大厅的笑声传进了楼道里。我透过门上的玻璃隔板往外瞥了一眼，正巧看见亚当把一整个纸杯蛋糕一下子塞进嘴里。

"好。"我忽然答道。

"你是想接这个工作？我还没和你谈工作时长和——"

"这些我不在乎。我愿意，如果你想让我接这份工作的话。"

"我就想听你说这话呢。我待会儿把工作细节发到你邮箱。哦，顺带说一句，我偶然得知本地的一个公众团体对我们图书馆很关注。其中有个人是图书馆总管的亲戚。她觉得烘焙大赛这个活动很不错。虽然不能再多说什么了，但感觉有大事要发生了！我可激动啦！"

我也笑了，正巧被艾米莉抓到我正透过玻璃隔板偷看，她就冲我做了个鬼脸。

"琳达，真是谢谢你了。我很感激。"

希望我说的这寥寥几个字能传达在某种程度上的谅解和歉意。我也知道她并不是之前那次终止我工作合同的人，我还觉得她这段时间里一定替我反复催促奥斯卡·科茨。通常在财政年度末才会进行重新分级。

我挂掉电话，回到了公共区域。

"一切都还好吗？"亚当问。

"不止是还好，"我边说边笑开，"甚至可以说是最终目标达成。"

*

"您好，请问是艾莉·摩根吗？我是代表 BBC 再次联系您的。我们希望请人在《午间新闻》上再聊一聊图书馆的事。您明天有空吗？"

一夜之间我手机的信息通知又爆炸了一波。

写的东西火了之后，事情会如何发展其实也没个指导给你参考。如果要我去写相关指导的话，我一定会强调你的东西不会只火一次。有时会有别的报纸杂志联系你，或者会有个名人转发你的原推文，把它共享给自己的粉丝。

有时你的推文也会被翻译出来，出现在别的国家的新闻里。一家印度的电视台就在自己的网站上做了我推文的专题报导。一份法国的出版物也发现了我的推文。

看来，图书馆的魔法能够穿透语言和文化的壁垒。一天晚饭饭点，我随意记录着自己的经历，书写"另一种魔法"时，书虫们、艺术家们和公共空间爱好者们被我召唤而来，再次相聚。

一份报纸被扔到我的腿上。

"嘿！做白日梦的，"亚当叫我，"看看头版头条。"

是《罗斯科里邮报》。我笑着拿起来读。

头版的专题中有一张照片，是烘焙大赛那天图书馆外面长长的队伍。头条写道："图书馆为'癌'发电：蛋糕发烧友齐聚一堂"。

"看来我们出名了，"亚当说，"你可别被胜利冲昏了头啊，嗯？"

"谁？你说我？我才不会，还要抵挡住其他媒体报道的冲击呢。"我翻阅着报纸，很高兴看到居然有整篇专题在报道我们这事。"我不知道你意下如何，但我觉得这可是做海报的好材料。最好整篇都放出来。又漂亮色彩又鲜艳。"

"没错，这儿是需要打扮一新了。我们要回归正轨了，嗯？"

"回归正轨。"

*

几周后，另有一群人聚集在了图书馆的外面，或者说是聚集在了图书馆路对面的空楼外面。

莫伊拉召集了相当多的本地民众，他们一起聚在废弃的疗养院外面，表明对这个地方的想法。我之前猜得没错，她的确觉得这栋楼会是新矿工福利中心的理想选址，现在她和她的支持者们正站在那儿举着标志牌，给每个路过的人发传单。

"她这样会把老百姓都吓跑的。"亚当狡黠地评论道，不过我已经发现他的裤子口袋里有一张传单冒出头来。

"什么老百姓？"我问。"她把城里的一半人都叫来了。都是退休人员，能怎么样呢。"

"她有股疯劲儿，"亚当的语气里满是敬佩，"头是真的铁。要是区议会头脑还清楚的话，就应该满足她的要求，好拉拢她。"

我已经看到有位摄影师走近莫伊拉。她正对着他绘声绘色地讲着什么。我认出这位摄影师是《罗斯科里邮报》的员工。罗斯科里矿工工友团里的两位成员正把一条自制的横幅展开，虽然从我这个角度看不清上面具体写了什么。

"头都很铁啊……"亚当重复了一句，从他巨大的保温杯里啜了一口茶。

*

"我很欣慰，艾莉，真的很欣慰。"

格雷厄姆还在翻阅他最近对我的记录。我忽然有一阵很明显地感觉自己回到了学生时代，看着家长浏览我的成绩单。

我脸颊一红。

"你这一路走来真的很不容易，"他继续说道，"我觉得我们现在可以试着隔三至四周了。"

"隔四周做什么……？"

"每隔四周治疗，直到终止。"

我吞咽了一下，感觉脚下的大地似乎裂开了，脸上的红润也褪得一干二净。

"你觉得如何？"

我找格雷厄姆求医已经有四年了，其间虽有中断，但基本都在坚持。我们一起做了着陆治疗、气味联想，还有好多好多次烦死人的 EMDR。他现在已经成为我生活中不可或缺的一块了。我甚至会发现自己有时会在脑中记下一周间发生的事情，好在下一次治疗的时候提起。

单单想着自己未来要在没有治疗的情况下面对每天的生活，就好像感到自己第一次游到了泳池最深处踩水。我试着不要恐慌。

"呃……我还没想过。"我犹犹豫豫地答道。

"行，"他应道，"我们可以从长计议。可以先两周一见，逐渐变为三周一见。之后可能四周一见。我真心觉得你已经准备好了。"

我咬住嘴唇。也许相比忽然停止，慢慢来会不那么极端。我确实应该在之前就考虑这件事，但说实话，直到一两年前，我都根本没有办法想象出能有未来，一个我还存在的将来。

"我觉得……慢慢来会比较好。你真的觉得我准备好了吗？"我问。

"艾莉，看看你自己。你已经和我当初见你的时候判若两人了。你现在能走出去，工作、组织和举办活动。你的进步超过了我治疗过的一半人还多。你还在写作，你不止为自己，而是在为你所在的整个行业发声。你还记不记得我们第一次见的时候，你甚至不能独自乘公交车？"

我点点头。我虽然不愿意回想这些，但他说得没错。当时我的恐慌发作过于频繁而且令人心力交瘁。记忆闪回也令我困惑不已，内心惶惶。

而现在呢？我虽然偶尔也会有记忆闪回，但我能维持对自己的掌控了。我知道自己是谁，现实中身在何处。我还有个目标。天啊，我都能自己一个人坐火车进城了，都能在直播的广播节目中和主持人谈笑风生了。

"我觉得你有很多值得引以为豪的事。"

我脸上的红晕又烧了起来。

"还有，"格雷厄姆说道，"我们可不能让这些治疗成为你完成目标路上的绊脚石。听起来你最近可是个大忙人。"

我挠了挠鼻尖，不过我感到自己在微笑。

"我是有挺多事要忙的。"

"苟富贵，勿相忘，嗯？"他开玩笑道，边说边站起来，"两周后还是老时间？你自己先琢磨琢磨。"

我也站起身来，点了点头。

"我还能给你打电话吗？"我问，"如果……如果事情又变得糟糕了。我能……能不被终止吗？"

格雷厄姆的语气变得十分真诚："如果真有这么一天，当然可以。"

"那就没什么事了，对吧？"

"没事了。你能行的。"

这一次，我脑海中的妖精们终于静悄悄地达成了共识。

*

最后一条准则——需要庆祝胜利的一小步，当然，也要庆祝胜利的一大步。

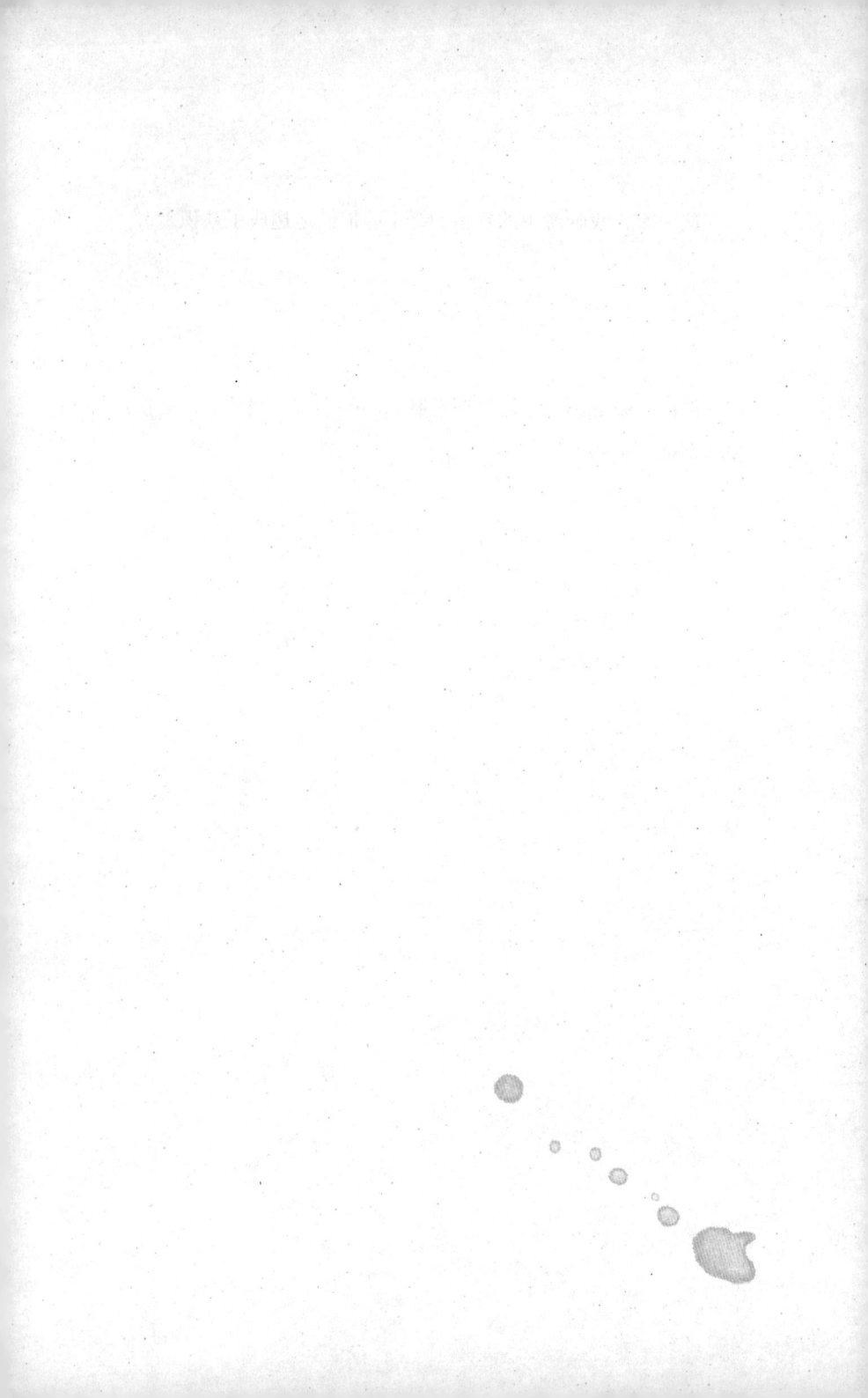

第十二章

图书馆的未来

The Librarian
Allie Morgan

国家扫盲信托基金会在 2019 年的一项研究表明，全英国的儿童只有不到四分之一会将日常阅读作为兴趣爱好。这一代英国儿童的阅读量比他们之前的任何一代都要少，有超过三十八万的孩子连一本书也从未拥有过。

要说这一代孩子是有什么缺陷，导致他们某种程度上不太能够体验到阅读的乐趣，我是完全不信的。

我是在小学那间小小的图书馆和书本结缘的，但我最近才知道现在并不是每所学校都有图书馆，真是难以置信。这样的话，孩子们还能去哪里做小书虫享受阅读呢？

　　我觉得，按照常理，若在一个孩子从小长大的环境里，阅读只是苦差事和必须完成的任务，那这个孩子肯定会把阅读和功课、作业、责任、严肃性联系在一起。

　　这样的话还有什么魔法呢?

　　儿时我学校的数学课用的是一套美国教材，叫作海涅曼数学系列。我小时候养成了一个习惯，就是在我的小手和小脑袋的承受范围之内尽可能快速地完成功课，因此在上中学之前，我就早早地学完了整套教材。其实相比起其他学科，我对数学并没有什么特别的钟爱。我只是习惯于强迫性地能学多少知识和技能就学多少，对它们有种渴求的感觉。

　　我当时也不知是从哪里读到，人们学习新事物的能力会随着年龄增长而减退，这个说法真的让我很恐慌。好像忽然之间我的学习真的有了紧迫感。我并不知道自己想成为什么人物，只是单纯地充满了求知欲。

　　当我学完了第七本教材，得知还要等上整整两年才能有新教材学的时候，不禁大为光火。

　　我可怜的老师试图跟我讲道理，说她已经帮我索要过了，但我们学校几乎不可能拿得到八年级教材。这本书是中学的教材，所以不包含在我们学校的课本预算里，因此学校就没法买到。

　　于是我们又学了一遍第七本，又做了一遍配套习题册。

　　又丧气又无聊，我开始发泄情绪。我确信，当时我可怜的

小学七年级 [1] 老师时不时需要容忍一些我非常过分的行为。而且这些行为肯定很快被告知给了我的父母。

我真的很感激父母对我的养育之恩。我的爸爸妈妈是会轮流在我头枕着书睡着时帮我关掉卧室灯的那种父母，他们将我带去了大图书馆。

我之前已经知道大图书馆是一个魔法圣地，但这一次我才知道这儿还有个儿童参考书的区域。在往年试卷和各种习题册之间，藏着的正是一本用高光纸印刷、略有些旧的八年级海涅曼数学课本。数字"8"本身就是一个竖着的巨大无限符号，在我童稚的眼睛里，看起来就像迸发着无限可能的未来，让我心潮澎湃。

最后，我好多日子和接下来的一整个暑假都泡在图书馆里，啃完了这本教材，当然顺带读了好些托尔金和罗尔德·达尔 [2] 的作品。

等我升入初中，我的新数学老师做的第一件事就是举起那本教材，把蕴含着无限可能的数字"8"对着我们问："你们有人学过这本吗？有人做过这本吗？"而我们的回答和一两次摸底考试一起，确定了我们各自初中数学的起始等级。

图书馆的魔法拯救了我，让我在一心只想领先的年纪免受落后之苦。这便是所有图书馆的首要目的：使竞技场更加公

---

1. 在苏格兰，小学通常是七年制。
2. J. R. R. 托尔金（J. R. R. Tolkien）和罗尔德·达尔（Roald Dahl）均是享誉盛名的小说作家，前者的代表作有奇幻小说《魔戒》系列，后者著有《玛蒂尔达》等著名童书。

平。就算我来自工薪阶层，就算我就读的小学想争取到别的孩子唾手可得的教材都很困难，有了图书馆这些都无关紧要了。图书馆会给任何叩门的人开门，提供信息和知识。

关键是要知道可以"叩门"，并且能够"叩门"。

几十年来的财政紧缩和社会运作方式的转变，导致全国各地都在不断关停图书馆，这已经不是什么秘密了。故事也总是老一套：使用和需要图书馆的都是社会上的弱势群体，都是穷苦人和没什么渠道发声的人。等到剩下的民众知道这些消息，甚至去发动抗议的时候，也已经太迟太迟了。木已成舟，损害无可挽回。

然后还有不在明面上的削减。员工人数惨遭裁减，开放时间也被缩短。有资格、有学识的正式图书馆工作人员被志愿者取代（不是说不能有志愿者，而是你不能指望志愿者一人挑起管理整家图书馆的大梁）。然后你看，服务质量不就下降了嘛，来的人不就少了嘛，更大幅度的削减不就来了嘛。

如果要我说，在图书馆工作的这段经历中学到了什么，那就是：事情本不该如此一条路走到黑。

在一次电台的采访中，我曾被问及对图书馆未来有什么看法。当时时间很短，我并没有机会把心里想的全说出来。如果能一吐为快，我的回答应该如下：

只有现实而严肃地审视我们对现在所看到和使用的图书馆的资助方式，它们才能真正有走下去的可能。如果我们继续以"生产力"（能赚多少钱、有多少人来）这种抽象而资本化的概念来看待它们，那它们的价值就被大大低估了。图书馆真正的价值并不在它能带来多少眼前的现金、吸引多少人流，而是比这些都要复杂得多。

给儿童和成人提供一个免费学习的空间节省下来的费用要如何计算？一个员工若自愿花时间留下来帮助来图书馆的老年夫妻设置新手机，好让他们能和长大成人远在国外的子女保持联系，要如何衡量他／她的价值？

如果我们要拆除一个空间，而它能让所有人都免受评判地免费前来，简简单单地存在就好，那其中成本要如何计算？如果一个和善可亲的员工能帮助社区里面临实际困难的民众申请紧急贷款，帮他们填写读不懂的表格，甚至只是帮他们从垃圾邮件中筛选出看漏了的重要邮件，那么裁掉这样一个人，社区的损失要怎么计算？

只要图书馆的资金还是由客流量决定的，那图书馆只有在有人来的情况下，才能继续存在下去，但试问谁愿意来一个不好待的地方呢？谁愿意坐在破破烂烂、脏污不堪的椅子上，旁边的窗户还是破的，而且盖满了涂鸦？谁愿意把自己的孩子带到一个反社会行为猖獗的地方，因为这里只有一个当值员工，不仅孤立无援，而且还深受过去经历的暴力事件的创伤？

让人走进大门只是第一步。

所以我们要如何确保这一代乃至下一代人还和我们一样，有能触到这种魔法的福气？

我本人虽不是什么政客或经济学专家，但在图书馆这个我所热爱的公共服务体系里，从事一线工作到现在也有不少年了。归功于我爆火的推文，我也有机会接触到了世界各地的图书馆员工和热爱图书馆的人们。我也采访过心力交瘁的图书馆员，和绝望的参考书目分区的员工喝咖啡谈心，甚至在网上和学校图书馆的员工、社工、护理人员、心理学家、精神健康护士、读书会负责人、作者、出版社人员乃至各行各业的人们都聊过天。大家因为想要拯救图书馆的这股激情而凝聚在一起，都觉得变革势在必行。

我总结了我的经验和研究，觉得要想拯救这些美好而充满魔法的地方，以下三点是关键：

1. 投资

这并不是什么吸引人的话题。我要谈的也不是数字化服务、3D 打印机和可供租借的 iPad。（虽然更多的投资确实能使图书馆的服务更加多样。）我想说的很简单：给图书馆投入得越多，回报就会越大。舍得给人民投资、给社区投资，接下来的事就会水到渠成。

虽然金钱的投入肯定是不能缺的，但这也不是图书馆当下急需的唯一投资形式。我们还需要时间和专业上的投资；我们还需要就社区民众所关心的事进行针对性投资。举例来说，可能就是本地的企业可以通过对图书馆活动的捐助来将其所得回馈一点给社区；或者本地的野生动物保护区可以每隔几个月派工作人员来图书馆，开办一些关于观鸟的讲座；再或者当地的大学也可以和图书馆合作，开办一些基础的课程。

我们不仅需要学术性的知识投资，更需要本土化的知识投资。也许本地的退休人士社群可以和图书馆合办一场展览或是一次群体性追忆活动，分享有关本土文化的照片和故事；本地养老院的住客们也可以挑一个下午过来，大家用图书馆的投影仪一起看看经典的足球赛。

有时候我们会在养老院为得了失忆症的老人们举办书虫小聚。孩子们唱起以前的童谣，许多住客也会跟着一起唱。这样的合作活动会给社区带来确确实实的良性改变，而这一切都离不开养老院护工、本地的父母、照管孩子们的图书馆员工一起付出的时间和心力。

2. 公众意识

如果每次有人在得知我的工作之后说了一句"哦！我还不知道咱们这儿有公共图书馆呢"我就能拿到一英镑，我现在要是想开自己的私人图书馆都不在话下了。

用户中最弱势的群体是知道图书馆存在的。但现在的情况是，我们需要让那些用不到图书馆的人知道这个地方存在。图书馆必须在最基础的业务上拓宽服务范围，不仅仅只是帮助极端贫困的群体。

如果图书馆做不到更便捷、更实用和更吸引人，那我们的访客只会源源不断地流失，纷纷走进轻食店、咖啡店、书店、育婴室、亚马逊、私家托儿所、酒吧和别的私人服务设施。

3. 自治／民主

一刀切是行不通的。琐碎的官僚主义已经让分馆的运行束手束脚，员工和访客都渐渐搞不清图书馆最核心的目的是什么了。不仅公共服务受到影响，受苦的还有社区老百姓。

我常常反复提醒大家图书馆是免费的，但事实并非如此！其实费用你已经付过了！你每向政府交一次税，就是给图书馆付一次钱。这本就是开设给你的服务设施，你难道还不觉得自己理应对它的运作方式有话语权吗？

简单讲，各个图书馆的预算都需要来自社区层面更强的控制。我们要减少官僚习气的繁文缛节，更多地聆听来自基层的倡议。

下面的例子能很有力地体现整个服务部门盲目执行一刀切的政策会产生多大的浪费：

在我这个地方，当局把图书馆、健身房、游泳池和博物馆划分进了同一个管理结构。所有员工都会被划分成不同的"层级"，这仅代表工资和级别，而具体的工作可能是管理员、图书馆儿童助理、救生员等等。正因如此，我不得不被迫参加游泳池维护及酸碱平衡的培训，还不止一次。

你看到这里不觉得生气吗？这些培训用的可都是你的钱，是你出钱让我坐着，听某位专家讲授如何给公共泳池消毒。

不用说，这些培训的内容我一个当图书馆助理的完全用不上。事实上我根本不会游泳，对泳池向来是能避则避。

私营企业是不会允许这种没脑子的浪费的。虽然我理解我们不以营利为目的，但地方当局这种傻瓜行为也过于泛滥了。

可事情不一定非得如此啊。

你为一个公共设施掏钱，结果大部分人目前都没在用它，很多人甚至连这个公共设施的存在都不晓得。你难道不觉得奇怪吗？

我们不如从现在起就尝试改变。想象你去本地的图书馆时，看到的政策都是专门为图书馆制定的；想象你能为图书馆举办何种活动投票表决；想象能获得资金投入的是预算中的优先事项。

你了解你生活的社区，也知道自己需要什么公共服务。再说了，就算你不会来图书馆，你难道不想对其有话语权，把它改造成你可以常来的地方吗？你日常生活中会需要什么帮助？哪些服务对你而言是有用处的？为什么你不参加读书聚会？是不是因为聚会时间总赶在你上班的时候？还是聚会选择的书本题材不是你的菜？还是图书馆的开放时间本身就太短了？

想象一间真正由社区群众说了算的图书馆，你觉得会是什么样子？

我们要做的事就在眼前：我们需要积极发声，我们需要被倾听。你的声音需要被听见。

当你花钱供养的公共服务设施不能为你所用时，它的员工和管理人员就应该承担相应的责任。我们投注的时间和热情应该获得实质性的回报。我们就是自己社区的百事通，而这种专业性应该获得认可！

你要投诉。你要提建议。你要发出声音！在社交媒体上大闹一场吧。在你方便的时候贡献出自己的时间吧。你要争取权利，去开设属于你自己、适合你自己的图书聚会！你要提要求，索要更多更优质的书！你需要的是能正常运作的设施和打印机，还有能切实帮助到你的服务人员，而不是任由从没来过图书馆的官员所写的操作流程绑住他们的手脚！

我敢打包票，虽然本地分馆的员工可能已经疲惫不堪，但他们刚开始的时候也怀着和你一样的初心和热情。我们应该一起促进公共服务设施对群众意见的发扬，而不是让它被扼杀在文书和繁文缛节之中。

这是你的图书馆。你投入了多少，就应该得到多少回报。这一点要牢牢记住。

哦，也求求你有颗慈悲心，对一线的工作者友善一些。我们想争取的事和你是一样的，虽然我们常常放不开手脚去做。你要是能在员工休息室放点饼干，那也是再好不过了。随口一说，我个人比较喜欢英式燕麦饼。

*

儿童区的某处，传来一声女人的叹息，只听她说："不行，你拿的书也太多了。你看看你都拿了多少本了！你数数看？"

回答她的是一个孩子的声音："一百万本！"

"你只能拿六本。"女士说道。

接着是一声软软的"唔"，含着孩子气的不满，伴随着熟悉的童书塑料封面滑落在地的声音，一定是那孩子小小的手抱不下一整摞书吧。

"只有六本吗？"

"对。"

"真的吗？"

"真的。"

"可是妈妈，我真的好爱好爱书哦。这些书我全都想要！只选六本的话，我选不出呀！"

在接待处这边，亚当打印了一张我们这片区域的地图，把它拿给刘易斯先生看。

"好了，看到我圈起来的这一块了吗？"亚当问。

刘易斯先生哼了一声，点点头。

"这就是老邮局的所在地。你要过去的话就沿着这条街一直走。我们图书馆就在这里，明白了吗？我把路线给你标出来了，从那儿转个弯就是。"亚当接着说道。

他把地图交给了刘易斯先生，后者仔仔细细端详了好一番，最后终于应道："啊，孩子，现在我明白你的意思了。我要付多少钱？"

亚当摇摇头："不收费。我把咱们图书馆的电话给你写在地图背面了，要是找不到路随时可以打电话来问。"

刘易斯先生又哼了一声，不过这次是表示他很愉悦，然后把地图折起来放进他的大衣口袋里。

我们的针织和钩织俱乐部那儿传来了笑声，大家正在一起喝茶谈天，实际上倒没做多少手工，不过都很开心就是了。自从我们在社交媒体上发了这个俱乐部的宣传之后，参加的人就越来越多。每次活动都要消耗两大桶茶。大家用社区民众捐赠的织针和毛线欢迎新来的朋友加入这个小圈子。索菲每周都会带来自己做的饼干。宝宝卡梅伦现在长大了一点，开始蹒跚学步，高高兴兴地一边咿咿呀呀一边用蜡笔在我们特地给他印出来的彩纸上涂涂画画。（他最喜欢给独角兽涂颜色了。）

艾米莉正忙着给一个小家庭做登记。是一位奶奶带着三个孙辈，一家子的头发全都是与众不同的火红色。

"所以你的生日是什么时候？"艾米莉问一家人里最小的那个，而那孩子羞得脸红，把一根手指塞进嘴里，耸了耸肩。

"是八月。"奶奶答道。

"您搞错啦，奶奶！"另外两个孩子跟着嚷了起来。"杰西卡的生日才是八月！"

"杰西卡不是五月生的吗？"

"奶——奶！"年纪最大的小姑娘叹了口气。"五月是您的生日呀！"

"哦。对对。是的是的。"

艾米莉怀着圣人才有的耐心微笑着，然后给这家人递了三张表。

"这样吧，"她说，"你们可以带着奶奶坐下，然后一起填这些登记表。填完了之后把表交给我就行。"

我则在 IT 区和柯林斯太太在一起，她刚把自己的手机塞给我。

"这是新款的，你瞧。是汤米在带着孩子们回新西兰之前给我的，他说用这个就可以和我打什么'视频电话'了。"

我边点头边微笑。自从柯林斯太太的儿子汤米假期带着她的孙子孙女们回来探望之后，她就整天把他们挂在嘴边。我听着听着感觉自己都快成她家一分子了。之前除了听她谈论肠胃情况和描写逼真的犯罪小说之外，我从没见过她对什么事有这么大热情。

"所以你想让我帮你把音量调大？"我问她。

"没错，姑娘。感觉它发不出声音了。我总接不到孩子们打来的电话。"

接下来的十多分钟我都在和她解释新手机的"静音"功能是怎么一回事，然后又用十五分钟从头再说了一遍，之后见她从手包里拿出皮制封面的小笔记本，舔了舔笔尖。她眯着眼透过眼镜盯着笔记本，也把笔端正地拿好。

"亲爱的，再说一遍吧。音量到底在哪儿调？"

和往常一样，接待处又排起了队。我们所有的电脑都已经有人在使用了。现在每位图书馆用户只有一小时的电脑使用时限，尽管也有消息说要购入更多的电脑，但也要预算允许才行。

苏珊从地下室走了出来。现在地下室被改成了上大课和举办大型活动的地方。储物箱大多都被清走了，剩下的也被移到了一边，给各种尺寸的成人和儿童桌椅腾空间。

下了课的孩子们也三三两两地来到了图书馆自习，和各自的家长汇合，许多家长们明显是刚刚才下了班的样子。

"请爸爸妈妈们注意一下，下周学校放假，所以不会有课后自习时段！不过我们还有许多别的活动，请留意近期的海报，欲报从速哦！"

我们图书馆被重新划定为三人层级的分馆后，获得的资助金额也水涨船高，不过我们也接到提醒，要想让这笔钱能稳稳当当地留下，客流量还得继续上升才行。

更多的活动已然在我们的筹划中了。

一个送货的司机推着手推车进来，一路小心地绕开孩子们。车板上摆满了纸箱子，堆得很高。我和正要离开的柯林斯太太挥别后就飞快地冲到司机那边签收包裹。

"又是书，对吗？"他问。

"应该是的。"我一边回答，一边和他一起把箱子搬到办公桌后面。

"真不敢相信这里能这么热闹。我还以为现在没人读书了。"

"真相让你吃了一惊吧。"

我和司机挥手道别。今天剩下的时间，他都要给街对面新的罗斯科里矿工福利中心运送家具和别的东西。我都能想见莫伊拉会怎么在那儿指挥一拨又一拨的工人和送货司机。光是想想就让我情不自禁地微笑起来。

偶然听见亚当正在给另一个小家庭登记成为新的图书馆用户。

"好了，我们就从这位年轻的小姐开始吧。你叫什么名字以及——这可是重中之重——你最喜欢哪种恐龙？开始！"

正在擦键盘的我兀自笑出了声。如果方才那段互动不是图书馆工作的缩影，我真不知道还能有什么是。

＊

有时，描述图书馆工作的真实情况并非易事。说实话，不管请什么神仙不拘在哪天来为这个摆书架子的地方算上一卦，唯一能算准的就是根本没什么准事。如果我能穿越回去，见到刚在科缪尔图书馆开始工作的艾莉，我有什么能告诉她呢？

艾莉，将来会有很多场读书聚会需要你来引导讨论；你会在一些日子里分发茶水饼干，为夏季阅读的布展裁剪皱纹纸；也会有时候你只是一个帮不上忙的旁观者，眼看着一个愤怒的男人把一位年轻女士和她的孩子从幼儿晨间聚会中拖拽出去，原因不过是那位妈妈旷了一天课，只为了让孩子能获得一点和"正常"勉强沾点边的玩耍时间。

我们可以详究图书馆员应该是什么身份（你读到现在也应该知道我有多么喜欢良性的反思），也可以辩论图书馆到底应该有哪些名号、起什么作用（是社区中心？是本地枢纽？还是信息仓库？谁在乎！）。但如果一个小姑娘有一天必须在她的高中课程和陪伴自己孩子玩耍和学习一两个小时之间二选一，上面讨论的这些就全都没什么意义。

一间真正好的、正常运作的图书馆，如果管理得当，资金充足，应当保证如果有人旷课来此照顾孩子，不会意味着错失学习以及任何其他的社交机会。一家好的图书馆应该能让贫穷之人有成功的机会，让勉强生存的人体会真正的生活。

随你怎么称呼。不管以什么形式，一家真正的图书馆不应该只是一张安全网，更应该成为社区律动的心脏。而图书馆员就是竭尽自己所能，让这一目标成为现实的人。

坏消息这就来了：现时今日，在绝大多数发达国家（和许多发展中国家）中，一场战争正在进行。就和罗斯科里之战一样，这是一场多方面的战争，而且在事态真正无可挽回之前，公众很难有所察觉。

总体而言，图书馆和资本主义文化并不兼容，而政治权力很大的人往往最支持资本主义文化。让这些小小的社区安全网免费提供本可以用于营利的服务，其实算不上优势。

你或许也听过有些政客和商人的言论，诸如"我们或许可以转型为私有化的经营模式"（那就成了商店了），"没有收入流，图书馆是不可持续的"（那也取决于你怎么定义"可持续"，或者在此语境下，怎么定义"收入"），或是"图书馆过时了"（根本就在否认其实现在图书馆前所未有地被需要）。

我其实真心相信这些言论的出发点并无恶意，但它们确实来自错误的信息。我们能教育公众，让他们恰到好处地了解到罗斯科里这样的图书馆到底在做什么，这些政客和企业老板和公众一样，也需要接受教育。

就让我们一起来教教他们。让我们把图书馆用起来。让我们为自己的图书馆高唱赞歌。让我们要求更多、要求更好，用我们的资金、行动和投票说话，以证明衡量价值的标准不应只是底线收益！

反正我是打算这么做的。

第十三章 ->>

瘟疫降临罗斯科里

The Librarian
Allie Morgan

我们很容易过于自信地看待自己在世上的位置和事物的状态。我们琢磨着自己的人生轨迹，总是在向着更好的生活——为过程中的失败、跌倒和损失默哀——但几乎不会觉得周遭的环境有可能遭遇巨大的变故。我们会不满政府的政策，痛批资本主义的现状，甚至怀疑人类的本性，可一旦这类事态的变化超出了微末的程度，是没什么人能安之若素的。

　　一场选举，甚至一次全民公投，都不会在一夜之间改变世界。

　　新冠肺炎降临罗斯科里的方式和它去全国其他地方没什么

不同——起先缓慢而遥远，接着在刹那间一下子排山倒海而来。

我接到官方通知的时候正在罗斯科里图书馆上班，通知让我们尽最快速度清场闭馆，请公众离开：封锁即将开始。不一会儿首相就会下达封锁的正式通知。

前一天我一直处于高度紧张的焦虑不安中。英国已经受到了病毒的影响。我们也已经在图书馆的窗户和墙上贴了海报，提醒图书馆的用户们相互保持两米距离，且洗手时长应该足够唱两遍生日快乐歌。

我眼看着图书馆渐渐聚满了人，心里越发恐慌。书虫小聚一如既往地不受管控吵成一团，孩子们黏乎乎的小手把所有地方都摸了个遍。我看着接待处的队越来越长，人越来越多，陌生的人们挤在一起，IT区的电脑边也围得全是人。

我让亚当回家。他有严重的哮喘病，而且不管我们现在说什么、做什么，也根本没办法执行突然新通知的规定，让人们保持社交距离。他不愿意留我一个人，又倔得像头牛，我劝也劝不动。

我们两个害怕地盯着一位老年常客走近柜台，又是咳嗽又是气喘又是发颤。她躬着身子撑着自己的花格呢推车，面色苍白，冷汗涔涔。我脑子里忽然就涌出了"零号病人"这个词。

"您怎么来这儿了？要不还是回家休息一下吧。"我尽可能委婉地劝她。

"不行呀姑娘，"她在咳嗽间隙挤出回答，从推车里半拖半抱地把大字号书放上柜台，"我离不开书。我大概是得了肺炎，得靠着书打发时间。"

场面一度近乎滑稽——要不是真实的危险咄咄逼人的话。

管理层没有任何指导，我只能自己买来橡胶手套和免洗洗手液。（万幸我的露营装备里还剩了一些洗手液。）我坚持用清洁喷雾擦拭书本，不想让亚当暴露在更大的风险中。

书虫小聚结束后，在封锁前的这一天里剩下的访客都是高龄人士。我不知道是不是因为我们的老年用户更依赖纸质新闻，事态不断变化的时候他们可能会稍稍有些滞后，但我觉得在对待病毒的态度上还是有代际差异的。

我能确定的是这些访客里没有一个像我这么焦虑的。当我建议他们多存点书以防图书馆关闭的时候，好多人觉得根本没必要。有些人谈起病毒时说"不过是另一种流感罢了"。几乎就没什么人按我们的要求与工作人员及其他访客保持安全距离。

当闭馆的命令下达的时候，我可以说是松了一口气。

我一早上都在给每个表面消毒，能擦多少就擦多少。我听说意大利的有些地方，已经封成了铁板一块，人们在窗口挂起彩虹的图片，试着给彼此——特别是最困惑和恐惧的孩子们——一些希望。

我立刻打出了一些彩虹背景的海报，上面印着诸如"罗斯科里，一切保重"和"勤洗手"等标语，然后把它们贴在了窗户上。我将图书馆的门锁好，然后在前门那儿留了一块标志牌，上面写的是我从文学作品里找出来的几句话，全是在描述困难时期的坚韧不拔。

我估计图书馆应该要关上一两个月，一直关到国家对疾病的流行状况有了新的评估才能重开。

我选的这些话语，在接下来的几个月，应该会随着每天的流逝而越发显得悲壮。

*

接下来的几天，我和亚当还是会继续到图书馆来。除了打扫之外，我们也处理了一些被搁置的工作，比如清理旧库存。

与此同时，街上空荡荡的。停车场里只有亚当的车。人们去商店的路上也不再会来这儿歇脚了。有点世界末日的感觉。

会有比我更优秀的作家能够描写这段时光，以文字讲述文明如何在失落的悬崖边静默地徘徊。我只能证实，当我们在空荡的图书馆里工作的时候，空气里确实弥漫着莫名的悼念气息，仿佛是在小心地保存一具庞大的尸骸，让它不至于腐烂。

第四天的时候，琳达打来电话：从现在起停止在图书馆的一切工作，回家直至另行通知。

那天晚上，我和我丈夫一起听首相鲍里斯·约翰逊宣布实施彻底的封锁。除必要的工种外，所有公民必须留在室内。他在这场预先录制、措辞谨慎的讲话中说，随后会颁布更多的指令。

宣布结束后，笼罩着我们的是一阵怪异而恐怖的寂静。

我和他彼此相视，然而又有什么可说呢？感觉就像听到了战争打响的消息一样，我们之间心照不宣地悬着一个问题：现在怎么办？

*

最初的惊惧过后，我的思绪飘到了平时会来图书馆的人身上，尤其是常客们。柯林斯太太怎么样了？她是不是在和家人打视频电话，告诉他们这里的新情况？刘易斯先生怎么样了？世界各地的奇多们呢？有谁能把封锁的情况解释给我们最弱势的用户群体，以及有学习障碍或是其他残障的常客们呢？

还有那些独居的人，他们怎么办呢？

我们这些图书馆工作人员收到了招募志愿者的邮件。我们中有的去本地的养老院帮工，有的去学校帮忙照顾必须留在工作岗位的核心工作者们的孩子。

后来的一段时间里，罗斯科里图书馆被临时改为了一个联络中心。在这里，有许多图书馆同事轮班值守政府新开通的紧急热线，并且帮着协调服务工作，例如给社会弱势群体派送食物包裹、收集和分发处方药等等。其他的同事们，比如亚当，仍然坚持给最有需要的群体运送重要生活物资。

我丈夫哮喘发作，因此不能开车了。我便改为居家办公，负责回复图书馆用户们发来的邮件，尝试提供一些远程的图书馆服务，比如将书虫小聚的活动转到线上，以及出借电子书。

每天早上，琳达都会给大家群发邮件，跟进所有同事的状况。她会询问我们这天在哪里、在做哪些事，只为确认大家是否都仍然康健。邮件里也渐渐出现"在这不确定的时期"，以及后来的"当大家逐渐适应新常态"这些话。

没什么能比回复分馆电邮更能让人突出地体会到疫病大流行的异常。

"我给你发了一些文件，请问能帮我打印出来吗？"

非常抱歉，本分馆目前仍未对公众开放，因此暂时不能提供打印服务。恳请谅解。

"我一直敲图书馆大门但都没人应。我要还书。"

非常抱歉，本分馆目前仍未对公众开放，因此暂时无法处理还书事宜。对此所有的还书日期已经相应延后。恳请谅解。

我想说这就是一场瘟疫；现在就正处于瘟疫蔓延时，而我致歉的语气都像机械的客服。世界就是这样告终的，不是砰的一声而是一句"抱歉带来不便"。

封锁第八周的某天，格雷厄姆忽然联系了我，告诉我他新冠检测阳性。

要是病人自己的医师都患了新冠肺炎，那这个人还能找谁治疗呢？

我希望他平安。他说已经挨过了最难受的时候。现在他只是有些不舒服，没什么大事。

那时我们已经通过电话进行了一两次治疗，但大多要么就被打断而不了了之，要么就草草收场一无所获。问题是现在世界失控成这样，不论什么形式的治疗效果都微乎其微，但这也让我意识到自己对接下来的治疗已经没什么依赖了。和身处疫病大流行中的每个人一样，我压力也很大，但好歹活着，甚至有的方面还有所成长。

在日记里我写道：

我的心理医师兼治疗师得了新冠肺炎，某种程度上应该算个暗黑笑话。

这事我能找谁谈呢？

他正在康复中，谢天谢地。不过我的确由此联想到自己的心理健康状况，第一个念头便是：我已经很久没想过这件事了。我一直忙着让自己活下去、让他人活下去，都顾不上分析自己的内心想法。

没错，记忆闪回的症状时有发生，很有可能永远也不会彻底终止。没错，我洗手的强迫行为平常看来不算什么生存技法，但放在流行病大爆发的时候，却奇怪地适合生存。

我了解焦虑。我了解恐惧。我也知道什么是对不确定的未来感到绝望。

但我也真他妈庆幸自己还活着。

现在每个人身边都有不那么幸运的人。每个人都有认识的朋友、兄弟姐妹、亲戚长辈，甚至父母感染了病毒。事态让人不能不怕，大家全部进入了求生状态。但现实是：有些人一辈子就没脱离过求生状态。

创伤后应激障碍是非比寻常的存在。而我们人类整个族群正在经历这一代极具创伤性、影响极为深远的一大事件，但我感觉自己活到现在几乎都是在为此做准备。在创伤这方面，我已经做足了功课。

现在我倒成了给朋友和牵挂的人提供建议的那个，还真是出乎意料。我开始把格雷厄姆对我说过的话鹦鹉学舌一样地重复给别人听。把我从心理学课本和治疗过程中收集起来的智慧分享出来。

我或许都能开始收费了。

随着封锁逐步解除，我能接听打给图书馆的电话了，虽然我的回复基本还是局限在"对，我们还在闭馆中。是，我还是不知道什么时候能开放"。

不过，就像我在日记里写的那样：

图书馆会员里更为弱势的群体似乎根本不清楚新冠大流行是个什么情况，但他们一听到我的声音就欣喜起来，我们也尽力向他们解释，虽然现在没人知道将来会发生什么，但我们仍会在这里为他们提供支持。他们永远可以联系图书馆，从这样或那样的渠道获得帮助。

就算闭馆了，图书馆仍是那个枢纽。即使接待处的工作台前装了亚克力隔板，前门仍然关锁着，人们还是会涌向我们，给我们打电话寻求建议，查询信息。罗斯科里的老百姓相信他们的图书馆员。成为社区民众在危机中求助的对象之一，我真真切切地感到荣幸（但也有点让我焦虑）。

*

我站在图书馆入口，叉着胳膊，能感觉到自己的塑料面罩上有一滴汗珠正在凝结。可又摸不到脸，只能任由汗水沿着额头流到眉毛上，痒得想挠又挠不着。

一旦我透过自制布口罩呼气，眼镜片上就会起雾。那滴恼人的汗珠终于流到了我的眼镜底下（还好没流到眼睛里），走完了它的下降之旅，融进了口罩越来越湿的挂耳布条里。

我试着把精力集中在讲座上，但奥斯卡·科茨的声音基本和单调的嗡嗡声没差。他在开讲的时候开玩笑说，他们找了"整个图书馆最无聊的人"来给大家做最新消毒流程的培训，但就这个笑话也已经过去一个多小时了。

罗斯科里的一线工作人员今天是来参加"重新开馆培训"的，结果大家到的时候都局促不安地挤在图书馆的旋转门前，每个人都戴着口罩，被灯光刺得眯着眼。我走过去想和艾米莉握手，我俩有几个月没见了，她退开了。

我赶忙退后，连连道歉，将戴着手套的双手塞进汗湿了的腋窝下面。本以为自己已经在封锁期间把保持社交距离刻进了灵魂，然而看来一见到同事，哪怕他们被防护装备裹了个严实，也能立刻让我回到以前的工作模式。

我俩略显尴尬的笑声闷在口罩里，她向我挥了挥手，亚当和其他同事也都到了。

海瑟倒是连影子都没见着，她属于感染病毒风险最高的人群。所以暂时被安排留在家中。

连我在内的五个同事小心翼翼地走进图书馆，大家脚步笨拙，彼此的距离一旦接近两米就赶紧停下。我一直紧紧把手塞在口袋里，以防我控制不住再去拥抱别的同事。

我们看起来估计就像刚刚化形为人的外星人，还在摸索人类复杂而微妙的交往方式和肢体行动。

在那之前，我挨日子的方法是把封锁当作特殊的公众假期。我几乎已经给自己洗脑成功，坚信我居家办公全是自己率性而为。哪怕是在恐慌性采购的时候，我都进入了某种解离状态，埋着头万事不管，告诉自己生活不久后一定会重回正轨。这场疫病很快就能过去，全国人民也只是偶然决定停工一阵子罢了。

几个月来我的理智全靠这种想法维系。每当恐慌来袭时，我就会去家附近的树林里散散步。谁能不爱在树林子里散步呢？我只是放了一个长长的假，简简单单地享受着阳光。没必要想太多。

目睹罗斯科里图书馆为适应新瘟疫时代而转变，我小心营造的否认茧房被撕了个粉碎。我眼睁睁地看着消毒水雾，然后倒吸一口凉气——无意中把它们吸入肺里。

墙上现在什么色彩也没有了，所有的装饰都被撤下。图书馆之前临时改为联络中心时就已经安装了亚克力隔板，现在更是充斥着真正反乌托邦式的标志。公众必须沿标示社交距离的警示带站立，到处都是与视线平齐的标牌，提醒访客彼此之间保持距离，如若出现新冠肺炎症状则禁止入内。

我目力所及之处看到的标牌，全都写着让访客佩戴口罩、在出入图书馆时于正门前消毒双手的强制命令。

末日余生的观感在我看到新的"还书箱"时更强烈了，这些箱子是供图书馆用户们放还书用的，上面贴着生物危害警告标识，里面罩了塑料袋。

我们随后了解到，归还的书籍以及其余外来物品必须在地下室隔离 72 小时。每次轮班会有一名同事专门负责搬移并归置这些物品。

走进这栋楼，仿佛就是走进了一台烤箱。

奥斯卡说虽然封锁期间空调修好了，现在能用，但是开空调的话会加速空气流通，图书馆里有人在的话就不太安全。同理，电扇也通通不能开，电扇一开，就有可能把携带病毒的飞沫吹得到处都是，加剧疾病传染的风险。

等到我们坐下听奥斯卡开讲的时候，我已经不确定眼镜起雾是我自己呼气时哈的，还是这里的湿度实在太大了。

还有，在图书馆工作时我们必须时刻佩戴发下来的塑料面罩——显然是苏格兰政府的政策。

空气里混合着消毒水喷雾和洗手液里的酒精味（新规定让我们一有机会就用这些东西），身上穿的个人防护用具层层叠叠，也又闷又热，我稍稍有些恶心，也有点犯困。

而奥斯卡的声音也压根没法儿让这种窒息的氛围松动些许，更别提讲座的内容了。

每个人面前都堆着一整套新出的 SOP 表，大家读得很辛苦，每张表上都写满了新流程的各项烦人的细则，大家背得更辛苦。

"……当然了，现在每台电脑仅限一人使用。详见SOP497-A，是依据前面的……"

艾米莉忽然举起戴着手套的手，像小飞镖一样，让不少昏昏欲睡着神游的听众回过神来。

奥斯卡一顿，显然没想到自己会被打断。他五十多岁了，头秃得一根毛也不剩，灰色的粗眉从厚边眼镜框上冒出来。他的穿着打扮就像刻板印象里的教授一样。哪怕是今天他也整整齐齐地穿了西装三件套，不过材质从花呢换成了黑羊毛。我发现他是在场唯一一个没被个人防护用具从头裹到脚的。我们口罩和面具闷得要死，他倒好，整张脸完完全全曝露在空气中。阳光照得他脑门上的汗水闪闪发亮。

"呃……什么事？"

"那护工怎么办？"艾米莉问。"有护工陪护的人怎么安排？"

他眉头一皱，闷声答道："这种情况可能发生？这些人会常常来用电脑？"那种难以置信的语气瞬间让我厌恶不已。

"对。"我抢在艾米莉之前答道。

听着这个男的喋喋不休地讲着不同类型的消毒剂，我忽然想到，我们每张 SOP 表的最后署的就是他的名字。制订图书馆各项流程的就是这个男人，而他很可能在新冠爆发前多少年都没踏进过图书馆一步。反正我在这里工作了这么久，就从没见他来过。

"这种情况非常常见。"我补充道。

"行吧——"他优雅地从西装口袋里拿出一支刻了字的圆珠笔，按了三下，然后草草记了几笔，"——那这一项还有待审核。"

这下我们全都更警觉了，似乎大家在沉默中共同认识到了一件事：这可能是我们把奥斯卡拉回现实的唯一机会。比起我们之前只能无能为力地等着规定落到头上，再离谱也要照单全收，这是我们唯一能在流程的制订过程中提出批评的机会。

亚当举起手："那浏览的书怎么处理？你刚刚说，希望读者能把触碰过的所有书籍全放在推车里。虽然我不知道其他人的情况，但就我的经验而言，其实很多天里图书馆里的每本书都被碰过。我们如果要给所有被碰过的书消毒的话，时间上怎么安排呢？"

"啊这……呃，我们，当然可以，再审核……如果情况真是如此……"

"那遇到不遵守规定的行为怎么办？"我问道。"如果有人不遵守保持社交距离的规定，我们要怎么做？"

"嗯……我当然希望大家都能遵守规则，呃……你可以，呃……告诉他们……"

大家全行动起来了。艾米莉已经翻起了刚刚讨论过的SOP表。

"这里写我们至少每半小时就要洗手，"她说，"那我去地下室的时候有人替我值班吗？因为这一层没有洗手池。"

"嗯，实行的时候我觉得可以……视乎情况……灵活应变。"

"这里说，电梯里每次只能进一个人，"苏珊说，"那小孩子怎么办？这样他们是不是就没法去活动室了？"

"那……我们也需要……嗯……评估……嗯……现存的风险……"

就这样，事情一发不可收拾。最后甚至连临时工也能找到流程里有漏洞或是不合理的地方：要么是因为图书馆的构造而根本无法执行的规定，要么是如果严格遵守就会置公众于危险之中的流程，还有相互矛盾不止一处的流程。我们问得越多，奥斯卡"嗯……""啊……"得越多，在笔记上记的就越多。

很显然他之前从没被这么质询过，至少在一线工作者出席的场合里没有。同样明显的是他之前也没有舍得劳神问过我们中的任何一个人，所以这么多年来，他制订并推行了这么多琐碎又毫无道理的规定和标准流程，也不用负责任，而这些加在一起，让我们的工作变得远比正常情况要难做。

当时大家的提问更多的是情绪宣泄，现在回想起来，我不由得很生气。我气的是这个男人的所作所为很可能会真真切切地让我和我的同事们身处险境。我气他就是抓不住重点、看不见现实、只讲繁文缛节的官僚典型，而正是这种官僚习气在扼杀公共图书馆的生机。我还气他竟能如此厚颜无耻——一个拿着我四倍工资的人，堂而皇之地坐在我面前，不仅不穿他坚持要我们穿的防护装备，还指导我们如何在他从不踏入一步的地方做我们的工作。

压死骆驼的最后一根稻草，是科茨领着大家在图书馆里走了一圈，给大家说明各种工具应该放在哪儿，以及新标识要贴在哪儿。所有听众都努力做到彼此至少间隔两米，而科茨呢，却招手让大家围近些，还反复靠近和推搡大家，最后亚当忍无可忍，头盔里传出他略有点闷的喊声："退后点，行吗？看在老天爷的分上！"

奥斯卡往后一退，瞪着眼睛盯着他。

"你刚过去的时候紧紧挨着艾米莉！至少戴个该死的口罩吧！"

"你怎么能——"

"亚当说得没错，"我插了一嘴，"之前你还踩到了我的脚。"

奥斯卡的嘴张了张，又闭上了，如此反复了几次，额头上的皱纹似乎深了几分。他清了清嗓子。

"好吧，好吧。我道歉。"他最终开口道，"今天的培训就到这里。请各位把下发的资料袋带回家。"

我几乎能发誓看到亚当对我眨了眨眼睛，当然他也有可能是汗滴进了眼睛，不得不挤眼。

＊

回罗斯科里图书馆工作的第一天，我从未因为天空阴霾而如此感激。馆内还是一如既往地又闷又毫无生气，但至少消毒水味不知为什么淡了些。

我登入自己的工作电脑，隔着新装的亚克力隔板对着亚当竖起大拇指。

他正站在进门的地方，转动钥匙，拍开开关。

旋转门嗡嗡地苏醒，我们第一位戴着口罩的公众访客走了进来。

艾米莉刚把"欢迎回来"的塑封标牌贴在接待处桌前，然后给这位上了年纪的访客让开了路，好让她慢慢走到消毒双手的站点。亚当在那边帮她填妥出行记录表后，她便走近我所在的接待处。

"早上好，柯林斯太太！"我隔着层层叠叠的布制和塑料隔板大声招呼。"您的孙子孙女还好吗？"

＊

我也说不出我们具体哪个时刻重新适应了自己有了新变化的老角色。一天下来，一开始我们仿佛在未知海域四处漂荡的紧张水手，最终逐渐变成游刃有余地引领航向的水上老将。

就算在这样的时期，每家图书馆仍有自己的规律。罗斯科里这颗律动的心脏可能跳得慢了一些，不过我们习惯了新的节奏之后，就感觉图书馆仿佛根本没关停过。

当然了，我们目前还不能提供公众期待的所有活动和服务。同时运行的电脑不能超过两台，两次预约之间要留出空当进行彻底的清洁和消毒。为配合政府的行程记录政策，我们也要在门口登记访客的姓名和电话，以防有阳性病例出现。

出人意料的是，病毒的阴影居然这么快就退入了背景板里。一旦有活生生的图书馆用户走进门来，我就立刻打开了图书馆员模式。仿佛这就是另一个平常的周一，只不过有些新的规定需要遵守。

访客们大多数时候都很高兴能再次走进图书馆。听到逾期罚金全被免除之后，许多人都松了一口气，还有人急着告诉我们，虽然他们之前在网上买了一些书，但——别担心！——图书馆重新开放之后他们会继续回来借书的。

我们开玩笑说隔着口罩听不清大家说话，最后只好把问题和答案写在纸上。

当轮到我们互换任务的时候——艾米莉去前门、亚当回接待处、我负责尽可能地清洁和整理物品——我挤出一点时间做了一张常见问题的表格，以及一些常用手势，方便访客以及工作人员能更有效地沟通。

随着日子一天天过去，我们也找到了能打破沟通障碍的新方法。我在手机上下载了能即时语音转文字的应用程序，然后将手机架在接待处工作台上，这样不论谁来找我，都能看到我所讲的大致转录内容。

送书到家服务目前也还未恢复，不过这也让平时习惯在网上订书的访客能有机会仔仔细细看看我们书架上都有什么，还真有人发现了隐藏的珍宝和新的心头好。

我以为访客们会不太乐意去碰书架上的书，毕竟现在他们身后的安全距离外还跟着个工作人员，等他们把不要的书放进浏览推车里时，负责将这些书收集起来擦干净。大家一开始逛书架的时候确实有点儿犹豫，有时踮着脚，有时眯着眼，不过很快就沉浸其中了，完全用不着我们操心，就和以前一样。

有趣的是，没人对我们这些新流程表达不满。行程追踪的事确实有人会偶有怨言，但每个前来的人都理解，我们现在的所作所为是在尽可能保持图书馆正常开放，让所有人都能来。

我终于明白，这才是作为一个图书馆员的真正意义。没错，我们的工作是清洁整理书本、解释杜威十进制的数字、擦拭电脑、打印表格，但这一切的终点都是为了让图书馆开下去，让不论什么人都能来。

就算现在情况带来各种限制，图书馆首先仍是一个为所有民众开放的地方，这是重中之重。图书馆平衡不公、保障安全，是社区的心脏。

很高兴，你回来了。

*

　　我很想把这里作为故事的终点，告诉大家说等这一切结束，罗斯科里图书馆会重拾昔日的辉煌。我很想告诉大家，你们那里的社区图书馆也会一样缓慢但稳健地恢复元气。

　　我很想告诉大家，我们已经成功拯救了当初救我于水火的图书馆，但事情要能那么简单就好了。

　　新冠占用了地方政府的一大部分预算，而重新开馆不仅过程缓慢，而且耗资巨大。很遗憾，这表明我们的图书馆是真的危如累卵，而人们此刻却前所未有地需要它的存在。

　　故事的结局只能靠你们书写，你们是来图书馆的人，是阅读的人，是社区民众。

　　这场硬仗就在眼前，你读到现在，应该也知道我有多么喜欢酣畅淋漓地斗争一番。

　　图书馆对于社区的价值是很难轻易衡量的，尤其难以用金钱估算。亲爱的读者和热爱图书馆魔法的人们，我们需要你们发声！我们需要你们分享你的图书馆对你的意义。我们需要你有空的时候走进这扇门，提醒你的亲友别忘了这项宝贵的公共资源。我们需要你延续这个魔法的活力，不论是通过抗议，还是请愿，或是提供志愿帮忙，抑或只是简单地要求你所在当地的政府公示税收使用明细。

　　与此同时，我们这些图书馆员也会竭尽全力，让图书馆开下去，让每个人都能获得帮助，延续魔法的火种。

当然了，你要是特别热心肠，这本书你不是正好也读完了吗？不如看看能不能捐给你那儿的图书馆？只是一个小提议。要是能捐点燕麦饼也不错。

图书馆工作守则：

1. 千万，千万不要做任何技术熟悉程度上的假设。

2. 耐心耐心再耐心。你无从知晓面对的人有着怎样的经历。

3. 你免不了会愤怒。但要善用怒气。

4. 优先读你爱读的，而不是你觉得应该读的。

5. 公众就是无法预判的野兽，永远不能放松警惕。

6. 一定要做好书面记录，填好文书。

7. 图书馆里的人是和书籍一样重要的资源。

8. 有人用不同的方式交流，并不代表这种交流方式就是错的。图书馆员的工作就是架起桥梁，填平沟壑。

    8.1 就算有人在说脏话，并不代表他们就在骂你。有些人日常讲话就习惯带脏字，并不意味着他们有意冒犯。说话的内容才是关键。

9. 不伤害别人，也别任屎沾身。

    9.1 有时候"屎"真的是字面意思，而且你还避无可避。抱歉。

10. 硬件软件都会出问题，要做好准备。有时一个事先准备的笔记本能救命。

11. 永远不要失去你的同理心，但要学会搁置愤怒。

12. 洗手。勤洗手。

13. 需要庆祝胜利的一小步，当然，也要庆祝胜利的一大步。

图书在版编目（CIP）数据

图书馆疗愈手记/(英)艾莉·摩根著；魏华容译
. -- 北京：九州出版社，2023.1
ISBN 978-7-5225-1354-6

Ⅰ.①图… Ⅱ.①艾…②魏… Ⅲ.①长篇小说–英
国–现代 Ⅳ.①I561.45

中国版本图书馆CIP数据核字(2022)第209984号

The Librarian, Allie Morgan
Copyright © Allie Morgan, 2021
First published as THE LIBRARIAN in 2021 by Ebury Press, an imprint of Ebury
Publishing. Ebury Publishing is a part of the Penguin Random House group of companies.

著作权合同登记号：01–2023–0186

图书馆疗愈手记

作　　者	［英］艾莉·摩根 著　魏华容 译	
责任编辑	王　佶	
封面设计	李　易	
出版发行	九州出版社	
地　　址	北京市西城区阜外大街甲35号(100037)	
发行电话	（010）68992190/3/5/6	
网　　址	www.jiuzhoupress.com	
印　　刷	天津联城印刷有限公司	
开　　本	889毫米×1194毫米　32开	
印　　张	11.75	
字　　数	234千字	
版　　次	2023年1月第1版	
印　　次	2023年1月第1次印刷	
书　　号	ISBN 978-7-5225-1354-6	
定　　价	60.00元	

★ 版权所有　侵权必究 ★